終わらない夏のハローグッバイ

本田壱成

講談社
タイガ

CONTENTS

カバーイラスト——中村至宏
カバーデザイン——川谷康久（川谷デザイン）

終わらない夏のハローグッバイ

hello goodbye
in the endless summer
by
issei honda

0

どうして、ほんの少しだって動いてくれないんだろう。

夕焼けの中、家路を辿る僕の頭にぼんやりと浮かんでいたのはそんな疑問だった。その日までの二年間、目に映る全てに投げかけ続けてきた問いだった。


潔癖なくらいに真っ白な部屋で、瞼を閉じたままの幼馴染み。

彼女を失ったままで、なのにそれに気付かない素振りの水喪の町。

そんな町の中で、砂時計の中身みたいにただただ流れ落ちていく日常。


どうして動かないんだろう——幾度となく繰り返した問いを、僕はとうとう、他でもない僕自身へ向けて放ったのだ。

海辺の道を踏みしめる足を止めて、水平線へと目をやった。心中でぽつりと呟く。

それらをみんな諦めようとしてるっていうのに、僕の心はどうして動かないんだろう。

不思議で仕方がなかった。これまでの月日の中で、同じところをぐるぐる回っては自重に耐えかねて沈むことを繰り返していたものが、この日に限っては嘘みたいに静まり返っていた。朱に染まったアスファルトに視線を落として、再び歩き出す。潮騒がやけに大きく響いていた。

放課後、担任教師に一枚の書類を渡した。ペンを使って何かを書くのは随分と久しぶりだったから、綺麗な明朝体の「進路希望調査」より下には散々な文字が並ぶことになった。今更紙を使う必要なんてないのに、と思いながら書類を差し出していた。そんなことを考えるくらいに、僕にとってその書類はもうどうでもいいものだった。

いいのか、と担任が問うた。

いいです、と僕は言った。

そして今に至るまで、僕の内側は凪いだままだ。摩耗したのかな、と他人事みたいに考えた。思いにだって、耐久力というものはある。二年の月日を、僕の思いは越えられなかった。それだけのことなのだろう。

緩やかにカーブしていく海岸線の先にあるはずの水喪〈第六感覚〉関連医療技術研究所が見えてくる前に、僕は歩く向きを変えた。内陸へ延びた一本の道を辿る。

細い歩道の右手では染み一つない町並みが、左手では古ぼけた町並みが流れていく。寂れた漁師町から世界最先端の情報都市へと変わり続ける僕の町の、いびつな新陳代謝の結果として現れる境界線だ。まるで自分がこの町のどこにもいないような気分に襲われて、僕は自然と伏し目がちになった。

アパートに着く。一階の角にあるドアを開けると、家の中には誰もいなかった。自分の部屋に入り、照明を点ける。一昔前の高校生ならば、ここでベッドに鞄を投げ出したところだろうか。生憎、僕の手には投げ出す鞄なんてありはしないけれど。

照明に浮かび上がった室内を、ざっと見渡す。くすんだ壁紙に密着するようにベッドが据えられていて、その隣には簡素なデスクがあって、その二つが室内のほとんどのスペースを占めている。ごくごく平凡な男子高校生の部屋だろうその光景の中には、けれどあちこちに、間抜けなくらい不釣り合いな要素が配されている。

デスクの片隅から直接生えた可愛らしいガーベラ。長く放置されたはずなのに、もうもうと湯気をたてるマグカップ。電灯の周囲を変形しながら巡る多面体。壁紙の一部をくり抜いたように、宇宙の彼方の景色を映し出す小窓。溜め息を一つ、僕は吐く。

僕が過ごした二年の――停滞し続けた時間の全てが、そこにあった。昨日までは何とも思わなかったその光景が、何だかひどく陳腐なものに思われて、僕は軽く手を振った。視界に幾つかの確認事項が浮かび上がったかと思うと、景色の中の異物が――ガーベラが、多面体が、マグカップが、星を映す窓が――同時に小さな球体となり、中空に消えた。

後に残ったのは、本当に平凡なだけの小さな部屋だった。

ほとんど倒れ込むように、ベッドへ身を投げ出す。仰向けになると、ちらつく電灯が眩しかった。ゆっくりと、左手を眼前まで持ち上げる。手首に巻かれた時計の文字盤を眺めて僅かに悩んだけれど、そのまま左手で両目を覆った。

——「出逢えるよ」

暗闇の中、耳の奥に浮かび上がる声があった。誰の声だか思い出すのに、ほんの少しだけ時間が必要だった。これまではそんなことはなかったはずなのに。いいのか、という担任の声の方がずっと鮮明だった。いいです、と僕は心の中で呟く。

もう、全部、いいんです。

そうして、もう一度だけ、思った。

——どうして、ほんの少しだって動いてくれないんだろう。

高校二年生の夏休みを目前にして、僕、日々原周の日常は、そんな疑問の中にたゆたっていた。

第一章 少年は空席の町で

1

遥か海の向こうから、滑るように夏が流れてくるのがよく見えた。

毎年この頃になると粘り気を増した潮風が連れてくるそれは、梅雨の名残をその内に呑み込みながら、数日のうちに海辺の町を覆っていく。何年もこの町に住んでいると、空の色合いだけでその様子がわかるようになる。透き通るような青から力強い青へと向かう、季節の狭間のグラデーション——僕は一つだけ溜め息を吐いた。

美しいのは嫌いじゃない。けれど、それが同時にうだるような暑さを連れてくるとなれば、話は全然別だった。

見るに堪えないような気分になったところで、全面硝子張りのエントランスは、どこに視線をやってもグラデーションの空を、そしてその下に佇む小さな町を見せつけてくれる。数年前までは寂れていた漁師町も、こうして見ればなかなかどうして見栄えがするようだけれど、生憎とここを訪れる人間の中に、この風景に感じ入る手合いはいない。地元民か研究者。どちらにしても、風景に感動するような感性は擦り切れきっている。

前者にあたる僕も、勿論その例外じゃない。仕方がないので視線を彷徨わせた末に、自らの左手首へと落とした。寄りかかった受付台に、無造作に置かれた左腕。そこに巻かれた腕時計の小さな文字盤を見つめると、不思議と心が安まった。

　ぴたりと静止した三本の針。一秒だって時を刻まない時計。季節の移り変わりを告げる空なんかより、そいつは何倍もましな代物だ。

「面会の許可が下りました。ご案内してもよろしいですか？」

不意に響く、女性の声。僕が頷（うなず）くと、受付スタッフは笑顔で指を小さく振った。

細い指先の上空、何もないはずの空間で、何かが形を成していく。

　瞬きの間に出来上がったそれは、テニスボール大の球体だ。表面には光沢がない黒色が貼（は）り付（つ）いていて、ひどく現実感が希薄だった。

　球体は静かに動き出し、弾むような弧を描いて床へと落ちる。僕の足下に着地した瞬間、ペイントボールみたいに弾（はじ）けて広がったかと思うと、気が付けば足下から延びる鮮やかな赤い道筋（ライン）へと姿を変えていた。

　エントランスにいる人々が、こちらに注意を引かれた様子はない。それもそのはずで、僕以外の人間の目に、エントランスの奥へ向かうこの道筋（ライン）は見えていないはずだった。

　スタッフへ会釈をして、踵（きびす）を返す。律儀に道筋（ライン）を辿ってやるつもりはなかった。自然に歩くだけで、僕の足は赤色を踏むだろう。道案内というのは、その場に不慣れな人間に対してするものだ。

　スタッフが視界から外れる直前、彼女の視線が僕の左手首へ落とされたのがわかった。

「個室内は、虚構存在(オブジェクト)の配置が禁止となっております。お気をつけ下さい」

気付かれたか、と苦笑いをして、僕は左手を軽く掲げてみせる。手首に巻き付いた旧式の時計は、光沢のない球体となって音もなく消えた。

硝子の向こうの空を、もう一度だけ見遣(みや)る。左腕の虚構に気付かれたことに、驚きはしなかった。他の町ならばいざ知らず、この町でわざわざ手首に時計を巻いている人間なんてそうはいない。

視覚、聴覚、触覚、嗅覚(きゅうかく)、味覚——あらゆる感覚を自在に扱うことを可能とする情報端末〈第六感覚(サードアイ)〉。その始まりにして最先端に位置する町である、この水葬では。

*

その個室のドアが開く時に居心地の悪い気分になるのはいつものことだったけれど、それでもその日はやはりどこか勝手が違った。

背後でドアが音もなく閉じるのを感じながら、僕は右手で首筋を押さえている。我ながら、特に意味の見出(みいだ)せない仕草(しぐさ)だった。どうにも落ち着かないな、と思いながら足を進める。中央にベッドがある他には、僅かな機器があるだけの簡素な部屋だった。

ベッドの枕元(まくらもと)に置かれた花瓶(かびん)に挿す花は、今日は持ってきていない。ベッドの傍(かたわ)らの丸椅子（いす）を引き、腰掛ける。窓から差し込む日差しが床面に反射して眩しかった。

ぴっ、ぴっ、ぴっ、と低い電子音がメトロノームみたいに鳴っている。もう聞き慣れすぎて、ほとんど意識しなくなったはずの音。それが、なぜかひどく大きく聞こえていた。

ベッドの向こう側に目をやると、積み上げられた機械の上から、小さな液晶がこちらを覗（のぞ）き込（こ）んでいた。液晶には音にあわせて跳ねるような弧を描く曲線が表示されているだけで、それ以上の情報は読み取れない。

首筋を撫（な）で続（つづ）ける右の指先に、硬いものが触れている。皮膚のすぐ下にあるそれを弄（もてあそ）んでいると、僕の視界にはどこからともなく黒い球体が現れる。物理空間に存在するとは思えない、あからさまにテクスチャじみた色合いの球だ。

球体は黒色でありながら半透明で、僕が指先で触れてみせると、一瞬でその透明さを失う。そのまま球体は溶けるように広がって、液晶の数倍大きなウインドウへ姿を変えた。

血圧、筋量、心拍数、呼吸量、身長、体重――ちっぽけな液晶には到底表示しきれない、リアルタイムのバイタルデータが、中空のウインドウに表れては消えていく。流れ作業じみた目つきで、僕はそれを一通り追った。

このウインドウは、勿論実際にここにある訳じゃない。かと言って、一昔前の拡張現実（AR）みたいに、僕の網膜に機械的に像が送り込まれている訳でもない。僕の首筋に埋まっている、切手くらいの小さなプレート――感覚情報端末〈第六感覚（だいろくかんかく）〉が視界に投影しているものだった。

実際にそこに色がなくとも、また網膜に像が結ばれる必要すらなく、脳が情報を受け取りさえすれば、人はものを見ることができる。〈第六感覚〉、通称サードアイは、まさしくそういうことを自在に行える端末だった。

ゆっくりと目を閉じて、手を振ってみせる。確認終了。本日も異常なし。再び目を開けると、もうウインドウは存在しない。

やることを失った僕は、視線を彷徨わせる。どこかへそれを固定しようとしても、白を基調とした部屋の景色はあまりに取りとめがなくて、結局固定できる先なんて一点しかないようだった。

個室の中央に鎮座したベッド、そこに横たわる少女を、僕は見据える。心の中で、一つの名前を呟いた。

――硲 結日。

それが、二年前からこの場所で眠り続けている彼女の名前だった。


結日について尋ねられた時に僕が答えられることは、そう多くない。

例えば、彼女がいかに周囲を巻き込むはた迷惑な少女だったかということとか、彼女の姉が成したと言われる功績の大きさとか、「硲結日」という名前を知らない人間が今の世界において少数派になっているだろう理由だとか、そういうことについて誰かに語ってきかせるつもりは、僕にはない。

僕に言えることなんて、せいぜいこれくらいのものだろう。

硲結日は、僕の幼馴染みだ。

僕が丁度小学校に上がったくらいの年齢の頃——勿論、サードアイなんて端末がまだ生まれる前だ——僕とその母親は、この水喪という地方都市にやってきた。その時に色々な世話をしてくれたのが、結日の母親だった。その頃からの付き合いという訳だった。

初めて会った時のことは、憶えていない。気が付いたら、僕らは一緒にいるのが普通になっていた。出逢った時分からつい二年前まで、随分と長い間、僕らは毎日のように顔を合わせていたように思う。

これ以上のことを、僕は語らない。彼女のパーソナリティについてなんて以ての外だ。

確かに僕は、長い時間を彼女と過ごしたけれど——隣で時間を過ごすくらいで、違う個体同士が理解し合えるはずはない。僕はそこまで自惚れていない。たとえ脳味噌を直接繋いだって、人が人を理解することなんて不可能なのだから。

それでもなお、結日について僕から何かを聞きたいという奇特な人間がいたとしたなら、僕は最後にこんな客観的事実を語るだろう。

「硲結日は、今から二年前、彼女が中学三年生の時に昏睡状態に陥った」

「世界屈指の最先端研究施設である水喪〈第六感覚〉関連医療技術研究所による徹底的な検査が行われているにも拘わらず、彼女が意識を失った理由は今もってわかっていない」

「感覚情報端末〈第六感覚〉の不具合は何度も疑われたが、彼女の身体に埋め込まれたそれは一切の異常を見せていない」

「この二年間に試みられたどんな治療も、彼女を目覚めさせるには至っていない」

「だから彼女は」

「今この時も、水喪〈第六感覚〉関連医療技術研究所の一室にて眠り続けている」

これらの台詞を、僕は眉の一つも動かさず口にしてみせるはずだ。

いつからそんな風に語れるようになったのかなんてことは、憶えていないけれど——

二年という月日は、それだけの時間だった。


彼女の身体は、眠ったままで時を刻む。

病弱で硝子細工のようだった少女の身体は、ちっともその印象を変えることなく、ただ少しだけ大きくなった。折れそうなくらいに細かった手足は、細いままで少しだけ伸びた。頬の輪郭は心なしシャープになり、唇は微かに薄くなった。もともと白かった肌の色合いは、より透き通るような白みを増していた。

　どれだけの間、僕は彼女の頬を眺めていただろう。

　ベッドの向こうに積み上がった機器が響かせる、ぴっ、ぴっ、という脈動は、今も続く結日の生命活動の音だったけれど、きっと時間が進んでいく音でもあった。無慈悲なほど無機質に刻まれるそれを止める術なんて、僕にはなかった。そのことをずっと思い知らされ続けた二年間だったな、と僕は思う。普段はこんなこと、わざわざ考えはしないのに。

　やはり今日は、勝手が違った。いつもと全然、勝手が違った。

　この部屋を訪れる見舞いの人間が僕しかいなくなってからは、どれくらい経っただろうか。彼女の両親は亡くなっていて、歳の離れた姉は現在とても遠い場所にいる。それでも最初は友人たちが来た。代わる代わる、二、三人で連れ立って。結日は友人の多い少女だった。けれどそれもぽつりぽつりと減っていって――それでも、僕はこの部屋のドアを潜り続けた。

「……なあ、結日」

　毎週土曜日、午後二時半。決まった時刻に、決まった場所を訪れる。それだけのこと。

　特別なことをしているつもりはなかった。だから辛いとか、そういうことを思ったこともないはずだった。それなのに――と僕は思う。口は勝手に言葉を紡いでいた。

「ひょっとしてお前、そのままずっと寝てるつもりなのか？」

脳裏には、昨日の放課後、担任へ差し出した一枚の書類のことが浮かんでいた。

いいんです。僕はあの時、確かにそう口にしたのだ。

「お前さ、今、何を考えてる？」

問うたところで、答えなんて返ってくるはずもない。この二年間、ずっとそうだった。そうだなあ、と考える。この部屋に来ることを、辛いと思ったことはない。それでも――答えの返ってこない問いを続けるのは、ほんの少しだけ、疲れの溜まることだったな。

「いいよな、もう」

ぽつりと、呟く。自分がどんな表情を浮かべているのかは、自分ではわからなかった。ゆっくりと、手を伸ばす。結日の頬に右の指先が触れた。絹のように滑らかな肌が、ひんやりと僕の指を滑っていく。それはひどく心細くなる冷たさだった。

「結日、僕はさ――」

不意に、ノックの音が響いた。

反射的に手を引っ込め、僕は振り返る。見れば、いつの間にか開いていた個室のドアの向こうに、一人の少年が立っていた。

「悪いな。邪魔するぜ」

そう言って、少年はするりと室内に足を踏み入れる。どうやら、わざわざ僕に聞こえるように、開いたドアをノックしてみせたらしい。

見覚えのない男子だ。全体的に、落ち着いた立ち姿をしている。私服だから断言はできないけれど、僕と同じ高校生だろう。

体つきは華奢で、目鼻立ちもそれに見合った繊細さだ。特にまなじりは理知的と言ってもいい。一度見たら、まず忘れそうにないくらいには整った顔だった。

右手には、ビニールに包まれた切り花を持っている。花の種類は知らない。僕は花に詳しくない。僕が何も言わないでいると、少年はつかつかと僕の隣まで進んで、流れるような動作でその花をベッドの枕元の花瓶に生けてみせた。

「言っとくけど、本物だからな」

多分僕へ向けて発せられただろう言葉にも、僕は何も返さない。驚いたからじゃなかった。言いたいことが心の中に渦巻きすぎて、口を開くことすらできなかったのだ。

こいつは、一体何なんだ。

どうして、よりにもよってこの部屋に、僕の知らない人間が現れる？　それもこんな、日常そのものみたいな気楽な足どりで。

傍らに立つ少年を見上げる。真顔の少年と、しばし見つめ合うことになった。

枕元に生けられた花さえなければ、とっくに椅子から腰を浮かしているところだ。

互いに何も言わないまま、十秒は過ぎただろうか。

「……え?」こちらを見下ろす少年が、僅かに目を見開いた。「え? ちょ、え? もしかしてお前、マジで?」

そうして、少年は額に手を当てながら、つかー、と大袈裟に天を仰ぐ。

「それ、その顔。『誰だこいつ』って思ってるだろ。や、そうか、そうきたかー……」

どうやらこの少年は、僕が知っていて然るべき相手らしい。僕はもう一度だけ観察する。言葉遣いとは裏腹に、品の良い黒髪。すらりと通った鼻筋は、さぞかし人好きがするだろう。記憶を探ってみるけれど、どこか引っかかるものは感じつつも、僕の頭に彼の名が浮かぶことはなかった。

仕方ねえなあ、と少年は呟く。すると僕の視界の隅、窓枠に取り付けられたカーテンレールの上の辺りに、小さな球体が現れた。

情感素――サードアイの基本インターフェースの一つ。視覚化された感覚情報だ。大きさは、小玉の西瓜程度。なかなかのデータ量のようだった。眼前の少年から送られたらしい球体は、半透明の色合いをしており、視界の隅から動かない。僕が受け入れを許可するまで、それはそこにあり続けるだろう。

僕はデータを受け入れることにする。その程度の思考なら、サードアイは自然に読み取ってくれる。視界の隅で球体は透過性を失い、光沢のない黒色の塊になった。

他者から感覚を受け取るという操作の視覚化。虚構と実在を区別できない僕らの脳が、混乱することのないように。

確かな色を獲得した球体が、音を立てずに弾ける。飛び散った黒色は、眼前の少年へ向けて吸い込まれるように集まっていく。一瞬の後には、少年の姿が変わっていた。

「……ああ」

僕は声を洩(も)らす。呆(あき)れと納得とが、等しく含まれた声だった。

数秒前まで黒髪だった男子の頭は、今やぎらぎらとした極彩色によってまだらに染め上げられていた。色味の少なかったカーディガンやジーンズにも、タイル状の模様が浮かび上がっている。派手派手しく、毒々しい。発情期の野生動物のような出で立ちだ。

どうやら先程の情感素(インフォセル)は、彼の身体を装飾するためのデータだったらしい。すっかり趣を変えたその立ち姿には、確かに覚えがあった。

「ええと、先崎(せんざき)……」

「進也(しんや)」唇を尖(とが)らせて、少年は言う。「ひっでぇよな。同じクラスだぜ？　確かに、あんまり話したことはないけどよ」

言葉とは裏腹に、さほど気にもしていないそうに笑ってみせる。

わかる訳ないだろ、と僕は内心で毒づく。教室の中で一際目立つ髪色の、ああこいつはどう考えても自分とは違う人種だな、なんて思いつつ遠目に眺めていた珍獣が、いきなり黒髪になって現れて、誰がすぐに判別できる？

「つまり、あれか」ぶっきらぼうに、僕は言った。「髪の色も、服の趣味も、全部が全部虚構存在（オブジェクト）だったってことか」

「ちょいとデータを置くだけなんだ。そっちの方が楽しいだろ。いいもんだぜ、箪笥（たんす）が小さく済むってのは」

　くいっ、と指先で細身の眼鏡（めがね）を上げてみせる先崎。勿論その眼鏡も数秒前まではそこに存在しなかった訳で、伊達（だて）眼鏡どころの話じゃなかった。

　自分の同級生に、重度のサードアイオタクであることを公言して憚（はばか）らない奴（やつ）がいるのは知っていた。そいつの名前が先崎進也だっていうことも。けれどまさか、そいつがここまで筋金入りだったなんて。

「まあ、こういう時には困るんだけどな」

　言って、先崎は笑う。僕の視界の中で、先崎の髪色が黒へと戻っていく。ほんの数秒の後、眼前には再び品のある姿の少年が立っていた。

　さっきまで僕が見ていたのは、先崎から送られた感覚データだ。先崎が、あくまで僕だけに見せるために送ってきた視覚情報。もしこの部屋に他の人間がいても、先崎の髪を染めた極彩色を目にすることはない。

　サードアイによって、誰の目にも見ることのできる虚構存在（オブジェクト）を生み出すには、その空間座標にデータを配置しなければいけない。座標上に登録されたデータを、そこを見る全ての人間のサードアイが読み取ることによってのみ、虚構存在(オブジェクト)の存在は可能になる。

体表から五センチメートルまでの私的空間(プライベート・リソース)については、基本的に個々人がどんな虚構を配置しようが自由ではあるのだけれど、病院や研究所などの重要施設においてはそうもいかない。ましてやその両方の性質を併せ持つこの場所では、身体装飾などが許されるはずもなかった。

水喪〈第六感覚〉関連医療技術研究所——サードアイという端末についての臨床、開発、研究の全てを司(つかさど)る、この最先端研究施設では。

もっとも、人々が身に纏(まと)っている虚構存在(オブジェクト)なんて、この水喪の人間ですらちょっとしたアクセサリーや刺青(いれずみ)くらいが大半だから、それで困る人間なんてそう多くもないはずなのだけれど。

「勝手にデータ置いちゃおうかとも思ったんだけどなー」どうやらその例外である装飾過多の少年は、悔(くや)しそうに言う。「流石(さすが)は水喪の研究所だよ。セキュリティ、しっかりしてやがる」

「……何しに来た」

僕が低く呟くと、先崎は軽薄な表情を引っ込めた。

「見舞いだよ、見舞い。お前のことをちょっと調べてみて、ここを知った。恥ずかしい話だけどよ、これまで知らなかったんだ。この娘がここにいるってことを」

「調べた——僕を？」

「不思議そうな顔すんなよ。お前、進路調査にずっと『サードアイ技術者』って書いてたろ。俺みたいな人種が、それでお前を気に入って何が悪い」

「何でお前がそれを知ってる？」

心底からの疑問だった。僕らの高校の進路希望調査は、水襲においては珍しいことに、紙媒体のプリントで行われる。提出されたのがデータなら、筋金入りのサードアイオタクであれば覗き見することも可能かもしれない。でも、ことはそうじゃないのだ。

「紙媒体のプリントでも、情報に変わる瞬間ってのがあるだろ」とんとん、と先崎は自らのまなじりを指先で叩いてみせる。「担任への提出データに仕掛けをしてな。少しだけ、視覚情報を拝借した。誰にも言うなよ？」

つまりこいつは、進路希望調査を担任が確認するタイミングに合わせて、担任のサードアイから視覚情報を抜き出したっていうのか。僕は歯噛みする。最先端機器に疎い世代にありがちな、担任の脇の甘さに対してじゃない。理論上は確かに可能なその方法に、先崎が口にするまで思い至らなかった自分に対してだ。

僕は悟る。先崎というこの少年の本質は、奇抜な出で立ちなんかじゃなく、奴が今まさに叩いているまなじりに湛えられた理知の趣だってことを。

「だから」先崎は言った。こちらの内心なんて、ちっとも伝わっていないというような声色だった。「昨日の調査書にお前が何を書いたかも、知ってるぜ」

自分の中にはっきりと形作られた感情を、僕は自覚する。それは、反感だった。自分には気付けないことに気付く奴に対して、誰もが抱く感情だった。

自覚してしまったからには、僕はもうこれ以上こいつと言葉を交わしたくはなかった。それでも、僕は口を開く。一つだけ、訊かずにはいられないことがあったのだ。

いつの間にか僕から視線を外し、ベッドの結日を見下ろしている先崎へ向けて問う。

「結日とは、知り合いだったのか？」

言い終えるより先に、気付く。先崎の表情は、さっきまでとはうって変わってやけに神妙なものになっていた。

「一方的に知ってるだけだ。それだけで俺が見舞いに来ようと思うのは、おかしいか？」

ああ——と僕は悟る。そうか、そういうことか。なぜか心のどこかでほっとしながら、僕はぽつりと言葉を洩らした。

「や、変じゃないな」

「俺らに第三の眼をくれた、恩人の見舞いだ」

それきり、先崎は何も言わなかった。部屋の中には電子音だけが響き、それは僅かに気まずい沈黙だった。

本当は、こんな風な沈黙を味わう必要なんて、僕にはなかった。サードアイは、「自分だけに聞こえる音楽」の存在をも可能とする。沈黙を嫌うなら、ネットワークから適当な音楽データを取ってきて、情感素（インフォセル）として僕の耳に突っ込めばそれでいい。

けれど僕はそうしなかったし、様子を見るに、先崎もそうはしていないようだった。

この静けさが、今この場所には必要なのだった。少なくとも僕はそう思っていたし、多分先崎もそうだった。空白が必要な場所っていうのが、この世界には存在する。この小さな個室こそがそれだった。

穏（おだ）やかな沈黙は、どれだけ続いただろう。やがて、先崎が不意に呟いた。

「……もうそんな時間か」

その言葉の意味を、僕はすぐには理解できない。

ふと視線を動かしてみれば、個室の天井近くに、新たな情感素（インフォセル）が現れていた。半透明な球体は、今度は綺麗な青色をしており、サイズはビー玉程度だ。

聴覚データ。極々小さいデータだった。送り主は水喪〈第六感覚〉関連医療技術研究所。送り先は研究所内にいる全ての人間。所謂（いわゆる）「所内放送」というやつだ。

データの受け入れを許可。透明度を失った青色の球体は、僕の鼓膜に飛び込むと女性の声を響かせた。

『間もなく午後三時より、〈第六感覚〉ネットワーク運営用周回軌道施設〈オプティクス〉において、当研究所所長、硲沙月が会見を行います。是非ともご覧下さい』

もう一度丁寧に同じことを繰り返して、声は消えた。

しまったな、と内心で舌を打つ。今日はこの会見がある日だったのか。数日前までは、しっかりと憶えていたのに――やはり、今日はどうにも勝手が違う。

僕は丸椅子から立ち上がる。ベッドに横たわる結日を一瞥だけして、そのまま部屋を出ようとする。

「観ていかねえのか？」

先崎の声。立ち止まって振り返ると、こちらを見据える先崎は、挑戦的に笑っていた。

その表情に僕は悟る。

こいつはやはり、僕を目当てにここまでやってきたのだ。

結日の見舞いをしたい気持ちがあるというのも、勿論嘘じゃないだろう。けれど、こいつの本命は僕だ。こいつは何らかの理由で、僕という人間を見定めに来た。僕は今、一挙手一投足をもって、こいつから何かを測られている。

このまま部屋を出る訳にはいかない。そう思った。ほんの僅かな弱みでさえも、こいつには見せていけないような気がした。

個室に椅子は一つしかない。一度腰を浮かした椅子に座り直す気にはなれなかったから、僕はベッドの隅にそっと腰掛ける。先崎が丸椅子を引っ張って、そこに座った。

個室の中空、ベッドからドアへ向けて少し仰ぎ見た辺りに、バスケットボール大の情感素(インフォセル)が出現する。

黒と青のマーブル模様——視覚情報と聴覚情報の混合データ。

情感素(インフォセル)は溶けるように広がって、個室の壁を一面覆うくらいのスクリーンになった。このデータは、研究所から僕ら全員に等しく送信されている。まず間違いなく、先崎の視界も同じスクリーンを捉(とら)えていることだろう。

厳(おごそ)かな音楽とともに、スクリーンの中央に大きなマークが浮かび上がる。デフォルメされた眼球の後ろに、それより二周りほど大きな地球。そして全てをぐるりと囲いながら円を描く、一本の矢印。

音楽もマークも、この数年ですっかり親しまれた代物だった。感覚情報端末〈第六感覚〉の生産、運用を一手に担う大企業、アトモスフィア・コーポレーションのシンボルだ。

この世界を変え続ける、革新的な技術と発想力の象徴。

眼球と地球のセットが消えると、スクリーンに映ったのは、一人の女性の姿だった。しなやかな印象を身に纏った、小柄な女性だ。今年で二十九歳という彼女の年齢を僕は知っていたけれど、一目だけではそうは見えない。せいぜいが二十歳(はたち)といったところだろう。有体(ありてい)に言えば童顔というやつだった。

なんて感想を僕が抱くのは、彼女がどういう人間であるかを理解しているからで、そうじゃない人間がこの映像を見たならば、立ち姿の雰囲気や年齢なんかよりも、彼女の服装にまず注目するに違いなかった。そのくらいに、彼女の出で立ちは奇妙だ。

艶(つや)やかな黒髪は、肩口でざっくりと切り揃(きそろ)えられている。乳白色の衣服はやや過剰なほど身体に密着しており、凹凸の少ない身体のラインがはっきりと表れていた。

更に観察すれば、奇妙なのは彼女自身だけじゃないことにも気付くだろう。彼女が立っているのは、僕らのいる個室と同じような簡素な一室で、全世界に中継される会見の場としてはあまりに寂しい。全ては彼女の存在する場所に起因する不自然さだった。

〈第六感覚〉ネットワーク運営用周回軌道施設〈オプティクス〉――彼女は今、宇宙から この会見を行っているのだ。

『Ladies and gentlemen.』

色素の薄い唇が、そんな言葉を象る。顔立ちは素朴だけれど、そこに乗る表情が自信に満ち満ちたそれであるせいか、なかなかの美人であるような錯覚を見る者に起こさせた。

『I'm Satsuki Hazama.』

サツキ・ハザマ。その名乗りを耳にして、僕は反射的に視界の外に眠る少女を思う。

アトモスフィア社の代表取締役の名前にして水喪〈第六感覚〉関連医療技術研究所の所長の名前であり、〈第六感覚〉ネットワーク運営用周回軌道施設〈オプティクス〉の運営責任者の名前でもあるそれは——同時に、硲結日の実の姉の名前でもあった。

彼女は淀みなく語り続ける。スピーチはネットワークの向こうで素早く世界中の言語に訳され、その結果の一つがスクリーンの下部に表れては消えていく。

「皆さん、こんにちは」「硲沙月です」——模範的な日本語の訳文を眺める僕の脳裏では、スクリーンの向こうの女性が言葉に込めたニュアンスが、活き活きと再現される。まだ彼女がこの町で僕らと一緒に過ごしていた頃、いつも耳にしていた調子そのままに。

『ご機嫌よう、諸君。硲沙月だ。さて、本日は諸君に朗報を持ってきた。遠き星の海から希有なる海の星へ、ささやかながらも無二のプレゼントだ』

彼女は——少なくとも軌道上へ向かうためにこの町を出た時の沙月さんは、そんな風に余裕たっぷりにものを言う人間だった。

『感覚情報端末〈第六感覚〉——諸君がサードアイと呼ぶものが、私たちの前に現れた時のことを、諸君は憶えているだろうか。

私ははっきりと憶えている。それは、今から五年ほど前のことだった。空想の産物であったはずのそれを私の前に顕現させてくれたのは、小さな大学の研究室だった。丁度、私が現在立っているこの部屋を思わせる、簡素な一室だった。

滅菌されたガラスケースの中に置かれていたのは、たった二枚のプレートだった。それが私の脊椎を挟み込み、あらゆる感覚をそこに入力してくれるなどとは信じられないほどに小さなプレートだ。

埋め込み手術にはまだ数十分が必要だったが、その時間すらも私にとってはエンターテイメントだった。その数十分には、今より鮮烈な未来への予感、現在がまた一つ過去へと変わる喜びが、活き活きと息づいていた。私は、自分が有史以来もっとも大きな幸福を味わっているとびきり幸運なただ一人であることを疑わなかった。

だが、そう。そうだな。諸君も知っての通りだ。それは錯覚ではなかったが、ごくごく短命な実感だった。

サードアイを埋め込まれた私がそれまで閉じていた瞼を開けると、私を取り囲む世界は一変していた。もう一度言おう、私の世界は変わったのだ。同時に私は、数秒前までの自分が抱いていた実感が、既に過去のものとなったことを悟った。

私は新たな実感を得ていた。それは決して過去のものにはならない実感だった。私たちは、有史以来もっとも大きな幸福を味わうとびきり幸運な一群であると。自分が今この時に感じている幸福を、自分を取り囲むこの新しい世界を、人類は共有することができるだろう。それは、確信と呼ぶにはあまりに確かな、予言とも呼ぶべき認識だった。

人類は私のその予言を、今この時も実現し続けてくれている。まだ完全なる普及には至っていないが、先進国におけるサードアイの普及率は、日を追うごとに上昇している。そうだな、ここらで私は、諸君に問うてみても良いかもしれない。いち早くサードアイの埋め込みを選択し、私たちのネットワークに加わってくれた諸君に、こんなことを。

あの日の私に降りてきた予言は、諸君のもとにも訪れたことがあるのではないか？

そう、それは例えば、小さな二枚のプレートを首筋に埋め込まれた昼下がり、数度の瞬きのその合間に。

そしてこうも問おう――その予言の正しさを、諸君は今疑っているか、と。

答えなくともいい。回答は、口にされずとも私のもとへ届いている。最初に「YES」、次には「NO」だ』

言葉の間には大袈裟な身振りが交えられて、それだけは僕の知るあの人の動作じゃなかった。だというのにほんの少しの不自然さもなく、随分と様になっている様子からは、僕の知らない時間の中で、彼女が歩んできた道のりを感じることができた。

スクリーンは僕の視界いっぱいに広がって、僕らのいる個室と軌道上の一室はまるで繋がっているようだった。彼女が眼前に立ち、こちらへ語りかけている錯覚に囚（とら）われる。

『サードアイが私たちにもたらしたものは何か。それを再確認するために、私はとある町に暮らす、一人の少女の日常を紹介しよう。

その町の名は「水喪」という。諸君の中に、この名を知らぬ者はいないだろう。水喪

〈第六感覚〉関連医療技術研究所を擁し、世界に先駆けて百パーセントというサードアイ普及率を達成した町。日本の東北地方に完成した、未来の世界のモデルケースだ。

その少女は、朝目覚めると顔を洗い、化粧をした後に食事をとり、家を出る。その日は平日なので行き先は高校だが、彼女は鞄を持っていない。両腕を大きく振りながら通りを歩く彼女の足取りは軽いだろう。

通学路は静まりかえっているが、彼女の耳には音楽が聞こえている。それは耳を塞ぐ無粋な機器から流れるものではなく、彼女の鼓膜は拘束されていない。だから彼女はお気に入りのブリティッシュ・ロックを聴きながら、すれ違う町の住人と挨拶を交わすことだってできる。

教室に辿り着いた彼女は、始業のチャイムとともに授業を受ける。手ぶらで登校したはずの彼女がめくっているのは、古き良き手触りのテキストブックだ。

勿論、彼女は学校にそれを放置している訳ではない。そのテキストブックは、彼女の首筋のプレートが、学習中にだけそこに投影するものだ。あらゆる学習は、そのテキストブックにより行われる。十年ほど前まで推進されていた電子端末による学習は、その効果が古き良きテキストブックに決して及ばないことがわかっている。人間には紙をめくる手触りが必要であり、彼女はその手触りと身軽な登校を同時に手にする初めての世代となる。

休み時間には、友人と交流することもあるだろう。むしろ通信網が進化しきったこの時代に、学校という場に移動するもっとも大きな目的はそれだ。

　彼女の友人は、前の休みに家族で出向いた、紅葉に燃える山の話をするだろう。彼女が目にしたこともない、隣県にある山の話だ。友人がそこで見た紅葉がいかに美しいものだったか、手のひらに偶然落ちてきた銀杏(いちょう)の葉の黄がどれほど鮮やかであったか――語られる全てを脳裏に描きながら、彼女はそれを見てみたいと願う。手のひらに落ちてきた葉の手触りを知ってみたいと思う。

　そんな彼女の表情を見て友人がにやりと笑ったなら、数秒後には、彼女の手のひらに銀杏の葉が載っているはずだ。その葉の色合いも感触も、友人が実際に手にしたものと全く同じであることは言うまでもない。

　彼女はダイエット中かもしれない。購買部で買ったパンだけでは、昼食が物足りないこともあるだろう。そんな時、彼女は自らの手の中に小さなチョコレートを投影する。ココアパウダーのまぶされたそれを頬張ると、まろやかな甘みが彼女を満足させるだろう。しかし勿論、それを幾つ頬張ったところで、彼女の身体に脂肪がつくことはない。

　放課後に少しだけ寄り道をするのは、花盛りである彼女たちの特権だ。彼女たちは、町に出来たばかりの総合娯楽施設に向かう。参入企業によって完全に公共空間(パブリック・リソース)が管理されたそこでは、一歩を踏み出すごとに、色彩とデザインの奔流が彼女たちを襲うだろう。アニメーションの中で活躍するキャラクターが、真実の意味でそのままの姿で彼女の前に立ち、手を振る。それは、遥か昔から人類が夢想してきた夢の国の完成形だ。
おわかりだろうか。彼女の生きる世界は、五年より前に人類が見ていた世界と根本から異なる。

彼女は、これまでの人類では見ることのできなかったものを見て、聞くことのできなかったものを聞く。それだけで、世界はこうも豊かに、彩(いろど)りに満ちて輝くのだ。

世界は、初めからこれだけの彩りを隠し持っていた――人類にはそれが見えなかっただけで。あらゆる虚構を受け入れる領域(リソース)を、初めから世界は用意してくれていた。

サードアイ。諸君が命名したこの呼称は、実に良いフレーズだ――私たちのネーミングセンスの敗北を象徴する、という痛ましい事実を除けば』

僕は脳裏でそのフレーズを弄ぶ。サードアイ。アトモスフィア社が提示した感覚情報端末の正式名称が、それまでの社会で既に――目には見えないナニカを捉えるチカラの名前として――消費し尽くされてしまっていたせいで、いつの間にか生まれていた呼称。

うまさの点では正式名称に劣(おと)るかもしれないけれど、それは確かに直感的だった。

『私たちの首筋に埋め込まれた左右一対のプレートは、私たちに生まれた第三の眼だ。この世界が隠し持っていた、自由で、鮮烈で、創造性に満ちた領域を見ることができる新たな器官だ。

人類の持つ肉体は奇跡の産物だが、残念ながら完全ではない。人類はようやく、それを拡張することができるようになったのだ。

サードアイは、やがて端末とすら呼ばれなくなるだろう。それは器官の名となる。埋め込むか埋め込まないか、という選択がそもそも存在しない時代がくるだろう。私たちは、サードアイを備えた種へと進化を遂げたのだ。

さて、さて。

前置きが長くなったことをお詫びしよう。諸君の我慢も限界に近いはずだ。それでは、本題に入ろうではないか。

人類という種に備わった新器官、第三の眼を大いに活用してくれている諸君へ、私は本日、こう告げようと思っている。

私たちの第三の眼がまだ映していないものが、この世界には存在する——と』

そこで沙月さんは一拍をおいて、にやりと笑いながら日本語で宣言した。

『サードアイは、もっと多くのものを視ることができるぞ』

うおおお、と僕の斜め前方にて呻き声が上がった。

「やっぱりすげえ……すげえよ沙月さんは……！」

先崎の背中から、続けてそんな声が響く。先刻までの格好つけた笑みからは、想像もつかない声色だった。

それを笑う気にはなれなかった。無理もないことだ。特に先崎みたいな人種にとっては、今日のこの会見はまさに夢のような出来事であるはずだった。

　きっと今、世界中の人間が、こいつと同じようにひどく熱っぽい表情で沙月さんを見ているのだろう。

　何せこの世界を、そして人類を変えたサードアイの生みの親が、直々にその重要な機能拡張についてプレゼンしてくれるというのだから。その存在が予告されただけで、世界の株価は大きく波打った。その波は今日まで何度も寄せては返し、ほんの少しだって減衰していない。これはそういう会見だった。

　僕みたいに、何とも居心地の悪い思いで観ている人間の方が少数派に決まっていた。

『人類という種の新たなる進化～感覚情報端末〈第六感覚〉の提案～』――五年ほど前に、日本の片隅の小さな港町から世界へ旅立った一本の論文のタイトルを、僕は脳裏で理由もなく弄ぶ。

「やっぱり、昔から凄かったのか？　あの人は」

　こちらを振り向かないまま、先崎が僕に問うた。返事をするか少し悩んだけれど、僕は結局まあな、と呟く。先崎みたいに声を弾ませることはしなかった。

「昔っから、頭は良かったよ。敵わない、とすら思わなかった」

　結日と沙月さんは随分と歳が離れた姉妹で、結日と同い年である僕と沙月さんの年齢は、干支の一回りぶんも離れている。それだけ世代の違う僕でもはっきりとわかるくらいに、あの人は別格だった。

スクリーンの中で、今年で二十九歳になる才媛は、淀みない英語でなおも語る。

『私たちは、サードアイに新たな可能性を付与する。それにより、人類は次なるステージへと導かれるだろう。

しかし、そのステージは高く、険しく、より高い技術と多くのスタッフの力がなければ至ることのできないものだった。ゆえに私たちは、今回の新機能を開発、実装する上で、信頼に足るパートナーを探さなければならなかった』

報告しよう、と沙月さんは、まるで指揮者のように指を踊らせる。

『私たちアトモスフィアは今回、トワイライト・コーポレーションと共同開発の契約を結んだ。今後私たちは共に歩み、第三の眼をケアしていくこととなる。紹介しよう。トワイライト社の代表取締役、宇田川佑だ』

壁の一面を覆うスクリーンの右側に、小さな球体が現れる。それは瞬く間にノート程度の大きさのウインドウに変わった。その中で、一人の男が浅く一礼する。直線的な鼻筋と、スタイリッシュにカーブした頭髪が印象的な三十代前半の男。かつて時代の寵児だの若き竜だの、そんなお定まりのフレーズとともに見たことのある顔だった。

サードアイという新型端末の起こす波を乗りこなすことで、たった数人からなる技術者集団を、コンピューターの黎明期を作り上げた大企業を吸収するまでに成長させた男。

観る者の期待を煽るように、沙月さんはそこでたっぷりと間をとる。勿論この間には演出以上の意味がしっかりとあって、きっと今頃彼女の視界では、色とりどりの球体が、彼女の指先に弾かれて跳ね回っているのだろう。通常は少なくない身振りとともにしか操作できないサードアイを、沙月さんはほとんど身動きせずに完璧に扱うことができた。

先崎は、こちらに背を向けたまま微動だにしない。完全に会見の虜になっている。

——随分と、遠くに行ったものだなあ。

不意に、そんな思いが胸に湧いた。目の前に立つ人が、数年前までこの町で、僕らとともに過ごしていた人だとは思えなかった。

『お待たせしてしまったな』

彼女がそう呟くと、先崎の背中がびくり、と震えた。

『いよいよだ、諸君。これより、サードアイに搭載される新機能——「カレイドフィール」の全貌をご紹介しよう』

その言葉を合図に、僕らのいる個室には次々とウインドウが現れる。一つ、二つ、三つ——数えきれないほどの大小様々なウインドウが、沙月さんの立つスクリーンを取り囲むように浮かび上がった。

先崎の膝に置かれた拳が、強く握られる。陶然とした息遣いが、部屋中にはっきりと響いていた。それを聞く僕は、どうにも居心地が悪くて仕方がない。

先崎の挑発に乗ってここに留まったことを、今更後悔し始めている自分がいた。

ウインドウには、まだ何も映し出されていない。しかし、これだけのウインドウが――これだけの情報量が必要となるような発表がこれから行われるという事実は、否応なしに人々の期待を最高潮にまで押し上げているようだった。

そうして、世界は待つ。スクリーンの向こうの沙月さんが、再び口を開く時を。僕らを次なるステージへと導くという、第三の眼の新たな使い道を告げる声を。

「……？」

しかしいつまで経っても、沙月さんが次の言葉を口にすることはなかった。

訝しそうに、先崎が首を傾げる。僕は知らず立ち上がっていた。

どくり、と僕の心臓が脈打った。

幾つものウインドウの奥、沙月さんの両の眼が、焦点を失っている。

僕が立ち上がった一瞬後に、沙月さんの顔から表情が消えた。先程までの自信に満ちた笑みが嘘のようだった。彼女の両腕が、だらんと同時に下げられる。何が起こっているかはわからなかった。だけど、何かが確かに起こっていた。

沙月さんの唇が、痙攣したように動いた。

洩らされた声はあまりに小さくて、僕らのもとへは届かなかった。

沙月さんの眼球が、ぐるりと回る。がごん、というノイズ混じりの音が、僕らの脳をしたたかに揺らした。膝からくずおれた彼女の姿が、スクリーンごと球体となって消えた。残されたウインドウも次々と消えていく。まるで、くしゃくしゃに丸められてゴミ箱へ向かう紙片みたいに。

そうして、会見は断ち切られるように終わった。

（どういう……ことなんだ……？）

すっかりもとの静寂を取り戻した個室の中、僕は言葉を発することができないでいた。先崎も何も言わなかった。眼前で起こった事態に、思考が追いついていないのだ。

けれど、僕が口を開かなかった理由は、それとは違っていた。

（あの動き……あれは……）

じっとりと汗ばんだ僕の頭の中では、中継が終わる直前に沙月さんが見せた唇の動きが、繰り返し再生されていた。酸欠の金魚にも似たあの動き。

これから世界は、あの動きを解析するだろう。徹底的な音声解析に、読唇術による分析。三日もすれば、沙月さんが洩らした言葉は導き出されるはずだ。それが公表されるかはともかくとして。

けれど、そんな時間を待たずとも。たとえ結論が公表されなくたって。僕にはわかった。わからないはずがなかった。

だって、それはこの二年間、僕の脳味噌から一秒だって離れたことのない単語だったんだから。

『——結日？』

それが、沙月さんが口にした言葉だった。

星の海に浮かぶ小さな部屋の中で、彼女は自分の妹の名を呼んだのだ。

遠く離れた日本の地方都市の一室で、今も眠り続けているはずの少女の名前を。

思わず、僕は振り返った。今しがた呼ばれたはずの僕の幼馴染みは、さっきまでと変わらずベッドの上で寝息を立てていて——

「……え？」

僕は息を呑む。結日の、緩やかに上下する胸の直上。確かに何も存在しなかったはずのそこに——いつの間にか、それは出現していた。

大きな、アドバルーンほどもありそうな白色の球体。

僕がこれまで見たこともないような、超特大の情感素（インフォセル）だった。

2

「もしさ、自分ののってる船がナンパしたら、どうする？」

あれは確か、僕の背丈がまだ今の腰くらいまでしかなかった頃のことだ。

水喪の片隅にある堤防に結日と並んで腰掛けて、夜の海を眺めていた。多分、彼女の両親が仕事から帰るのを待っていたのだと思う。

「ナンパ」僕の問いかけに対して、結日はこんな風に呟いたはずだ。「って、なに？」

こちらを覗き込む彼女の瞳は、肌の色と対照的に、濡れたように深い黒色を湛えていた。そんなことばかりを、なぜかはっきりと憶えている。

「のってる船が、沈みそうになったらどうする、ってこと」

あの頃はまだ、結日の両親の乗る船が沈んで、彼女が姉と二人きりになってしまう前だった。本当にそんなことが起こるだなんてことは幼い僕らには想像もできなくて、だからこそ発することができた、それは質問だった。

我ながら、下らない質問だ。けれど僕らはその頃、毎日のように一緒に登下校をして、こんな風に海を眺めていた。小学生が交わす無数の会話の中にこんなものが含まれていても、少なくとも僕は笑うことはできない。

「うーん……シュウはどうするの？」

結日はいつも、僕のことを「シュウ」と呼んだ。初めて僕の名前を漢字で見た時に、彼女はその読み方しか知らなかった。一度口から発せられた間違いは、どれだけ訂正しても直ることはなくて、いつしか僕も訂正することを諦めていた。

シュウ、というその響きが、やけに心地よく感じられてしまっていたからだ。

「あきらめる」

えー、と結日が上げた声が、夜の空気によく響いた。僕は続けた。

「もうどうやったって沈む、ってジョウキョウだったら、あきらめる。むだなあがきはしないよ。かっこわるいだろ」

結日が小さく、何かを呟いた。潮騒の隙間から微かに聞こえるそれは、

——うそばっかり。

という言葉だったように思う。

「じゃあ、ユウヒはどうするんだよ」

「うーん」

「やっぱり、ユウヒはあきらめないのか？」

結日はそこで、たっぷり二十秒は沈黙した。そして、こちらがちょっと驚くくらいの大きな声で、こう言ったのだ。

「……わかんない！」

「なんだよ、それ」僕は唇を尖らせた。「それじゃあ、シツモンのイミがないじゃんか」

「だって、あきらめるとか、あきらめないとか、想像できないんだもん」

「できないとかじゃなくてさ」

「だってそのときは、シュウがぜったい、助けてくれるでしょ？」

「……なにいってんだよ」僕の切り返しは少し遅れた。「助けられないこともあるだろ」

「ないよ。シュウはぜったい、あたしをみすてないもん」

　そう言う彼女の眼には、ほんの少しの曇りもなかった。僕はたじろぐ。硲結日という少女は、そういう眼で言葉を発することができる少女だった――僕とは違って。

　思えばこの頃からもう、彼女と僕の「違い」は明らかだったのかもしれない。

「みすてなくても、船をみつけられなかったらオシマイじゃんか」

「それじゃあ、合図をだすよ。シュウにむけて。シュウがどこにいたって、ぜったい届くくらいのやつを」

　あんな風に――と結日は真っ直ぐ前方を指差した。夜の海の向こう、闇に溶けて見えなくなった海と空の境目に瞬く、小さな漁り火たち。陸で待つ結日に、船の居場所を知らせ続けてくれる灯りの星座。

「できるのかよ、そんなこと」

　僕は言った。風の感触がやけに温かかったから、きっとあれは夏の夜のことだった。

「できるよ、やってみせる。だからさ――」

　一面の夜空と、その夜空を映し出す静かな水面。すぐ隣から流れてくる結日の声は、まるで遠くから聞こえてくるようだった。僕の視界は全部が宇宙に満たされていて、彼女の声はまるでその宇宙の向こう側に瞬く、小さな灯りから届く信号（シグナル）だった。

僕のすぐ後ろ、宇宙の中心では、赤と黒のランドセルが連星みたいに寄り添っていた。

「ぜったいに、気付いてね。合図、おくるから。きっと、おくってみせるから」

*

沙月さんが全世界の人々が見つめる前で昏倒（こんとう）した事件は、あれから連日のように、あらゆるメディアで扱われていた。あの人の立場の重要さを考えればそれは納得の扱いだったけれど、その扱いの大きさにも拘わらず、事件についての詳しい情報が僕らにもたらされることはほとんどなかった。

硲沙月が昏倒した理由は？　――不明。

硲沙月が倒れる前に見せた唇の動きの意味は？　――不明。

硲沙月の現在の容態は？　――不明。

硲沙月の昏倒に伴い彼女に問われる責任は？　――未定。

要するに、この事件の検証は徹底的にシークレットな形で行われることが、お偉方の間で決定されたのだろう。

ただ、一つだけ僕らに与えられている情報はある。沙月さんはあの後すぐに目を覚ましたらしい、ということだ。

沙月さんが水喪を離れてから二年、僕は一切あの人と連絡をとっていなかった。それでもその知らせを聞いてから、僕は何度も沙月さんに連絡を試みた。結果は不首尾に終わっていた。沙月さんのサードアイには、一切のアクセスができなくなっていた。極々一部の関係者を除き、通信をシャットアウトしているのだと知れた。

ちなみに、サードアイの新機能『カレイドフィール』の発表は延期。今後の詳細は不明らしい。

水喪〈第六感覚〉関連医療技術研究所が一般市民の立ち入りを再び許可したというニュースが僕の耳に入ったのは、中断された会見から十日後、夏休みが目前にまで迫った週半ばの放課後のことだった。

そのニュースを耳にした時に僕が思ったのは、ああ沙月さんがすぐに目覚めたというのは本当だったんだな、ということだった。あの研究所は、役職の面でも能力の面でも、あの人がいないままで回る施設じゃない。

学校を出た僕は、制服のまま研究所へと向かった。

堤防に沿って延びる片側一車線の道路を歩きながら空を見上げると、そこにある青色は、すっかり夏の深さに染まりきっていた。研究所は、海岸線の緩やかなカーブを辿った先の、大きく突き出た土地に建てられている。

　マスコミ関係者やら何やらでごった返していることを覚悟していたのだけれど、研究所のエントランスは静寂に包まれていた。アトモスフィア社側がうまいこと対応したのかもしれないし、はたまた情報争奪戦はこの十日間で一旦（いったん）の収束を迎えていたのかもしれない。本当のところはわからない。

　エントランスを抜け、結日の眠る個室に向かう。部屋へと足を踏み入れて、ベッドの傍らの丸椅子に腰掛ける。

　結日はベッドの上で、いつもと同じように安らかな寝息を立てていた。

「……何だろうなあ」

　ゆっくりと、視線を上げる。

　そこには十日前と変わらず、巨大な球体が浮かんでいた。

　純白、と呼んで差し支えないほどの強烈な白さを持つそれは、表面に些かの光沢も持ち合わせていない。重みを感じさせないその浮遊感は、紛れもなく情感素（インフォセル）のものだ。

　しかし、これがただの情感素（インフォセル）じゃないことも明らかだった。なぜなら、これはこの場所に存在し続けている。僕がこの部屋から追い出されて十日間を過ごした後にも、変わらずここにあり続けている。これは、ただの個人用インターフェースに過ぎないはずの情感素（インフォセル）

の挙動じゃなかった。

この球体は、この座標に固定されている——虚構存在(オブジェクト)だ。

同時に、これが通常の虚構存在(オブジェクト)じゃないこともまた明らかだった。どうやらこれは、僕にしか見えていないらしいのだ。

勿論、根拠はある。十日前、この部屋にいた先崎には見えていなかったらしい、ということ以外の根拠が。

アトモスフィア社はこの十日間、沙月さんの件について調査を進めていたはずだ。外部からの攻撃の可能性を考えたなら、この研究所の内部も徹底的にさらわれただろう。

それに、研究所が沙月さんの呟いた言葉の解析に成功していないとは思えない。結日——沙月さんが自らの妹の名を呟いたことは、研究所だって把握しているはずだ。となるとそう、ここに眠る少女自身だって、調査の対象になっていないはずはない。

にも拘わらずこれがここにあり続けて、また今こうして僕が入室できていることは、この情感素(インフォセル)が僕にしか見えていないという何よりの証拠だ。

この球体は何なのか。ここまで考えれば、結論は一つだった。あまりにも馬鹿げていて、口にするのも憚られることだけれど——これは、僕へ向けて送られた何かだ。

視界の中心に居座る球体を、通常の情感素(インフォセル)と同様に受け入れ、解析しようと試みる。受け入れ——無効(エラー)。受け入れ——無効(エラー)。何度やっても結果は同じ。

深い、溜め息を吐いた。

「……なあ、結日」

知らず、僕の口は言葉を紡ぐ。この部屋で観た会見の中で沙月さんが言ったように、僕らの下校に手荷物というものは存在しない。けれど今、僕の手には薄っぺらいクリアファイルがあった。たった一枚のプリントが挟み込まれたクリアファイルだ。

「お前は驚くかな。僕、最近までずっと、進路希望に『サードアイ技術者』って書いてたんだ」

視線を落とす。透明なファイル越しに、プリントに書かれた文字が読み取れた。

「前にお前に訊かれた時には、『夢なんてない』って答えたよな。そう、夢なんて大層なもんじゃない。サードアイの技術者になれば、お前を目覚めさせることができるかもしれない。そう思ってた。自分なりに、努力だってしてたつもりでさ」

けれど——

放課後、担任から奪い返してきた進路希望調査書には、こんなことが書いてある。

——『公務員』

「僕はお前に、謝らないといけないことがあるんだ」

プリントを伏せて、幼馴染みの寝顔を見下ろす。色の白い肌。派手ではないけれど、安心感のある顔立ち。これまでずっと、見飽きるくらいに傍にあったその造形。

「この間、ここに来たのは、見舞いなんかじゃなかった。僕は——諦めようと思ってた。それを伝えに来たんだ」

その顔は、彼女が心の底から笑った時、普段とは見違えるくらいに華やかな印象に変わるはずだった。そんな彼女の笑顔を、僕はこの二年間、一度だって見ていない。

そんなのは当たり前のことだった。

だって、彼女は眠り続けているんだから。

眉の一つも動かさずにそんなことを言えるようになったのは、いつからだっただろう。

「どうしても、心が動かなくなってた。これ以上は無理だと思った。だって、二年もこのままだったんだ。どうしてお前が起きるのを待ってるのかってことすら、思い出せなくなってた。いつか、そんな話もしたよな。諦めやすいタチなんだよ、僕って奴は」

生憎、僕が企(たくら)んだその告白は、無粋な同級生の乱入によって叶(かな)わなかった訳だけれど。

あの時は、心の底からあいつが憎らしかったけれど——今になって、思う。

よかった。あの時、あの言葉の先を口にしなくて、本当によかった。

中空の情感素(インフォセル)を、僕は真っ直ぐに見据える。指を伸ばしてその白色に触れてみたけれど、指先には何の感触も生まれなかった。

——「ぜったいに、気付いていてね。合図、おくるから。きっと、おくってみせるから」

いつかの、彼女の言葉が蘇(よみがえ)る。視界に居座る純白の球体と、脳裏の星空で瞬く漁り火が、僕には重なって見えていた。

「お前はまだ、ここにいるんだな?」

その言葉を口にした途端に、僕の胸がかっと熱くなるのがわかった。

「思い出したよ。思い出したんだ。僕は、お前にずっと訊きたかったんだ。お前のことを。お前が何を思ってたのかってことを」

突如倒れた、結日の姉。

彼女がその時呟いたのは、結日の名前で。

そして今、ここには僕だけに向けられた何かが浮かんでいる。

きっと、これこそが合図だった。結日からの? それはわからない。けれどこの合図は、確かに僕に問いかけていた。お前はそれでいいのか、と。

「結日、僕はさ——」

口から零(こぼ)れたのは、音になったが最後、後戻りのできなくなる言葉だった。


「——やっぱり、お前を諦められないみたいだよ」


僕は立ち上がる。自分のやるべきことが、はっきりと定まったような気がしていた。

丁度、明後日(あさって)からは夏休みだ。時間は幾らでもある。

必要なのは行動すること、そして僕の能力だけだった。結日の枕元にある花瓶を、僕は見る。十日前に生けられていた切り花は、今はもうそこに存在しなかった。スタッフにより処分されたのだろう。

右手の中に、僕は情感素（インフォセル）を出現させる。あらゆる色が混じり合ったその球体はぐにゃりと形を変えて、一輪の花になった。

白いガーベラ――結日が好きだった花。僕が種類を判別できる数少ない花だった。

「あと少しだけ、待っていてくれよ。結日」

虚構の花を花瓶に挿し込み、僕は踵を返す。個室を出て、静寂のエントランスを抜け、夏空の下へと身を投じていく。

肌を焼くほどの日差しも、粘（ねば）ついた潮風も、ほんの少しだって不快に思わずに。

僕の人生で一番長い夏は、こうして始まりを告げたのだった。

第二章

手の届かない小部屋について

3

「明日から始まる夏休み、皆さんが最初にやるべきは、見通しを立てることです」

ぎらぎらとした日差しの中、拡声器越しの声が響いていた。

声の主である校長は、視界の奥、延々と並ぶ生徒の頭の向こうに立っているはずだったけれど、僕にそれを確認することはできなかった。

宙を飛び交う球体たちが、僕の視界を支配していたからだ。

「長いこの夏を、どのようなことに費やすのか。それは皆さんの自由です。あくまで各教科の課題をこなした上で、という話ですが」

夏空にふわりと漂う、大小様々の情感素。そのうち幾つかが四角いウインドウへと姿を変え、僕の視線がそれをさらっていくにつれて、次々と小さくなり、また球体へと戻っていく。ウインドウが消えたことで一瞬見えかけた校長の立ち姿は、新しいウインドウによってすぐさま覆い隠される。

「部活動に精を出すもよし、何か新しいことに挑戦してみるもよし。受験に備える人もいるでしょう。それぞれの夏を過ごす皆さんの一人一人にアドバイスを送ることは、私にはできません。ですから、この訓辞で私は、皆さんがこれから何をするにしても役立つことを一つだけ、伝えようと思うのです。すなわち――」

何事もまず、見通しを立ててから行うことが肝要なのです。

この二十分、もう何度繰り返されたかわからない言葉だった。僕の通う高校の校長は比較的若い男性なのに、こうして生徒の前に立った時だけは年寄りみたいに話が長くなる。もっともそんな話の長さも、今この時の僕にとっては潤沢な検索時間をくれる行き届いたサービスでしかないのだけれど。

校庭の上空、退屈そうに揺れる生徒たちの頭の上を、黒色の球体が行き交っていく。躍動的に跳ねる球の一つ一つは視覚情報の塊で、その内側には僕が検索してネットの海の向こうから引っ張り出してきた色々が綺麗に折り畳まれて入っている。

勿論、こんな調べものは、学校行事の最中にするようなことじゃない。担任にでも見つかれば大目玉だ。けれどそもそもの話、僕が今何をしているかを外から見ただけで判断できる人間が、この場にどれだけいるか疑問だった。

「何か行動を起こそうという時には、自分は何を目標としているのか、そして現状はどうなのか、ということを確認しなければいけません。それを検討する時間を設けて、初めて自分がこれから何をすべきか、ということがわかるのです」

電子ネットワークを検索して任意の情報を確認する、という行為は、サードアイが普及したからって大きく変わるものじゃない。だからそれを行う際には、水喪の住人でも従来の機器を——手元に浮かぶタブレット端末や、一抱えほどのJISキーボードを——投影するのが主流だった。その検索行動は、傍から見ていてもすぐに判別できる動作を伴う。
実際のところ、これは仕方がないことだった。身に染み込んだ習慣をわざわざ変えるというのは、人間にとって容易なことじゃない。そのままで不便をしないのなら尚更だ。けれど、そういった習慣を脱ぎ捨てる気にさえなれば、サードアイは検索行動だってデザインし直してくれる。僕がやっていることが、まさにそれだ。

　一つのディスプレイに縛られて、それに触れるなり何なりして表示される中身を切り替えるよりも、画面を使い捨てにした方がいい。検索結果を全て情感素として視界に浮かべ、視線でそれを切り替えれば、両手は文字入力などの操作だけに費やせる。キーボードにあたるインターフェースを二つに分割し、常に両手の傍に投影されるようにすれば、腕を下げて整列している最中にすらあらゆる操作が可能となる。

　寸暇を惜しんでサードアイを弄り続ける日々の中で、僕がようやく辿り着いたスタイルだ。勿論、僕の視界を埋め尽くす情感素も、太股の辺りにある分割インターフェースも、僕以外の人間には見えない。最低でも僕と同じくらいにはサードアイを弄り続けた人間でもなければ、僕のことはただ上の空で整列している生徒にしか見えないだろう。

　最新端末を与えられたからって、誰もがそれを使いこなせる訳じゃない。

「検討の際には、先人の知恵などを利用するとよいでしょう」

僕が検索していたのは、サードアイに関する論文だった。沙月さんの携わった論文だけに的を絞っても、何せあの人はサードアイという端末の第一人者だ。共著者に名を連ねたものまで含めれば、検索対象は百や二百ではきかない。そこから目当ての論文を探し出すには、更なる工夫が必要だった。

大事なのは速度、そしてそれを担保する一覧性だ。

サードアイによって投影されるウインドウに、数や大きさの制限なんてない。視界いっぱいに展開された複数のウインドウに、僕は論文のAbstract（概要）を表示する。それを視線だけで大雑把にさらい、引っかかったものにマーカーをつけていく。マーカーが多いウインドウは大きく、そうじゃないものは小さくなっていくように設定すれば、有力な論文だけが視界に残っていくという寸法だった。

（——見つけた）

最終的に残った一つのウインドウを、僕は自分の眼前へ移動させる。

僕が探していたのは、昏睡状態にある患者にサードアイを埋め込んだケースについての論文だった。今から四年前に、沙月さんたちのグループはそれを試みたらしい。

（家族の了承を得て、昏睡状態の女性にサードアイを埋め込み——サードアイから脳への入力は、対象の意識がない都合上、効果を確認できず——しかし、対象の脳からの信号については、サードアイは確かに何かを受け取っていた、と）

その信号の中身については、幾つかの解釈が述べられていたが、どれも推論の域を出ないようだった。けれど、僕にとって大事なのはそこじゃない。収穫は充分だった。

(つまり、昏睡状態にある人間でも、サードアイに信号を送るのは可能だってことだ)

そう、僕が知りたいのはその一点だった。

沙月さんが昏倒した日を境に、結日の眠る個室に出現した純白の情感素(インフォセル)。僕にしか見えないようにあの座標に配置されているらしいあれを構築したのは、一体誰なのか。

僕の脳裏に真っ先に浮かんだ候補は、結日その人だった。

昏倒した沙月さん、そして件(くだん)の情感素(インフォセル)が出現したあの個室、その情感素(インフォセル)を視認できる僕。これらの要素を結ぶ三角形の中心に位置するのが結日だというのは、疑いようのない事実だった。

――「ぜったいに、気付いてね。合図、おくるから。きっと、おくってみせるから」

耳の奥に蘇る声に、自然と拳を握る自分がいた。

だから、僕は調べたのだ。本当にそんなことが可能なのか――昏睡状態にある結日が、僕へ向けて何かを送ることが可能なのかどうかを。

「あーもう、話長(なげ)えっつーの」僕の前に立つ男子が、気怠げにこちらを振り向いた。「あちーよ……そろそろ誰か倒れんじゃねえの?」

だよなあ、と苦笑いを返す。教室での席も近い羽賀(はが)とは、比較的仲が良いはずだった。

ったく、と低く呻いて、羽賀は前に向き直る。僕がしていた調べものに、彼が気付いた様子はない。

額を伝った汗が、顎から地面へぽたりと落ちる。首筋には絶えず風が当たっていたけれど、こめかみを痛めつける日差しの前では焼け石に水もいいところだ。

夏休み前の終業式を体育館ではなく校庭で行うことを決めたのが誰なのか、僕は知らない。それが一向に是正されない理由も。最先端機器が普及したところで、人間はそう簡単に先進的になるってものじゃない。先日の会見で沙月さんが語ったことは、些かリップサービスが過ぎていたように僕は思う。

（最優先で調べたいのは、結日のサードアイの稼働記録だ。当然研究所がモニターしているはずだけど――）

通常のバイタルデータとは異なり、サードアイの臨床データはアトモスフィア社の企業秘密という側面がある。身内でもデータそのものを閲覧できるかは怪しいものだ。

（他人の僕は言わずもがな、だな。だったら――）

僕の思考が結論に辿り着いたのと、校長の話が終わったのは、図らずも同時だった。

「それでは、皆さん。各々の目標へ向け、速やかに方針を定め、励んでいって下さい」

校長がマイクの前からいなくなった途端に、周囲の空気が一気に緩む。一斉に私語を始める生徒たち。そういえば、と羽賀がもう一度こちらを振り向いて言った。

「永井と野田とおれで、明日から色々やろうと思ってんだけど、日々原お前付き合うか？」

「遠慮しとくよ。ちょっと、忙しいんだ。やることができて」

そっか、と羽賀。そう、僕の夏休みは忙しい。同級生にかかずらっている暇なんてありはしないはずだった。


なのに——僕は舌を打つ。その日の放課後、家路を辿る僕の前に立ちはだかったのは、派手な虚構を身に纏った同級生だった。

「……何の用だよ」

そう問う僕へ向け、先崎は白々しく、よっ、と片手を上げてみせる。

高校から僕の自宅までの道のりは、その半ばで漁港の目の前を通ることになる。先崎が立っていたのは丁度その辺り、コンクリートで固められた波打ち際に設えられた、見上げるほどの大きさがある円筒形の石油タンクの傍らだった。

「悪いけど」帰宅する足を止めずに、僕は言う。「忙しいんだよ、僕」

「やること、できたんだろ。知ってる」

僕は立ち止まり、先崎を見た。丁度、奴とタンクの前で向かい合うような形になる。

僅かに見上げた位置にある先崎の顔には、いかにも軽薄な笑みが張り付いていて、それが妙に腹立たしい。

沙月さんが昏倒した日に研究所で会ってから、僕は先崎と話をしていなかった。話をする気もなかった。もとより、それほど仲が良かったという訳でもない。極彩色の頭髪が視界の隅で蠢(うごめ)くのが、以前よりも目に付くようになったくらいのものだった。

「お前、沙月さんが倒れた件について、調べるつもりなんだよな」

にやにや笑いを浮かべたまま、先崎はそう問うてきた。

その瞬間僕の胸に浮かんできたのは、明らかな反感だった。他人の事情に容易(たやす)く首を突っ込んでくる人間に対する、当たり前の感情だ。結日の眠る個室で顔を合わせた時のことを思い出す。そうだ、あの時からこいつは既に無礼だった。

けれど、その感情を表に出すこともしたくなかった。なぜだか先崎には、ほんの僅かな弱みすら見せたくなかった。だから僕が返した答えは、

「……もしそうだとしたら、何だって?」

だった。先崎の言葉を否定しなければ、肯定もしない。奴の言葉は厳密には正確じゃなかった——僕はあくまで結日の個室に現れた情感素(インフォセル)について調べるつもりなのだから——けれど、そこを指摘する意味は感じなかった。

「それ、俺にも付き合わせろよ」

嫌だね、と僕は言う。

「そう言うだろうとは思ったけどな」怯まずに先崎は続ける。「そこを何とか、頼むよ」

「察しの良さが自慢なら、こいつが相当プライベートな案件だっていうのも察して貰いたいもんだね」

「勿論、こいつはプライベートで、その上きっとデリケートな話だ。察した上で頼んでるんだな、俺は」

「……どうして」声が低くなるのが、自分でわかった。「その頼みを、僕が聞かないといけない？」

「俺はな、お前を気に入ってるんだよ」

「……はあ？」

咄嗟に言葉が出なかった。一体何を言っているのだろう、こいつは。

「お前も知ってるよな。俺はこいつを」先崎の左手が、彼の首筋を撫でる。そこに埋め込まれたサードアイを。「いっとう愛してる。信仰してる、と言っていい。こいつはすげぇ代物だぜ、日々原。この間の沙月さんの演説には頷くばかりだ」

まあ、お前にそこを説く必要はないんだろうが——そう言って、先崎は続けた。

「だから、この町にいることにも、誇りってもんを抱いてる。何せここは、沙月さんが作り出した未来のモデルケース、三番目の眼が映し出す景色の一足早い展示場だからな。でもよ、気付いてるんだろ。お前も」

　先崎はなおも語る。奴のサードアイ信仰の象徴である極彩色の髪は、よくよく見れば、夕焼けの朱を帯び始めた日差しを受けても、少しもその色味を変えないようだった。

「辺りを見渡してみても、どいつもこいつも、サードアイの使い方がまるでなっちゃいねえ。そりゃあ、サードアイは奴らの世界を豊かにしてる。従来の世界にはなかった体験をさせてる――でも、それ以上のことがサードアイにできるってことを理解してる人間はほとんどいない。時々な、すげえ虚しくなるんだよ。俺は一体どこにいるんだろう、って」

　そこに現れたのが、お前だ。

　言って、先崎は僕を指さした。

「クラスでは目立たねえようにしてるみたいだけどよ、俺にはすぐにわかったぜ。お前はわかってる奴だ。サードアイってものをちゃんと理解してる奴だ。しかもお前は、そのサードアイの生みの親とも知り合いな上に、今その人のために立ち上がろうとしてるときたもんだ。これで血が滾らない奴がいるか」

　成程な、と僕は思う。どうやらこいつは、僕が考えていたよりも、ずっとホンモノであるらしい。

「沙月さんの件は、アトモスフィア社と政府が総力で捜査してる」僕は平静に言った。こういう輩には水を差してやるしかない。「僕の出る幕なんて、実際のところあるはずがない。無駄骨とわかってやるんだ。自分探しみたいなもんさ。期待に沿えなくて悪いけど、お前の考えるような格好いい話じゃないよ」

「適当なこと言って煙に巻こうったって、そうはいかねえぞ。自分探しってタイプかよ。お前には勝算があるんだろう。アトモスフィアだのを出し抜けるって算段が。だからこそ、こうして行動を起こそうとしてる。その勝ち馬に乗らせろって話だよ」

冗談じゃない——僕は思わず叫び出しそうになる。

先崎の言うことが適当な軽口じゃないことは、僕にもわかった。こいつは確かにサードアイを愛していて、だからこそ抱く失望もあるんだろう。それについては、共感こそしなくとも理解することはできた。

けれどだからって、そんなものが僕と結日の間に他人が首を突っ込む理由になると思われているとしたら、これほど不愉快な話はない。

叫びをぐっと呑み込んで、僕はただ先崎を見上げる。ほとんど睨みつけるような形だ。あまりに不愉快で、口を開くことすらしたくなかった。

先崎は、それでも薄ら笑いを引っ込めはしなかった。その笑いに嫌みが全くないことに、僕は少しだけ驚く。波が砕ける音が、不規則に響いていた。潮の香りはむせ返るほどで、そのせいかやけに息苦しかった。

沈黙は、きっと数秒。止めていた足を僕が再び進めようとしたのと同時に、先崎が溜め息を吐いた。

「——ってのが、まあ建前だ」

僕は眉を顰める。それは、僕が予想していたのとは全く異なる反応だった。

「普段は本音だけどな。今だけは建前だ」そう言う先崎の顔は、もう笑っていなかった。

「確かに俺は、お前に興味がある。進路にサードアイ技術者なんて書いた上に、集会中にオリジナルのUIで情報収集に励むような奴だ。しかも沙月さんとの——アトモスフィアとの繋がりまで持ってるときた。同志としてもパイプとしても有用だ。近付いておかないって手はねえ。当たり前のことだ。俺はそういう奴さ」

でもな——と先崎は一呼吸を置いた。

「それ以上に、好きなんだよ。一人の女の子の見舞いを、毎週欠かすことなく二年も続けるような奴が。何かしてやりたくなるんだよ、そういう奴を見ると。もう一度言うぜ。俺はお前が気に入ったんだ」

こちらを見据える先崎の瞳はひどく真っ直ぐで、それを吸い込まれるように見つめているうちに、僕の中には嫌な想像が渦巻き始めていた。

思い出すのは、結日の個室にこいつが最初に入ってきた時の白々しい台詞だ。

——「悪いな。邪魔するぜ」

あの日、先崎があの個室を訪れたのは、もしかすると僕の進路希望調査書を見たからなんじゃないか？　そこに僕がこれまでと異なるものを書いたことを知り――僕が結日を諦めようとしたことを察して、それを止めに来たんじゃないか？

　それは、嫌な想像だった。何とも言い難く、嫌な想像だった。

　フックが来るかアッパーが来るか、と身構えていたら、あろうことか不器用なストレートをお見舞いされたような気分だった。どういなせばいいのかどころか、受ければいいのかいなせばいいのか、ということすらわからない。

　だから結局、僕に言えるのはこんな一言だけだった。

「……好きにしろよ」

「ああ、わかった。じゃあ好きにする」

　先崎は笑う。今日こいつが見せた笑顔の中でも、いっとう嬉しそうな笑みだった。

「で、どうするんだ？　これから」

　歩き出す僕の隣で、同じ歩幅で歩きながら先崎は問う。僕はあえてそっけなく答えた。

「まずは、結日のサードアイの稼働状況を調べる」

「結日ちゃんの……調べる方法には、心当たりがあるんだな？」

「明日、僕は午前十時にこの場所を通る。その時に先崎がどこにいるかは、僕の知ったことじゃない」

「進也」僕の言葉に半ば被せる形で、先崎は言った。やけに力強い語気だった。「進也、でいい。余所余所しいのは好きじゃないんだ」

　何やら返事を待たれているような空気だったので、わかったよ、と僕は頷いた。満足げに笑みを深めた後、先崎は――いや、進也は更にこう言った。

「ところで、じゃあ俺は、お前のことをどう呼べばいい？」

　表情を窺うまでもなく、何かを期待しているのが明らかな声色だった。そんなの、わざわざ問われるまでもない。簡潔に僕は答える。

「日々原」

　馴れ馴れしいのは好きじゃないんだ、とまでは言わなかった。

4

　サードアイが生まれて五年が経った今になっても、世界中で繰り返される質問がある。

　――人間の脳に送り込む感覚情報を、サードアイはどのように構築しているのか？

　質問が繰り返されるということは、回答も繰り返されるということだ。もう何度となく数多の人間の口から語られたそれを、僕は改めて脳内で弄ぶ。

　――サードアイは、感覚情報を構築してなんていない。

　人間の感覚情報みたいな複雑極まってしかも曖昧なものを、ゼロから構築してみせるような無謀に、サードアイの開発者である沙月さんは挑戦しなかった。あの人はこう考えた。感覚情報なんて、人間の脳が勝手に生み出してくれる。自分たちはそれをそのまま利用するだけでいい。

サードアイはユーザーの首筋で稼働する間、脳から常に感覚情報を読み取り続ける。そしてそれらの全てをネットワークの海へと送り出す。放流された感覚情報は一ヵ所に集められ、そのままの形でプールされる。それこそが、サードアイが人間に送り込む感覚情報のもとだった。

「熱い」「塩辛い」「花びらを指先で撫でた」――世界中のサードアイがこれまで読み取った、あらゆる感覚情報が蓄（たくわ）えられた海。サードアイは感覚に関する操作を行う際に、必ずそこへアクセスする。そしてタグ付けされ重みをつけられたその場の感覚情報を参照し、望みの感覚を実現できるように組み合わせていく。そうやって出来上がったものが、僕らの脳に入力される感覚情報という訳だ。

と、ここまで説明すれば、次の問いかけはこうだろう。じゃあ、その感覚情報の海っていうのはどこにある？　答えは簡潔――周回軌道上だ。

サードアイは、その内部に記録領域や演算領域と呼べるものをほとんど持たない。何せ、首筋に埋め込むまでに小型化された端末だ。サードアイと呼ばれる小さなプレートは、とにかく人間の脳にアクセスし、情報を送受信する機能にのみ特化している。

そんなサードアイが、自らが行いたい処理のほとんどを外注している先こそが、〈第六感覚〉ネットワーク運営用周回軌道施設〈オプティクス〉なのだった。

〈オプティクス〉の中では、三機のスーパーコンピューターが今もひっきりなしに稼働し続けている。〈アイリス〉〈レティナ〉〈ヴィトリアス〉――眼球（オプティクス）の中に設えられた三つの器官。サードアイが扱う感覚情報のもとは、そのうちの一機、〈ヴィトリアス〉の中に詰め込まれている。

ちなみに〈アイリス〉は主にサードアイ・ネットワークの管理を、〈レティナ〉はサードアイの外部ストレージの役割をそれぞれ担っているのだけれど、ここまでくると問いに対する回答としては脱線してしまう。

なんてそんなことを考えたのは、今の僕にサードアイが入力している視覚情報について、思いを馳（は）せずにはいられなかったからだ。サードアイが僕らに見せるもの、聞かせるものは、全て〈ヴィトリアス〉という海に蓄えられたもの。つまり、かつて誰かが見たり聞いたりしたものであるはずだった。ゆえにそう、今の僕の視界の端（はし）でちらちらと揺れる極彩色を実際に見た人も、いつかのどこかには存在したのだろう。

「…………」

本当に――こんな色を？

「さっきから、溜め息の数が多いぞ」午前のからりとした日差しの中、隣を歩く進也が笑う。「さてはお前、感情を隠すのが苦手なタイプだな?」

「んなことないっての」

「自覚はねえだろうな。自分は隠してるつもりなのにバレバレってタイプだ」

漁港の外れ、コンクリートの岸壁の上だった。振り向けば、円筒形の石油タンクが遠ざかっていくのが見える。進也の歩いている方、海へと続く断崖(だんがい)には、間違っても見逃されないよう黄色と黒の縞(しま)模様に塗られた車止めが並んでいる。

「……お前さ」進也を睨み付けながら、僕は言う。「僕らがこれから何をしに行くのか、わかってないだろ」

高校の制服を着ていた昨日とは違い、完全に私服になった進也の姿は、車止めなんて比較にならない目立ちっぷりだ。原色ばかりが塗りたくられた頭髪に、刻々と色が変わっていくタイル模様のカーディガン——いつか研究所にて目にした時には他人事だったそれも、こうして隣を歩くようになった今となっては、僕の胃を痛めつける凶器でしかない。

「やー、そうでもねえぜ」僕とはうって変わって、進也は鼻歌でも歌い出しそうな足どりだ。「お前がそれだけ俺の服装を気にするってことは、頭のお堅い人間と顔を合わせに行くってことだろ。丁度、歩いていく先は船着き場だ。漁師に話を通すってのは、確かに面倒事だ。隣がこんな身なりなら、溜め息も出るってもんだな」

「おま……そこまでわかってるんなら」

「はっきり言わねえお前が悪い。俺らは十年来の親友か？　日々原よ」

やっぱりこいつは苦手だ――そう思いながら、僕はもう一度だけ溜め息を吐く。

「これから向かう場所は、少しデリケートだ。方々に話を通しておかないと面倒なことになる。この町だとそういう時は、漁師に話すのが手っ取り早い」

今でこそサードアイ社会の最前線みたいな扱いを受けているけれど、水喪は数年前まではただの漁師町だった。水喪〈第六感覚〉関連医療技術研究所が誘致されてからは雇用の大半がそっちに支配されて、漁業はすっかり下火になっているとはいえ、それで町の性質が変わるという訳じゃない。

「そして進也、お前のファッションを漁師は理解しない」

ふむ、と進也が鼻を鳴らす。

「まだ素直じゃねえとこはあるが、まあいい感じだ。今後もその調子で頼むぜ、相棒」

調子に乗るな、と言おうと開かれた僕の口は、志半ばに動きを止める。

つい数秒前までは極彩色と変色タイルで構成されていた進也の立ち姿が、瞬く間に変化していた。目が痛くなるような色彩が溶けるように薄らいだかと思うと、気がつけば奴のカーディガンは灰から黒への綺麗なグラデーションに染まっていたし、艶のある黒髪には銀色のメッシュだけが効果的に配されていた。

髪の銀色が明らかな金属光沢を持っているところが不自然と言えば不自然だったけれ

ど、それを差し引いても、充分に常識的な服装だった。

「これでどうだ？」

進也が問うた。いいんじゃないか、と僕は答える。答えながら、内心は穏やかじゃなかった。虚構存在（オブジェクト）による身体の装飾は、水葬では一般的なファッションだ。勿論、僕だって申し訳程度だけれど、それはやっている。けれど——

全身を包むほどの量の虚構存在（オブジェクト）を、しかも身体を動かしながら、ほんの少しのズレもなく切り替える？

僕にはできるだろうか、と自問した。何気なく行われた進也の操作には、奴がこれまでどれだけ熱心にサードアイを使い続けてきたかということが如実に表れていた。

自分の左手首に、視線を落とす。針を止めたままの時計。あまりにささやかな虚構に。

船着き場に辿り着く。漁はもう終わっているようで、岸壁に何艘（そう）かの漁船が固定されていた。船の前では数人の漁師が談笑していて、そのうち一人が素早くこちらに気付いた。

「おう」クーラーボックスにがに股（また）で腰掛けた無精髭（ぶしょうひげ）の青年が、声を張り上げる。「日々原の坊ちゃんじゃねえか。学校はどうした」

最近父親の跡を継いだばかりの、逆木（さかき）の長男——何せみんながこう呼んでいるので、下の名前は知らない——だ。粗野な印象を受ける立ち居振る舞いで、実際中身もその印象を裏切らないけれど、悪い人じゃない。

ちなみに、日々原家は息子が「坊ちゃん」なんて呼ばれるような立場の家じゃない。この人は、誰のどんな子供でもそんな風に呼ぶ。

「学校は今日から休みだよ、旦那(だんな)」

　そして、自分はこう呼ばれると喜ぶ。なかなか単純で気持ちの良い人だった。

　丁度いい、と僕は思う。この人とこの人の親父(おやじ)さんは、漁協の中でも顔が利く。誰かに話を通すならうってつけの人材だ。

「ああ、そうか。夏休みかあ。気付かねえもんだ。いいよなあ、学生はよう。好きだったんだよ、おれ。夏休みの空気感っつうの？」

「早く結婚して子供作れば、また味わえるんじゃないの？　親としてだけど」

「うるせい。努力はしてんだ、努力は。そんで」そこで逆木の長男は、僕の隣に立つ進也をゴム手袋を嵌(は)めた指でさした。「そいつは友達かい？　あんま一緒にいない顔だよな」

「そんなとこ。ほら」

　僕が促(うなが)すと、進也は軽く頭を下げて名乗った。おうよ、と進也へ返事をしてから、逆木の長男は僕へ向けてもう一度口を開く。

「で、夏休み中の学生が揃って、どこに遊びに行こうってんだ？」

「生憎、今日は遊ぶ訳じゃないよ。硲の家にね、用があるんだ」

「硲の――？」そこで、逆木の長男は少しだけ顔色を変えた。「さてはあれか、あそこの上の嬢ちゃんのお使いか」

「そうそう。最近は何かと大変みたいで」

「そういや、何か事故？　みたいなのがあったんだったなあ。なるほどなるほど」

一人で何かを納得したように、逆木の長男は何度も頷く。彼の周囲に立つ他の漁師たちも、同じような納得を面に浮かべていた。

彼の言うところの「硲の上の嬢ちゃん」というのは、要するに沙月さんのことだ。

「まあ、あれだ。入んのはいいけど、あんまり硲の家を荒らすなよ。上の嬢ちゃんにも、たまには帰ってこいって言っとけ。人に金払って綺麗にしときゃあいいってもんじゃねえってさ」

僕は頷く。沙月さんのことが話題に上っておきながらこの程度の小言で済むのなら、安いものだ。若くて物わかりのいいこの人に話ができたのは幸運だった。

談笑に戻っていった逆木の長男に会釈をして、僕らはもう一度歩き出す。このまま海岸線に沿って進んでいけば、やがて遠くに研究所が見えてくるはずだ。けれど、僕らの目的地はそこじゃない。ある程度進んだところで、僕らは歩く方向を変えた。

「お疲れ」大きな屋根に覆われた水産物の荷捌き場の横を通り抜ける途中で、進也はそんな言葉を洩らした。「お前、よくああいう人種とあんな風に話せるよな。尊敬するぜ」

「変に畏まったりした方が嫌われるんだよ」言って、僕はさっきから進也が置物になっていた理由を悟る。「お前、漁師たちと話したことないの?」

「ないってことはないけどな。うちの親は技術者だから、あんまりあっちの方とは繋がってねえんだよ」

へえ、と僕。横目に見る荷捌き場は作業の真っ最中のようで、積み上げられた籠の隙間をフォークリフトが忙しなく行き交っている。屋根のあるあそこを通ればさぞかし涼しいだろうと思うけれど、勿論涼むためだけに人様の仕事を邪魔する勇気なんて僕にはない。

「ところで」視界の外から、進也の声が届く。「行き先が沙月さんの家だってのはわかったけどよ。そこに行くのに、何だってあんな風に話を通さないと駄目なんだ?」

僕はもう一度、荷捌き場の様子を窺う。動き回る人々は皆忙しそうで、横を通り抜ける二人の高校生なんて目にも入っていないようだった。

「硲の姉妹と、漁師たちとの間は何というか、微妙なんだよ」

「微妙?」

「この数年で変わったろ、この町。良くも悪くもさ」

数年前まで純粋な漁師町だった水喪は、今やサードアイの町、未来の世界のモデルケースだ。そのお陰で水喪の経済は明らかに上向きになったけれど、反面、漁師たちの肩身は急激に狭くなった。そのことに対して、思うところのない漁業関係者はいないだろう。

「沙月さんがサードアイを作らなければ、ってやつか。俺は感謝しかねえけどなあ」

「それも勿論あるけどな。むしろ、より面倒なのは結日の方だ。お前も知ってるはずだろ。水喪をこんな風にしたのは、あいつだってみんなは思ってる」

正確に言えば、この町がこうなったのはサードアイのせいじゃない。サードアイ自体は、漁師たちの世界だってちゃんと彩っている。卑近な例だけ挙げても、今まさに僕の視界に入っている荷捌き場にて、魚の籠の上に浮かんでいるタグだってサードアイの恩恵だ。本来ならボロボロであるはずの卸売り市場の建物が新築同然に見えるのも、魚の生臭さを全く感じずに観光客が市場を歩けるのも、全てサードアイのお陰だった。

この町を変えたのは——水喪〈第六感覚〉関連医療技術研究所の誘致事業の方だ。

サードアイが世に出てすぐの頃、まだあの端末が世界に受け入れられていなかった時期に、アトモスフィア社からこの町に持ちかけられたその事業は、当時の町を真っ二つに割った。成功すれば、その頃には漁業の成長も頭打ちになっていた地方都市を見違えるほど豊かにするだろう一大誘致。しかしそれと同時に、その変化は従来の産業に従事していた人々の居場所を奪うことも確かだった。

町中を巻き込む論争があった。まるで何かの祭りみたいに、毎日どこかで集会があって、どこからともなく景気の良い声が上がっていた。そんな異様な熱気に包まれた町の中で、一際人々の耳目を集めていた少女がいた。

後に研究所誘致の立役者として語られるその少女こそが、当時中学校に上がったばかりの硲結日だった。

サードアイの開発者、硲沙月の妹。誘致を推進したい人々からすれば、これほど担ぎ上げやすい御輿もない。そして彼女は、自分に寄せられたその期待に、見事に応えきってみせたのだった。

「出逢えるよ」――それが、彼女が決まって口にするフレーズだった。

彼女が訴えたのは、研究所の誘致によって――この町のアイデンティティを売り渡すのと引き替えに――僕らに与えられる、あるもののメリットだ。

住民全員を対象とした、サードアイの無償提供。

世界に先駆けて、日本の小さな港町に実現するサードアイ社会。それがどんなに素晴らしいものかを、彼女は何度だって訴えたのだった。

――「出逢えるよ、あたしたちは出逢える。知らない人とは勿論、もう既に知ってる人とだって。充分に知ってるとあたしたちは思ってたけど、実はこれっぽっちだって知らなかった隣人たちと。サードアイは、出逢わせてくれるんだよ」

彼女がそんな言葉を響かせる度に、町の空気は変わっていった。文字だけで追えば陳腐なはずのフレーズを、彼女は楽しげにサードアイを操りながら、心の底から嬉しそうに語るのだ。彼女の姉が、現在世界中へ向けて発散しているカリスマ――妹の中にも確かに存在していたそれが、小さな町を高濃度で包み込んだ形だった。

いつしか硲結日という名前は、水喪の人々にとってサードアイ普及の代名詞になった。以前研究所の個室で、進也が結日を指して口にした言葉――「俺らに第三の眼をくれた恩人」というのは、そういう意味だ。

「だから、それに不満がある人間からすれば、諸悪の根元とも言える奴だ。愛憎入り交じって、自然と注目を集めるんだよ、硲の家は」

僕がそう口にしたのと、僕らが荷捌き場の横を通り抜けたのは、ほぼ同時だった。

水喪の住人で、硲の姉妹を意識しない人間はいない。だから、硲の家に住人じゃない人間が出入りなんてすれば、噂は瞬く間に町中へ広がるだろう。そんな面倒は御免だった。

砂利が敷き詰められた駐車場の横の道を歩きながら、進也が暢気に呟く。

「遺恨のない革新なんてありえないってことか。当然っちゃ当然だが、世知辛いねえ」

だな、と僕は頷く。それはずっと、結日が胸を痛め続けてきたことの一つだった。

「で、だ」硬直しかけた空気をほぐすように笑って、進也がこちらを見下ろしてくる。

「そうまでして沙月さんの家に行くことが、俺らの目的とどう繋がるのかってのは、教えちゃくれねえのか?」

「それについては、着いてから教えるさ」

＊

玄関の引き戸を開くと、薄暗い日本家屋の奥から、ひやりとした風が吹き付けてきた。鍵をポケットに仕舞いながら、靴を脱ぐ。板張りの廊下を踏みしめると、薄い靴下越しにじんわりと冷たさが染みてきた。いくら木造の日本家屋は涼しいからといって、外では汗ばむ季節においては少々過剰な冷たさだ。

お邪魔します、と進也が小声で呟いた。今のこの家には誰もいやしなかったけれど、奴の気持ちはよくわかる。僕がそうしなかったのは単に、この家を訪ねる時にだけはそう言う習慣がそもそもなかったからに過ぎない。

おうい、結日。

いつも、僕がこの玄関で発する第一声はそんなものだった。勿論、だからって今ここで唇をそう動かすつもりはないけれど。

「一応訊いとくけどよ、勝手に入って大丈夫なのか？」

「もともと、誰も入ってないって訳じゃないんだ。沙月さんが町を出てからは、週一で業者が手入れに来てる。その手続きのついでに、僕も鍵を渡された」

「血縁でもないのにか」

「その血縁がいないからな。他に渡す相手もいなかったんだろう」

僕らが一歩足を進めるごとに、廊下の照明が勝手に点いていく。まるで、見えない誰かに出迎えられているようだった。

水喪というのは、なかなか奇妙な作りをした町だ。

水喪〈第六感覚〉関連医療技術研究所自体を含めて、あの研究所が誘致されてからこっち、新たに建設された住宅地やショッピングモールは、最新の建材にスタイリッシュなデザイン、サードアイによる拡張現実（AR）などで構成されている。そこにあるのは、紛れもなくかつての人々が思い描いた未来だ。

そしてそんな未来と同居するのは、この漁師町が代々受け継いできた過去——良く言えば伝統的、悪く言えば古く寂れた町並みだ。塗装の剝（は）げた公営住宅に、建ち並ぶ平屋。過去を抱え込んだそれらの町並みがある領域と、未来を実現した町並みがある領域ははっきりと分かれていた。

硲結日と沙月の姉妹が暮らした家は、漁港から内陸へ向けて引かれた境界線（ライン）の直上、未来と過去のまさに狭間に鎮座している。

それは正しく「鎮座」としか表現しようのない立派な家で、塀にぐるりと囲われた日本家屋は、僕と母さんが暮らすアパートの建物全体と同じくらいの大きさだ。上等な木材が使われているのが一目でわかる、何とも美しい平屋だった。

古い町並みの中でも別格の威容。けれど、水喪の町にそれを見て驚く人間はいない。硲の家はそれに値する家なのだと、みんなが承知しているからだ。

その認識は、沙月さんの功績による訳じゃない。硲の家は、長女である沙月さんがサードアイを開発し、時の人になる前からずっとこんな具合だった。今から八年ほど前、後継ぎ夫婦を乗せた漁船が沈んでしまうまでは、水喪の漁師の圧倒的な稼ぎ頭だった家。特に後継ぎ夫婦の妻の方——結日と沙月さんの母親は、随分な傑物だったらしい。

町の外からふらりと現れ、水喪の漁業を次々に変えていったといわれる「硲の若奥様」。彼女は不思議な人間的魅力で漁師たちの懐に入り込み、並外れた発想力で漁法や流通を根こそぎ改革して、人々の生活水準を跳ね上げたのだという。

若奥様の活躍の大半は僕が水喪にやってくる前のことだったから、僕は伝聞でしかそれを知らない。けれど、沈没する漁船から彼女が一人だけ救出されたという報せをうけた時の、町中の喜びようは憶えている。彼女の意識がもうどうやったって戻らないと知らされた時の落胆ぶりも。

結日が沙月さんとともに水喪をすっかり変えてしまっても、表立って悪し様に言われない理由こそがそれだった。港の人々は、若奥様への感謝を今だって忘れていない。

そんな人の娘たちが水喪の漁業を隅へと追いやったというのは、ちょっと出来すぎなくらいに皮肉な話だった。

どんな傑物だろうと、死んでしまっては何もできない。僕が仏壇に線香をあげ、座布団の上で十数秒間目を瞑っている間も、結日の両親は遺影の中からこちらを見据えるだけで、無遠慮に来訪した僕を咎める様子はなかった。

座布団から立ち上がり、振り返る。畳敷きの大広間は全ての雨戸が閉じられていて、視界の奥まで続く空間の全てが均等な照明に照らし出されている。雨戸の向こうは縁側で、そこにはちょっとした庭があることを僕は知っている。雨戸を開け放てば畳のあちこちに心地よい陽だまりができることも、そこでするうたた寝の心地よさも知っていた。

けれど勿論、今の僕は雨戸を開け放ったりはしない。ここはもう、僕が毎日のように通っていたあの家じゃない。

「……似てるな」

進也がぽつりと呟いた。僕の隣の座布団に腰を下ろし、手を合わせたポーズのままで仏壇の遺影を見つめていた。僕は頷く。どうやら硲家はそもそもが早死にの家系らしく、欄間にあるものも合わせれば、結日と沙月さんの姉妹を除いた全ての血族の顔が大広間には並んでいたけれど、中でも硲の若奥様は姉妹と瓜二つだった。

襖を開けて再び廊下に出ると、僕の後ろを歩く進也がぶるりと身震いをした。

「いやに寒いな。こいつはチョイスをミスったか……?」

右手に持つコンビニ袋をがさりと揺らして、進也が言う。食料を仕入れるために寄ったコンビニで、進也は随分と冷たいものばかりを買っていた。

「結日の個室に現れた情感素について調べてる、っていう話はしたよな」

進也の言葉に応じずに、僕は口を開いた。僕が持つコンビニ袋の中身は大半が常温だ。

「ああ」進也が僕の隣に並ぶ。「その情感素が沙月さんの昏倒と繋がってる可能性があるって話だよな。確かにこうもタイミングが一致すれば、俺だってそう思うぜ」

進也には、ここに来るまでの道中で現状を大まかに説明していた。

「僕はその情感素の出所が、結日自身じゃないかって疑ってる」

「ふむ。確かに、昏睡してるからってサードアイを使えないなんて道理はねえな」

僕が論文を参照してようやく信じることができた可能性を、進也はあっさりと口にしてみせる。そのせいだろうか、僕の返事は少し遅れた。

「……その可能性を検討するには、彼女のサードアイの稼働データを見るのが一番早い。問題はどうやって見るのか、ってことだけど」

「研究所はモニターしてるんだろうが、そのデータを見せて下さい、って言って見せてくれるはずもねえな。勝手に見せて貰うか？」

　にやりと笑う進也。その表情には、やろうと思えば自分にはそれができるのだ、という自信が満ちていた。

「馬鹿言うなっての。研究所のセキュリティなんて、この世界で有数の堅牢さだ」

「バレないで、ってのは流石に無理だろうが、データの閲覧自体は何とかなるんじゃねえかな。人間の作るものに完全はねえぜ」

「軽々しく言うよな。後先を考えなければ何とかなる、ってだけだろ、それ」

「人間には、後先を考えちゃいけねえ時ってのもあるもんさ」

「で、お前にとっては今がそれだって？」

「まさか」進也の左手が、僕の右肩に乗せられた。「だから俺は、お前の妙案に期待してる訳だ」

　勝手なことを、と僕は心の中で舌を打つ。進也の手を振り払ってから言葉を紡いだ。

「普通なら、サードアイの稼働データは、それこそアトモスフィア社でもない限り閲覧できるものじゃない。でも、結日だけは別なんだ」

　僕が廊下の一角で立ち止まると、進也は訝しそうに声を上げた。

「どうしたんだよ、間取りを忘れたか？」

「ここだ」

「……は？」眉を顰めながら、辺りを見渡す進也。僕らが立つのは、白い壁に挟まれた廊下のど真ん中だ。「ここだ、ってお前」

「忘れたのか、進也。ここは沙月さんの暮らした家だ」

その言葉だけで、進也の目の色が変わる。奴の視線は、僕の傍らにある廊下の壁へと注がれていた。

「虚構存在（オブジェクト）か――！」

僕はサードアイを操作する。視界に映る虚構存在（オブジェクト）の無効化。座標に登録された虚構を受け取ることをやめて、ありのままの世界を見る。日常ではまず行う必要のない操作だ。

進也の髪の金属光沢が消え、僕の左手首の時計も消える。それと同時に、僕の傍らの壁には一枚の扉が出現していた。

僕と同じ操作をした進也が、感心したように呟く。

「隠し部屋、ってやつだな。粋（いき）な隠しかたをする」

「視覚情報だけじゃなく、触覚情報も備えた精密な虚構存在（オブジェクト）だ。普通はまず気付かない」

定期的に家を訪れる手入れの業者も、この扉には気付いていないはずだ。僕は続ける。

「廊下が寒いって言ってたよな。冷気、この部屋から洩れてるんだ」

扉を開くと、殊更に冷たい風が僕らを包み込むように広がった。

瞬間、僕の視界がぐらりと揺らぐ。扉の向こうから耳に飛び込んできた音響があまりに重くて、そんな錯覚を招いたのだろう。頭を軽く押さえながら、開かれた扉の向こうを見る。明るい、小さな部屋だった。そして小部屋の中心には――

生き物さながらに唸(うな)りを上げる、見上げるほどの直方体があった。

＊

「だれでもデコレエショーン、みたいな！」

砺家の大広間で結日がそんなことを叫んだのは、僕と結日が小学校の同じ教室に毎日通っていた時分のことだった。

家を離れずに済むよう通信制の大学で勉強していた沙月さんと、僕らが三人でお茶を飲んでいた休日の昼下がり。結日の声はやけに間延びした上に独特な抑揚(よくよう)を作っていて、右手は臍(へそ)の辺りにある架空のポケットから見えない何かを取り出しているようだった。そして丁寧に、頭の上まで掲げられた彼女の右手はグーの形に丸められていた。

「……青いロボット？　猫型の」

どう反応すればいいかわからなかったので、僕はとりあえずそんなことを言ったように思う。結日が頬を膨(ふく)らませてこう返したことも憶えているから、まず間違いない。

「ぶぶー。黄色くって可愛い方です。リボン付きの」

「ああ、妹だもんな、妹だもんな」

何が妹だもんな、なのかさっぱりわからない。そんな僕らを見ながら沙月さんが、では青ダヌキは私なのか、とぽつりと呟いていた。

硲結日という少女は、時折こんな風な具合になった。不意に脈絡のないことを口にしては、僕らを困らせる。何より厄介なのは、しっかりと話を聞くことさえできれば、その言葉には確かな価値があることがほとんどだったところだ。

水喪の漁業を変えた若奥様の血は、娘の中ではそういう形で騒ぎ出すようだった。

「あれだよ、あれ。あれの話」

結日が指差したのは、庭に干された体操着の袋だった。沙月さんが洗ったばかりのそれを見て、僕には思い浮かぶことがあった。小学校におけるちょっとした問題ごとだ。

当時僕らのクラスでは、体操着の袋につけるバッジが流行(はや)っていた。文房具屋で売られている、キャラクターもののバッジだ。小学生の間では、脈絡もなくそういうものが流行りだすことがある。この流行が問題の種だった。このバッジ、作りは割合ちゃちなくせに、値段はそこそこ張った。

バッジを買って貰える家の子供と、そうじゃない子供。家の経済状況によって、クラスの中にヒエラルキーが出来上がってしまったのだ。

僕はといえば、経済状況以前の話として、そういうものには全く興味を示さない子供だった。そんな僕でも、着替えの時間なんかにバッジを自慢する連中に向けられる複雑な眼差(まなざ)しは印象に残っていたように思う。

「だからこそ、だれでもデコレーション、なのです！」

畳の上の陽だまりに倒れ込みながら、結日はもう一度言った。寝転がって眩しそうに目を細める姿は、確かに猫みたいだった。二足歩行するロボットじゃない、本物の猫。

それから一週間後、僕らのクラスの片隅、ロッカーの上には、見知らぬ機械が置かれていた。電動鉛筆削りくらいの大きさの機械には深いスリットがあって、それは例えば体操袋なんかを差し込むのにぴったりのサイズだった。

誰のものとも知れないその機械を偶然にも発見した結日が、みんなの前でスリットに適当な布を差し込んでみせると、数秒後には布の真ん中にきらきらと輝く絵柄が刻印されていた。当時流行っていたバッジの中でも、特に人気のあったキャラクターだった。

流行はあっという間に入れ替わった。その機械——だれでもデコレーション——は買ってきたバッジなんかよりも数倍綺麗にキャラクターを刻印して、しかもその名前の通り誰にでも使えたのだ。これはもう、必然というしかない流れだった。

ああ成程、と僕は思ったものだ。結日は、ヒエラルキーの下層に追いやられた子供たちを掬(すく)い上(あ)げようとしたのか、と。だれでもデコレーションは、バッジを買えない子供にとってはまさに救世主のような存在だった。

けれど、すぐに僕はそうじゃないことに気付く。結日は単純に、誰かに施しをするような気持ちで黄色いロボットになってみせた訳じゃなかったのだ。

この機械は、型紙を替えればどんなデザインでも刻印することができた。その型紙は一から手作りすることもできたけれど、同時に既存の製品をもとに作ることもできた。つまり、クラスで流行っていたバッジをもとに、人気のあるその絵柄を刻印することもできたということだ。

バッジをもとにうまく型紙を作るにはちょっとしたコツがあって、それをこなせるのは手先の器用な子供だけだった。勿論、手先がいくら器用でも素材となるバッジがなければどうしようもない。そして僕らのクラスにおいて、「手先が器用な子供」と「バッジを持っている子供」は、見事なまでに重なっていなかった。

だれでもデコレーションは誰でも使えたけれど、一人では使いこなせなかったのだ。

結日がどこまで見通していたのか、僕にはわからない。彼女はただ、だれでもデコレーションを作ろうと言っただけだった。けれどその結果として、気がついた時には、クラスのロッカーに突っ込まれる体操袋の全てに可愛らしいキャラクターが刻印されていた。

クラスに出来上がったはずのヒエラルキーなんて、もうどこにも残っていなかった。

ヒエラルキーの逆転ですらなく、それを根本から破壊してしまう離れ業。本来なら、結日にそんなことをする理由はないはずだった。硲の家に暮らす彼女は貧しさとは無縁だったし、何よりも彼女は身体が弱く、体育の授業はいつも見学していて——そもそもの体操袋自体を学校に持ってきていなかったんだから。

にも拘わらず、彼女はそれをやった。硲結日という少女は、そういう人間だった。

とはいえこの一件の間、結日自身は何もしていない。あいつは案を出しただけだ。沙月さんは結日の思いつきをもとに機械を設計し、材料の仕入れから組立までをほとんど寝ずにやってのけた。僕はといえば、突如教室に現れた得体の知れない機械を困り顔で撤去しようとする若い女の担任を、必死に説得し続けた。結日は、そんな僕らをただただ横で眺めていた。いかにも信頼してますよ、というような無邪気な笑顔を浮かべながら。

何かを実現する力はないくせに、正しい道筋だけは思いついてしまう少女。彼女に僕らがどれだけ苦労させられたか、僕はいちいち全てを憶えてはいない。

「よかった、これでさみしくないよね」

僕が憶えているのは、例えば一通り事態が落ち着いた後で、彼女が呟いた一言だ。

「これで誰も、さみしくないよね」

そんなことを口にして、胸をなで下ろしていた結日の姿だ。

唸りを上げる直方体は黒色で、箪笥一竿ほどもあるそれが体積の大半を占めているせいか、ただでさえこぢんまりとした部屋は尚更小さく感じられた。

外とはうって変わった洋室はひどく簡素で、一種独特の緊張感に満ちている。

窓はないけれど、照明のお陰で充分に明るい。白色の壁に向けて据えられたデスクの上には、飾り気のない液晶モニターが三台、キーボードを取り囲むように置かれている。デスクと揃いで置かれたチェアは随分と上等で、持ち主が長時間の使用を見越して選んだことが見て取れた。

残りの壁際は書架に塞がれていて、全てに隙間なく本が並べられている。背表紙の大半はハードカバーの学術書だ。

持ち主が必要だと判断したものしか、ここには存在が許されない——景色の隅々からそんな意思が滲み出る中、部屋の中央の直方体だけが場違いな存在感を放っていた。

「……俺はまだ、状況ってのがさっぱりわからねえんだが」

僕の後に部屋に入ってきた進也が、後ろ手に扉を閉めながら口を開いた。

「質問しないお前が悪い」少しだけ意地悪な気分で、僕は言う。普段はすました顔の進也が困惑する様子は、なかなかの見ものだった。「僕らは十年来の親友か？」

「はん。言いやがる」

デスクの上にコンビニ袋を置きながら、僕はサードアイを操作する。虚構存在を有効化。再び頭に金属光沢を宿らせた進也が、問いを口にした。

「この部屋は何だ?」

「沙月さんの作業部屋。研究室、って言った方が近いかも」

「ここだけ洋室なのは、後から造ったからか?」

「そう。昔はここは中庭だった。父親が死んでから造ったんだ。最初から隠し部屋にするつもりがあったかどうかはわからないけど」

「沙月さんは――」そこで進也は一拍おいた。「ここで、サードアイを創(つく)ったのか?」

僕は頷く。他に訊くべきことがあるのはわかっているだろうに、それでもその質問を我慢できなかった辺りが、実にこの男らしい選択だった。

業(ごう)、というのはこういうものを言うのかな、なんてことをふと思う。

湧き上がってくる感動でも味わったのか、進也は唇を引き結んで部屋を一通り見渡してから、ん、とわざとらしく鼻を鳴らした。

「で、だ」部屋の中央に鎮座する直方体を指さして、進也はようやく肝心な問いを口にする。「こいつは、一体何だ?」

「所謂スパコンってやつだな。沙月さんがサードアイ開発のために仕入れたんだ」

確か、彼女の父親が遺(のこ)した財産の半分は、この大容量計算機に投じられたはずだ。僕は言葉を継ぐ。

「サードアイは、それ自体は高度な演算機能や記録領域を持ってない、だろ？　あれは処理を依託できる外部サーバーがないと機能しない。今は〈オプティクス〉のスパコンがその役割を担ってるけど、勿論それは最初からあった訳じゃない」

「リリース当初は、どこかの大学に専用のスパコンが用意されたんだよな。それは知ってたが——そうか。俺も間抜けだな。その前ってのは、確かに考えたことがなかったぜ」

「開発段階にサードアイを動かしてた外部心臓が、これさ」

「何てこった」恐る恐る、といった手つきで、進也がスパコンに手を触れる。「こんなもん、そうそうお目にかかれるもんじゃねえ……」

　そして奴は、そのまま僕にこう問うた。

「こいつが何なのかはわかったけどよ。じゃあこれ、今は何に使われてるんだ？」

　そう、このスパコンは、サードアイの開発が完了し当初の役割を失ったはずの今も稼働し続けている。部屋に響く唸りはスパコンの稼働音だったし、この部屋をしこたまに冷やし、廊下にまで冷気を洩らしている空調は、膨大な放熱を処理するためのものだった。

　僕は答える。その事実こそが、今日僕らがわざわざこの部屋を訪れた理由だった。

「このスパコンは、結日のサードアイの活動をモニターし続けてる」

「……何だって？」

「結日のサードアイは、〈オプティクス〉とデータを送受信する際に、必ずこのスパコンを経由する。そしてこのスパコンは、自分を経由していったデータの全てを記録してる。そういう風に設定したんだ、沙月さんが」

サードアイ黎明期のサーバー、という役割を解かれたこのスパコンが、新たに与えられた役割こそがそれだった。

「違法じゃねえ……違法じゃねえが……」進也が呻く。奴の言う通り、サードアイに関する法整備はまだまだ不備だらけで、この処理を咎める条文なんて検討すらされていないはずだった。「それでも、公にされれば間違いなく問題になる処理だよな、それ」

「沙月さんの肩書きの大半が消えるくらいの問題にはなるだろうな。でも、これに気付けるのは結日のサードアイの活動をモニターしてる研究所か、サードアイ・ネットワークを管理してる〈オプティクス〉くらいだ」

「どっちも所属はアトモスフィア、トップは沙月さん自身って訳か……」

「幻滅したか？」

「しねえよ。驚いてるだけだ。俺は別に、あの人が清廉潔白だから尊敬してるって訳じゃねえ――残る質問は、二つだ」

僕は無言で先を促す。

「沙月さんは、何だってこんな処理を設定した？」

「サードアイが完成した時、僕と沙月さんが思ったのは」チェアを引き、そこに腰掛けてから、僕は続きを口にした。「こいつは結日にとって、とびきりの玩具になりそうだってことだった」

進也は首を傾げる。無理もない。進也は、硲結日という少女が一体どんな人間だったかを知らないのだから。

——「だれでもデコレエショーン、みたいな！」

彼女の口から幾度となく零された言葉が、いかに僕らを草臥れさせたかということを。

「結日は、厄介なところだけ母親似でね。色んなことを思いつくんだ。母親と違って、自分ではそれを実現なんてできないくせに。で、それを実現するのは、いつだって沙月さんと僕の役目だった」

デスクの上にあるモニターと、デスクの下に設置されたパーソナル・コンピューターの電源を点ける。すぐさまモニターに浮かび上がる、古き良きターミナル画面。キーボードを叩きながら、僕は話を続けた。

全く、実際にこの指でキーボードを叩いたのなんて、一体どれくらいぶりだろう。

「そんな奴にサードアイなんてものを与えたら、何を思いつくかわからない。本当に急なんだよ、結日の思いつきって。だから、あいつがいつ、何を言い出してもそれを実現できるようにするためには——」

たん、とエンターキーを叩いて、僕は言った。

「これくらいの備えは必要だったのさ」

僕の視界に黒い情感素（インフォセル）が現れ、ウインドウへと変わる。物理的な実体を伴うモニターじゃない。視界に投影されたインターフェースだ。

デスク下のパソコンによって、部屋の中央のスパコンと僕のサードアイが接続されたのだった。一度こうして接続を確立してしまえば、後は僕のサードアイからこのスパコンを操作することが可能になる。

進也のサードアイにも、同じデータを送っていた。ウインドウが投影されているだろう虚空に視線を固定しながら、進也はうわ言のように呟いた。

「これだけのことを……結日ちゃん一人のために？」

ウインドウには、今も更新され続けるサードアイの稼働データがみっしりと蠢いていた。いつ訪れるかわからない彼女の天恵に、僕らが遡（さかのぼ）って追いつくための道標。

「そうさ」僕は断言する。「結日のためなら、何だってやってのける。それが僕らだった」

情けないことに、ついこの間まで僕はそれを忘れてしまっていたのだけれど。

僅かな沈黙があった。スパコンの唸りの隙間に、進也の溜め息が聞こえた。オーケー、と進也が呟いて、そのまま言葉を継いだ。

「理解したぜ」

「何を？」

「お前らが、本当の意味でクレイジーだってことをだ。全く、とんでもねえぜ。お前に無理矢理ついてきたのは間違いじゃなかった」

それは褒め言葉なんだろうか。恐らくは違うだろう。けれどその言葉は、やけに僕の耳に心地よく響いた。

「つまりは」と進也。「こいつを解析すれば、結日ちゃんのサードアイの活動を調べることができるって訳だな」

「ああ。こいつはあくまでサードアイの通信履歴を記録してるだけだから、リアルタイムで活動の全てをモニターしてる研究所のデータには敵わないけどな」

感覚情報の処理自体は〈オプティクス〉の方でやっていて、このスパコンはその結果を受け取るだけだ。受け取る感覚情報も、結局は〈ヴィトリアス〉のタグ付けを確認しないと中身はわからない。普通に解読できるのは、せいぜい五感のどれなのかくらいだ。

本来このスパコンは、そこに残された記録をもとにサーバーになっているスパコン――今は〈オプティクス〉の中にある――を参照して初めて役に立つ代物だ。そんな使い方ができるのは、サーバーに自在にアクセスする権限を持つ沙月さんくらいのものだった。

それでも、これだけが奇跡的に僕らに与えられた手がかりなのだ。僕は言う。

「意味のあるデータを取り出すには、相当な手間が必要だ。夏休みの大半は潰す覚悟をしておけよ。それが嫌だっていうなら――」

「や、そんなに手間もかからんだろ」

「……は？」

「要するにお前が知りたいのは、結日ちゃんが眠りながらもサードアイで何かをしようとしているか、だよな」

「そうだけど、お前何を」

「処理の内容がわからなくとも、五感をどういう風に送受信したかはわかるだろ。脳のどこで感覚を送受信したか、ってことは。中身はいらない。そのデータを纏めるだけで、サードアイの操作に関わる脳の活動自体は確認できる。それを目覚めている人間のものと比較すれば、彼女が通常通りにサードアイを使ってるかは大体わかるんじゃねえか？」

進也の口調は平坦で、そこに自分の頭脳をひけらかすような調子はこれっぽっちだってなかった。何も言えないでいる僕へ向けて、奴はコンビニ袋から取り出したペットボトルの麦茶を差し出しながらにやりと笑った。

「やることはデータの整理だけだ。今日中に終わらせるぞ。なあ相棒よ」

麦茶を奪い取るように受け取って、僕は進也を睨んでみせる。こいつはやっぱり、どうしようもなくいけ好かない奴だった。

「――なんて言ってた奴があっさり音を上げるってのはどうかと思うんだよ、僕は」

うるせえ、と進也が呻く。もうすっかり中身が温くなり、表面の水滴すら乾ききったペットボトルを傾けてから、奴は小さく息を吐いた。

「音を上げた訳じゃねえよ。キリがいいとこで休憩してるだけだ」

「でも、その休憩を提案したのはお前だったな」

僕らが並んで座っているのは、硲の家の大広間と庭の境目、趣のある縁側だった。

この家を訪れた時には高かった太陽も、今は家々の屋根にかかりそうなくらいの位置にあった。まだかろうじて色を変化させていない光が、僕らを鈍角に照らす。長い影が、一枚だけ開けた雨戸の向こう、背後の大広間の畳にまで伸びていた。

麦茶の最後の一塊を喉へと滑り込ませてから、僕は口を開く。

「まあ、しんどいってのはわかるけどな。ここまでの単純作業だ」

先程まで自分たちがやっていた作業を思い出す。膨大な量のデータを虱潰しにチェックして、仕分けして、パッケージングして――その繰り返し。

「賽の河原にいる気分だったぜ」項垂れた進也の頭で、金属光沢が場違いに光った。「俺はむしろ、何だってお前がそんなに涼しい顔してんのかが不思議でならねえよ」

「別に、僕だって平気って訳じゃないさ」少し考えてから、僕はぽつりと洩らした。「進也、SETIって知ってるか？」

「SETI？」

「地球外知的生命探査（Search for Extra-Terrestrial Intelligence）。まあ要するに『宇宙人探し』なんだけど」傍らに置いたコンビニ袋に、空のペットボトルを放り込む。「結日っていうのは、そういうのにも興味があるタイプでさ。それについて、話してたことがあった。これが『宇宙人探し』なんてフレーズと裏腹に、気が遠くなるくらいの単純作業なんだよ。宇宙へアンテナを向けて、その観測データを穴が空くほど見つめて、信号にあたるパターンがないか探す。ずっと昔から、それを繰り返してきた人種ってのが世の中にはいるんだってさ。で、結日はそのことについて、笑いながら言ったんだ」

「……何て？」

「それって証明なんだよ、って」

――人類と誰かとの出逢いのためだけに、長く長く、地道で単調なバトンが受け渡され続けてる。ねえ、シュウ。きっとこれ以上はないよね。そのことに価値があるんだって示す方法ってさ。

結日のそんな言葉を耳の奥で再生しながら、僕は言う。

「何かを繰り返すことは、何かを証明することと同じだって。そのせいかな。僕って人間は、同じことを繰り返すのがどうにも性に合うように出来上がってるらしい」

「……成程な」ペットボトルの中身を、進也は名残惜しそうに飲み干した。「まあそうでもねえと、二年も幼馴染みの見舞いを続けるなんてことはできねえわな」

「生憎、それには挫(くじ)けかけたのも僕だけどな」

「じゃあ、お前は今回の単純作業で、何を証明しようってんだ」

「そんなの、決まってる」おもむろに立ち上がって、僕は言った。「もう二度と、挫けはしないってことをだよ」

一度は諦めかけたけれど――一度は諦めかけたからこそ、僕はもう二度と諦めない。

こうして過ごしているだけで、縁側の景色に、柱に刻まれた傷に、木材の匂(にお)いに、思い出は想起され続ける。結日が何を考えていたのかを、僕がすぐに知ることができた日々のこと。懐(なつ)かしみながら、思う。もう一度、僕は彼女の声を聞かなければいけなかった。

「ふむ」進也が、何かをわかった風に鼻を鳴らした。「ほんと難儀な奴だよなあ、お前」

「馬鹿にしてるか？」

「何言ってんだ」進也も立ち上がる。ぐいと背筋を伸ばした奴の身体から、べきぼきと骨が鳴るのが聞こえた。「お前を馬鹿にしたことなんて一度もねえよ」

進也の軽口に僕は肩を竦(すく)めて、踵を返す。二人で大広間へと入って、後ろ手に雨戸を閉めると、庭木のたてる涼しげなざわめきはすっかり聞こえなくなった。

大広間の中央では、二つの情感素(インフォセル)が浮かびながら、僕らの休憩時間の終わりを待っていた。畳の上を進みつつ、僕は進也に問う。

「入力データは、フォルダに纏めてあるよな」

「ああ。六十秒ごとに一ファイルで、ファイル名は開始時刻だ」

情感素（インフォセル）の数歩手前で立ち止まり、眼前にウインドウ、両手の傍に分割キーボードを投影する。使い慣れたインターフェースだ。沙月さんの部屋にあるスパコンにアクセス。一旦接続を確立さえしてしまえば、あの部屋の中にいなくても操作はできるのだ。

サードアイによって視界に様々なものを投影するようになった人類が気付いたのは、目に映る空間そのものが限られたリソースだということだった。より広い空間を視認できるほど、より多くのデータを置くことができる。だから、僕らは主な作業場としてここを選んだ。見渡す限りが空白のこの大広間は、空間的にこれ以上なく贅沢（ぜいたく）な部屋だった。

「細工は流々」

と進也が言ったので、少しだけ躊躇（ちゅうちょ）してから、

「仕上げを御覧（ごろう）じろ、だな」

と返す。格好をつけるのは良いけれど、右手にゴミの入ったコンビニ袋を持ったままじゃあ台無しだろ、なんてことを思いながら。

少し見上げた視界の中央、大広間の中空にて、二つの情感素（インフォセル）がぐにゃりと形を変える。

数秒の後にそこに浮かんでいたのは、二つの脳味噌だ。

僕らが一日がかりで纏めたデータを、視覚化して確認するための立体モデル。

この脳に、時系列順にサードアイの稼働データを流し込む。すると脳のうち、その時に情報を受け取り、または発信していた部分が発光する。脳のどの部分がどれだけ用いられたのか、一目瞭然(いちもくりょうぜん)という訳だ。これも進也のアイデアだった。

脳のうち片方には僕らが纏めた結日のデータを、もう片方にはとある論文から引っ張ってきた健常な人間のデータを流し込んで比較する。結日の方のデータは、沙月さんが昏倒した会見が行われた日のものを選択した。結日の上に純白の情感素(インフォセル)が出現したあの日だ。もし彼女がサードアイを用いてあの情感素(インフォセル)を生み出したのだとすれば、この処理で何らかの兆候を見つけることができるはずだった。

「にしても、よくできてるよなあ、これ」浮遊する脳味噌を指先でつついて、進也は言う。奴の視界にも同じものが投影されていた。「ディテールが相当凝(こ)ってる。教育用途ってクオリティじゃねえな。研究のプレゼン用か？　日々原、これどこから持ってきた？」

それを訊かれたか――内心で舌打ちをしながら、僕は答える。

「自作」

「……は？」

「結日の眠りは脳機能の障害って話だったからな。脳の構造については少し調べたことがあったんだ。その時に作ってたものがそのまま使えそうだったから、使った」

それ以上のことを語るつもりはなかった。自分がこの二年間でやってきたことがどれだけ無益だったかを、今日という日だけで僕は充分に悟らされていた。身につけた知識もスキルも、それをどう使うかという発想力も、単純にサードアイを愛し続けた少年に及ぶものじゃない。

今日この硲の家で、僕がやったことは何だ？　既に知っている情報を口にして、ひたすら単純作業に励んだだけだ。状況を前に進めたのは、僕じゃなく進也だった。

それが、今の僕なのだ。僕は本当に、ただ二年間、足踏みを続けていただけだった。その過程で作ったものがほんの少し役に立ったところで、嬉しくなんてなれるはずもなかった。

「始めるぞ」

何事かを言おうとした進也へ向けて、僕はそう告げた。

手元に浮かぶ架空のキーボードを操作して、僕はプログラムを走らせる。沙月さんのスパコンの一部を借りて進也と共に構築した、特製のプログラムだ。

六十秒ごとに纏められたサードアイの稼働データは、脳を彩る視覚情報へと変換され、ビー玉ほどの情感素（インフォセル）となって中空に待機する。一つ一つのデータ量は小さくとも、何せその数が膨大だ。周囲はあっという間に黒色の球体に埋め尽くされる。

それはさながら星々で、純和風の大広間は気がつけば宇宙空間のような趣になっていた。空間が白で星が黒——色味が反転した宇宙の中心に浮かぶのは、脳味噌の連星だ。何ともシュールな宇宙だった。

宇宙の時刻が進み始める。黒色の星々は滑らかに巡りだし、数秒後には最初の星が脳の連星へと呑み込まれていく。

にわかに光を放ち始める、二つの脳。黒い星が脳に呑み込まれる速さは、データ内の時間の六十倍に設定している。丁度、一時間の脳活動が一分に圧縮される計算だ。

「……これは……」

進也が呻いた。明らかに困惑が滲んだ呻きだ。

先にその呻きを耳にしなければ、僕も同じような呻きを上げていただろう。そのくらいに、連星の輝きは異常なものだった。

結日の脳の活動が、隣に並ぶ通常の脳と比べておかしかったからじゃない。その逆だ。

僕らが見つめる前で、二つの脳を包む光は、ほとんど同じように瞬いていた。

結日の脳は、健常に一日を暮らす人間の脳と全く同じように活動していた。

「どういう……ことだ?」口から洩れた呟きを、他人事のように聞く自分がいた。「これじゃあまるで――」

まるで、結日は眠ってなんかいなくて、今も普通に日々を送っているみたいじゃないか。

やがて畳敷きの宇宙の時刻は、午後、僕が結日の見舞いに訪れた辺りへと至る。困惑しつつも、僕は脳裏であの日のことを思い出す。宇宙の時の流れに合わせて、その回想は早送りだ。研究所の受付から水喪の町を眺めた。個室の中で結日に語りかけた。見覚えのない同級生がそれを遮(さえぎ)った。やがて研究所の所内放送があって——

そうして、個室に投影されたスクリーンの向こうで沙月さんが中空を見つめ始めたタイミングで、それは起こった。

強烈な発光。

まるでフラッシュでも焚(た)いたみたいに、結日の脳が強い光に包まれたのだ。

ごくり、と進也が唾(つば)を飲む音が聞こえた。

明らかに、結日の脳は何かをしていた。沙月さんが昏倒し、結日の上に純白の情感素(インフォセル)が出現したあの瞬間、何かを——

周囲を埋め尽くしていた黒色の星々がすっかり連星に飛び込んで燃え尽きて、畳敷きの大広間が現実に引き戻されても、僕らはしばらく言葉を発することができなかった。

「……なあ、進也」

どれだけの間、左手首の時計を見つめていただろう。沙月さんの隠し部屋にはスパコンの低い唸りだけが響き続けて、僕が口を開くまでの間、書架に背を預けて立つ進也は物音一つ立てずに待っていてくれた。

「何だ?」

「結日が眠ってから、二年も時間があってさ。でも、僕がここのスパコンを本格的に調べたのは、今日が初めてなんだ」僕の視線は、ぴくりとも動かない三本の針に固定されたまだ。「どうしてか、わかるか?」

「……そりゃあ、お前自身が言った通り、このスパコン単体じゃあ、わかることなんてたかが知れてたからだろ」

「そうだな。理屈で言えばそうだった。けれど――」チェアの背もたれにぐっと体重をかけて、僕は天を仰ぐ。「僕は、来るべきだったんだ。ここに」

気が付けば手のひらをじっとりと濡らしていた汗が、過剰な冷房によって凍りつくほど冷たく感じられていた。

「結日のことは水喪《第六感覚》関連医療技術研究所が調べてくれてる。沙月さんだって動いてるだろう。たかだかいち高校生の僕がここのスパコンを使ったところで、それに及ぶ成果が望めるはずもない。そう思った」

「………」

「まずは力をつけないと意味がないと思ったんだ。だから、ひたすら知識を詰め込み続けた。色々な感覚の弄りかた。より精緻な感覚を構築する方法。そんなものばかりを――」

僕は歯を喰いしばる。あまりに的外れな努力。何が進路希望調査書だ、と内心で呟いていた。これからどうするか、なんて悠長なことよりも、大事なのは今だったというのに。

「来るべきだったんだ、僕は。ここに」もう一度、僕は言う。「そうすれば、こんな欺瞞にだって、すぐに気付けただろうに」

背もたれから身を起こし、進也を真っ直ぐに見据える。奴の目には確かな知性の光があって、奴が僕と同じ結論に至っているだろうことがはっきりとわかった。それを奴が口にできないでいる理由も。だから、僕の方から口を開く。

「結日の脳は、今も活発に活動して、サードアイを使ってる」

進也が、難儀そうに僕の言葉に続いた。

「普通に目覚めて毎日を暮らしてる脳と同じように、だな。眠りながら情感素を構築できるか、なんて次元の話じゃねえ。そんなことは当然できるだろう」

「そんな人間が、意識を覚醒させてないなんてことはありえるか？」

「ありえねえな。無意識なんてのはそこまで器用なもんじゃねえ」

「だっていうのに、今日まで結日は一度も目を覚ましてない。脳機能がどうこう、で眠ってるんじゃないってことだ。多分——」瞼を閉じると、虚構の脳を包んでいた光が浮かび上がった。「結日は、閉じた瞼の奥で何かをし続けてる。その処理に脳が手一杯になって、肉体を目覚めさせられないでいるんだ」

そして――そこで、僕らは僅かに言い淀む。瞼を開けた僕がその言葉を吐いたのは、進也と計ったように同時だった。

「水喪〈第六感覚〉関連医療技術研究所が、そのことに気付いていないはずがない」

何せ、多少技術と知識を持ち合わせているとはいえ、間違ってもプロフェッショナルじゃない二人の高校生が、間接的に通信を記録しているスパコンを解析しただけで導くことのできる結論だ。直接結日のサードアイをモニターしているはずの専門機関が気付かないなんてことはありえない。僕らは自分をそこまで過大評価していなかった。

「僕は」額に当てた手は、ひどく痺れている。「研究所の担当医からも、沙月さんからも、そういう話は一度だって聞いてない」

ただ話をされていないというだけならまだいい。実際には、脳機能の障害だと思われる、なんて説明すらされていた。

「隠蔽、されてるんだろうな」

進也が難しげに目を細めた。その先を口にしないのは、それが奴にとって望ましい結論じゃないからだろう。

研究所が昏睡状態の患者の診断情報をひた隠しにしているとして――そんなことを手配できる人間は、一体どこの誰だ？　結日の診断情報をいの一番に知ることができる立場にいる人間、隠蔽なんていう無茶を命じられた人が例外なくその命令に従わざるを得ないような力を持つ人間は。

そんな条件に該当できるのは、この世に一人しかいなかった。

進也に、そして自分自身に言い聞かせるように僕は言う。

「硲結日の診断データを隠蔽しているのは、アトモスフィア社代表、硲沙月だ」

沙月さんは、結日の眠りについて何かを知っている。もしかしたら、結日が眠りについたその原因すらも。その事実を疑うことは、もう僕にはできなかった。

そしてあの人は、そのことを僕には教えてくれなかったのだ。

いつしか、僕の心臓は高鳴っていた。高揚(こうよう)が意味するのは、きっと恐れだった。これまで僕は、結日の眠りについて調べる上で、沙月さんは被害者だと思っていた。結日の上に情感素(インフォセル)が現れたのと同時に、彼女の名を呟き昏倒した彼女の姉。あの人は、結日の眠りに付随した何かによって、一方的に被害を受けただけだと思っていた。けれど——

脳裏に、沙月さんの自信に満ちた笑みが浮かぶ。

「沙月さんに、連絡をとろう」

僕は呟く。被害者は容疑者に変転し、あるいは加害者にすら変わるのかもしれなかった。

「でも、連絡ったって、どうするんだよ」観念したように進也は言う。「今、あの人のサードアイとはアクセスできなくなってるんだろ?」

その通りだった。沙月さんが昏倒してからこっち、僕が何度通信を試みても、彼女のサードアイに繋ぐことはできなかった。あの昏倒事故について調査中である今、彼女はあらゆる相手との接触を禁じられているのだろう。

「通信できなくても、どうにか会う方法が——」

「ねえよ。不可能だ。お前、沙月さんが今どこにいると思ってる。〈オプティクス〉の中——地球の外側、周回軌道の上、宇宙空間だぜ。今から宇宙飛行士でも目指すつもりか」

僕は何も言い返せない。心の中では、僕は何をしていたんだろう、という思いばかりが空回りしていた。苦しげな呻きのように、その思いは口から零れ出る。

「ここに来るべきだったんだ、僕は。沙月さんだの研究所だの、人任せにしないで——」

「……誰かを信じるってのは、悪いことじゃあねえだろう」

慰めの言葉は、むしろ僕を俯かせるだけだった。自然と視線は左手首へ注がれる。針が止まった腕時計。少しも動かない世界をこんな形で皮肉っていただけの自分が情けなくて、その虚構を進也の目に晒すのが急に恥ずかしくなった。だから僕は——

「——え?」

顔を上げる。こちらを見る進也の瞳も、僕と同じように見開かれていた。

「……なあ、進也」相手が何かを言おうとする前に、僕は左手首を差し出してみせる。正確には、サードアイを用いて僕がそこに投影している、ささやかな虚構存在を。「こいつは、お前の目に映ってるよな」

「……ああ」

「だけど、それは僕のサードアイがお前のサードアイにアクセスしてるって訳じゃない」

虚構存在（オブジェクト）は、物理空間の三次元座標に登録されたデータを、サードアイが参照することで投影される。僕らは空間を感じとる時、特殊な設定をしていなければ、〈オプティクス〉内のスパコン〈レティナ〉に蓄えられた登録情報に必ずアクセスをしてしまうのだ。

僕は言葉を継ぐ。

「虚構存在（オブジェクト）として座標に登録されたデータは、問答無用に周囲の人間のサードアイに届けられる。他のサードアイとの通信を絶っているサードアイにだって」

「〈オプティクス〉の中に虚構存在（オブジェクト）を投影できれば、それは沙月さんにだって届く。確かにそうだけどよ」感情を押し殺した声で、進也は言う。「無茶だ。〈オプティクス〉だぜ？研究所なんて目じゃねえレベルの虚構存在（オブジェクト）規制が敷かれてて、埒外（らちがい）の強度のセキュリティが張られてる、この世界の最重要施設だ」

「そんなことはわかってる」

「失敗しても、成功しても——重犯罪者だぞ」

「お前が言ったんじゃなかったか、進也」僕の心は、不思議と落ち着いていた。「人間には、後先を考えずに行動しないといけない時ってのがあるってさ」

「それは、でも、お前――っ！」

「全部、全部わかって言ってるんだ、僕は。結日が眠って二年、ようやく摑んだチャンスなんだ。これを逃す訳にはいかないんだよ」

　呟く唇はやけに冷たくて、だというのに喉の奥はやけに熱かった。まるで、キンキンに冷やされた部屋の中で唸りを上げるスパコンみたいに。

　こちらを真剣に見据えてくる進也を、僕は真っ直ぐに見つめ返す。進也の心配はもっともだった。僕には何もかもが足りない。二年間、目を逸らしてきた全てのツケを、僕は今支払わされようとしている。それでも、僕はやらなければいけなかった。眼前の少年に遠く及ばない力で、それでもことを成さなければならなかった。

　もう二度と、僕は結日を諦めない――それを証明するためにも。

　僕は頭を下げる。そのことに、ほんの少しだって抵抗はなかった。

「頼む。進也。全ての責任は、ちゃんと僕が背負う。たとえその結果、世界を敵に回すことになっても。だから――」

　そうして、喉の奥の熱をそのまま吐き出すように宣言してみせた。

「〈オプティクス〉をハッキングして、僕自身をあの施設の内部に投影する。そのために、力を貸してくれ。僕はどうしても、沙月さんに直接問いたださないといけないんだ」

沙月さん。

あなたは何を知っているんだ?

あなたは——あなたの妹に、一体何をした?

*

真っ白い部屋の壁に当たって、情感素(インフォセル)が弾ける。それが絵の具みたいに壁を包み込むと、僕らの周りに広がるのは見渡す限りの青空と彼方まで続く水平線だ。

次に中空に出現した情感素(インフォセル)は様々な色が溶け合っていて、床で崩れると僕らの腰まで浸す海水になった。下半身を支配する重々しい冷たさに、ぶるりと震える。視覚情報だけじゃなく、触感まで完備したなかなかの虚構だった。

入室の際に渡された銃——絶妙に浮き世離れした配色のモデルガンだ——を進也が構えると、壁に投影された青空に「GAME START」の文字が浮かび上がった。

「さあて、と」

好戦的な声色でそう言って、進也は舌なめずりをする。

硲の家から十五分ほどバスに揺られた先、水喪の地理的な中心にある総合娯楽施設、『デイドリーム・ワンダー』内のアトラクションだった。アトモスフィア社の肝いりで一年前に完成してからこっち、地元民だけでなく観光客まで引き寄せ続けて、客足の途絶えたことのない人気施設だ。

　硲の家での作業を終えたその足で僕らがここを訪れた時には、もう夕日が沈んでいた。にも拘わらず、この小部屋の外、煌びやかな虚構で埋め尽くされた通路には、今も山ほどの人が行き交っている。夏休みの初日ということもあってか、随分な盛況ぶりだった。

　架空の水面がめくれ上がるように弾けて、鉛直上方へ何かが飛び出してくる。見れば、それは小さなクラゲだ。油膜じみた光沢を透かしながら、しゅるしゅるしゅるんと回転するその様は、夜店の店先に刺さった風車を思わせる。

　進也が銃の引き金を引く。ばしゅううん、と派手な音をたてて銃口から光が迸り、クラゲが四散する。クラゲは弾け飛んでもきらきらと光るのをやめないものだから、進也の周囲が一瞬だけミラーボールに照らされたように華やいだ。

　それにしても——と、古い映画のガンマンさながらに次々とクラゲを仕留めていく進也を眺めながら僕は思う。

　部屋の中には、僕と進也だけ。そのうち僕はアトラクションに参加せず、部屋の隅にただ立っている。視界に入るのは一面の水面なのに、背中に壁の感触があるのが妙だった。

　思い出すのは、昨日の終業式で、同級生の羽賀からかけられた言葉だ。

——「明日から色々やろうと思ってんだけど、日々原お前付き合うか？」

夏休みのレジャーの誘い。僕はそれを断った。だというのに、僕はその次の日には、こんなところでガンマンになった知人の背中を見つめているというんだから。

全く人生、何がどうなるかわからない。

「漁をしたいなら」肩の辺りに跳ねてきたクラゲを手で払いながら、僕は言う。「港に行けば幾らでもできるっていうのにな」

手の甲に、ぬめりとした感触がへばりつく。その感触のもとであるクラゲを撃ち抜いてから、進也は口を開いた。

「その漁ってのは、こんな風に獲物が空を飛んだりしてくれんのか？」

「……いや。もう一つ言えば、獲物を粉々にするのもＮＧだな」

そらそうだ、とけらけら笑ってから、まあな、と進也は続ける。

「言いたいことはわかるけどな。水ってのは、人に臨場感を与えるのにお誂え向きなガジェットだ。選択としちゃあ悪くねえ」

まあ確かに、今の僕の腰から下を包み込む冷感のグラデーションや、足の指の間を抜けていく流体の感触は生命感に溢れている。これらの全てが虚構だという事実は、プレイヤーにサードアイの価値を再認識させるはずだ。

それにな、と進也。どこからともなく効果音が鳴り響き、アトラクションの難易度が一段階上がったことが知らされる。

「水喪の住人からすればそりゃありふれた景色なんだろうが、海ってのは大抵の人間にとっちゃ魅力的なもんなんだぜ？」

「そういうもんかね。僕らからすれば、むしろ怖いものだったりするくらいなのにな」

「それ以上に、あるからな」

「何が？」

「可能性」

その単語を合図としたように、こちらを振り向く進也の背後で大きな水柱が立つ。数秒後に姿を現したのは、つやつやとした黒色を纏った巨大なイカだ。

その威容を見上げながら、僕は構わずに話を続ける。

「可能性っていうのは、あれか？　人間は宇宙と同じくらい海底を知らないっていう」

「勿論、そういう話でもあるけどよ。俺が言いたいのは、もっと根源的な話だ」

「つまり？」

僕の問いかけに答えるより前に、進也は手招きのような動作をした。まさか、耳打ちをしたいから近寄れなんて意味でもないだろう。そんなことを考えているうちに、進也の背後で巨体が膨らむ。青空をそこだけ切り抜いたような虚の中、唯一光り輝く眼球がぎょりと蠢いたかと思うと、二本の触腕が鞭のようにしなった。

ああ――と僕は理解する。右手に持っていたものを進也へ向けて投げた。入室するからにはと渡された、僕のぶんのモデルガンだ。

「つまりだな」やけに颯爽とそれを左手でキャッチして、進也はニヒルに笑う。「海では、どんなことも起こりうる」

ばばしゅううん、と効果音。見れば、進也は振り向かないまま、自分に迫っていた触腕を二本とも撃ち抜いたらしい――両手に一丁ずつ持った、二丁の銃で。

そのまま奴は振り向いて、イカに銃を向けながら話の続きを語り始めた。

「海は広くて深く、そこには無限に近い要素が揃ってる。あらゆる材料がある。あらゆる現象が起こりうる場が出来上がってる。それが可能性だ、日々原。だからこそ、海は生命の故郷になった。あらゆる材料が混じり合った混沌――可能性の塊だからこそ、生命なんてもんを生み出せた」

「で、人間はその可能性に根っこの方で惹かれてるって？　もっともらしいけどな」

「ははっ、わかってるよ。もっともらしい話ってのは、大概は牽強付会なもんだ」

進也が引き金を引く度に、景気のいい効果音が鳴り響く。あまりに立て続けに響くせいで、それは一繋がりのノイズにしか聞こえない。ノイズの中でイカの巨体はあちこちから弾け飛び、湯船に溶け込む入浴剤みたいに小さくなっていく。

そうして、イカの最後の一欠片が青空をバックに弧を描いて、ちゃぽんと水面を鳴らした頃に、進也はこう呟いた。

「でもよ、そんな風にでも考えねえと、こんな無茶な設定は受け入れられねえと思うんだよな、俺は」

宙を舞う回転クラゲに、水面までやってきて人を襲う漆黒の巨大イカ。そして二丁の銃を華麗に操ってそれを撃退する高校生。

海は可能性の塊だ、と進也はもう一度言って、こう続ける。

「だからこそ、こんな状況だって起こり得る」

「——訳ないだろ」

だよなあ、と笑って、進也は銃を僕へと投げる。

受け取り損ねた僕の銃が、部屋の壁に当たって跳ね返る。何もないはずの中空で、からんと硬質な音が響いた。

——「力を貸してくれ」

硲の家で僕がそう言って頭を下げた後、進也が口にしたのはそれに対する返答じゃなかった。奴は僕の言葉など聞こえてもいないような顔をして、

——「ちょっと、付き合えよ。行きたいところがある」

なんてことを言ったのだ。

総合娯楽施設デイドリーム・ワンダーは、様々なショップやアトラクションが町並みさながらに建ち並ぶ、ちょっとしたテーマパークのような構造になっている。

大通りを挟んで向かい合う、二階建ての建物群。大通りの上空には何本もの空中通路が張り巡らされて、一階の入り口と同じように二階の入り口同士を繋いでいる。そのうちの一本を歩きながら天を仰ぐと、視界に広がるのは満天の星々だ。

サードアイが送り込む視覚情報は、人にものを見せるだけじゃなく、ものを見せないことすら可能にする。そこにあるのに見えない天井。施設を覆うたった一つの虚構が、開放感と空調による快適さを両立させているのだった。

「…………」

人が絶えない空中通路の上で、数歩前を歩く進也の背中を、僕は黙って見つめる。

今に至るまで、奴はあっけらかんと雑談に興じるばかりで、僕をここに連れてきた意図を説明しようともしない。僕もそれを尋ねはしなかった。悔しいけれど、奴がこっちの気持ちに無頓着(むとんちゃく)なタイプじゃないってことくらいは、もうわかってしまっていたからだ。

『ちょっと、待って！　待ってってばあ！』

不意に、そんな声が響いた。僕らの上を横切っていく人影が上げた声だった。眼帯で左目を隠した、ショートカットの少年。キックボードのような乗り物で空を飛ぶ姿を見れば、それが架空のキャラクターであることを理解できない人間はいないだろう。

半年ほど前に海外の映画祭で賞をとった、アニメーション映画の主人公だ。未来的なアイテムを駆使しながら、様々な惑星で未知を探求する少年。一人称は「ボク」でファッションも男のそれなのに、声は妙に可愛らしくて、どんな惑星環境でも頑なに着替えをしたがらない不思議なキャラクターだった。

彼が追いかけているのは、その少し前をからかうように飛び回る小さなタコ――相棒である宇宙生物のようだった。ああもう、と堪りかねたように言って、少年は腰のホルスターから銃を抜く。その銃は、先刻進也が華麗に操っていたものと全く同じデザインだ。

現実世界にアニメーションを顕現させようと苦心した末の紛い物じゃない。そこにいるのは、アニメーションの中に生きていた少年そのもの、だった。確かな現実感を伴って、しかし明らかな虚構がそこにある。少し前までは夢物語だったその景色を僕と同じように眺めていた進也が、ぽつりと言葉を洩らした。

「あの映画、お前観たか?」

「……ああ。いい出来だったよ。評判がいいのも頷ける」

「その言いかたは、好みではなかったって言いかただな」くっく、と進也は笑った。「俺は好みだったぜ。どんな危険にだって、好奇心一つで突っ込んでいく――そういうのはな、好きなんだ。昔っから」

でもなあ、と進也。

「実際問題、そういう訳にもいかねえもんなんだよな。現実ってのはよ」

そういうことか、と僕は得心した。先崎進也という少年は、つくづく馬鹿じゃない。僕の協力要請が自分に及ぼすリスクを、奴は正確に見積もることができているのだろう。

僕は進也へ向けて、ことの責任は全て自分が背負うと言った。その気持ちに嘘はない。けれど、世の中に絶対というものも、またありはしないのだ。

僕の頼みを引き受けることは、誤魔化しようもなく重犯罪者になる可能性を背負うということだった。いくらこいつが筋金入りのサードアイオタクで、その上かなりのお人好しだからって、ここで笑顔で「よし、俺も付き合うぜ！」なんて言えるはずもない。そんな奴がいたとしたら、そいつはそれこそアニメーションのキャラクターだ。

「リスクには、リターンが必要だ。見合うだけのやつがな」

進也の呟きに、僕はそうだな、と頷く。僕は硲結日の幼馴染みだ。けれど進也はそうじゃない。これはただ、それだけの話だった。

「――で、僕は何を支払えばいいんだ？」

僕は問うた。進也が僕をここに連れてきたのは、それを示すためだと思ったからだ。進也は何かを言おうと唇を動かしかけて――しかしすぐに閉じた。僕は一瞬だけ不思議に思ったけれど、

「んー？　おー、おー？」

と遠くから響く声に、すぐにその理由を察した。

見れば僕らの正面、空中通路の奥に、知った顔があった。並ぶ三つの人影のうち真ん中が、こちらに大きく手を振ったと思うと、人混みをかき分け寄ってくる。

「何だよ何だよ。すげぇグーゼンじゃん。お前らもドリワン来てたのか」

そう言って肩で息をしながら笑うのは、同級生の羽賀だった。遅れて歩み寄ってきた残りの人影は、男子が一人に女子が一人。永井と野田――どちらも同級生だ。

三人の私服は見るからに派手派手しくて、いかにもレジャーを満喫中、といった風情だった。もっとも、虚構を纏ってまで自己を主張するサードアイオタクの私服を一度映してしまった僕の目には、その派手さも物足りないものとして映ってしまうのだけれど。

――「明日から色々やろうと思ってんだけど、日々原お前付き合うか？」

昨日の羽賀の誘いが、脳裏に再び蘇る。どうやら彼らの夏休み満喫計画の記念すべき第一日目は、地元最先端の娯楽施設――略称ドリワン――を標的としていたらしい。

「ってか、何してんだよ。忙しいんじゃなかったのかよ、日々原よう」

羽賀がそう言って唇を尖らせる。なかなかに気まずい邂逅だ。さてどう返したものか、と僕が検討し始めたところで、口を開いたのは進也だった。

「悪いな。俺が無理矢理連れてきたんだよ。こいつがあんまり景気の悪い顔してたもんだから」

　そうなの？　と声を上げたのは、唯一の女子である野田だ。いつもよりも濃い化粧の上、頬の辺りで薄っぺらいハートの虚構存在（オブジェクト）が回転している。大方、ファッション誌か何かの付録で配布されたデータだろう。

「知らなかったなー、日々原と先崎くんって仲良かったんだ」

　まあね、とだけ僕は答える。進也はくん付けで僕は呼び捨てかよ、とかそういうことには触れなかった。今朝がたから延々聞かされる軽口にうっかり忘れそうになるけれど、進也はなかなかの美形だ。その単純な事実が全てだった。

　僕と同じことを考えたのか渋面をつくりかけた羽賀へ向けて、当の進也はあっけらかんと言い放った。

「こいつが忙しいってのは本当みたいだけどよ、今日これからくらいは俺が付き合わせてみせるぜ。どうだ、合流するか？」

「ああ、いや」進也の陽気に当てられたのか、一瞬で渋面を引っ込めて羽賀は笑う。「おれら、今日はもう帰るとこなんだ。一日中遊んで、もうくたくたでよ」

「そいつは残念」そう言う進也の声色は、さして残念でもなさそうだ。「にしても、一日中かよ。随分長く遊んだもんだな」

「だよなー。最初は永井の姉ちゃんがここでバイトしてるってんで、冷やかしで来たみたいなところもあったんだけどな。ちょっと歩いてみりゃあ楽しいのなんのって。野田なんて、どこのエリアに行っても目え輝かせんのな。サードアイ様々だ」

「そうか、ここはそんなに楽しいか」

「そりゃー勿論。だって、視界いっぱいの虚構とか、味が変わるフードとかよ。ド、ド、ドリワンい、い、い、いの中にしかねえじゃん、こんなの」

それから僕らは、少しだけ五人で雑談をした。やがて自然と沈黙が訪れたタイミングで、そんじゃと片手を上げたのは羽賀だ。

「日々原、あとついでに先崎も。この埋め合わせはしろよ。夏休み明けにでも遊ぼうぜ」

わかったよ、と僕が返す横で、進也はううん、と困ったように笑って言う。

「わからんぜ。もしかすると――」

そうして、奴はこう続けた。

「――こちとら、夏休み明けには前科持ちになってるかもしれねえからな」

幸いにも、三人の同級生はそれを冗談と受け取ったようだった。

「どうして、急にやる気になったんだよ」やはり数歩前を歩く進也の背中へ向けて、僕はぽつりと呟く。「僕はまだ、お前に見返りを用意できてないってのに」

煌びやかな娯楽施設の正面ゲートを潜り、バス停に向かうまでの道すがら。施設本体よりも広くすら感じる、広大な駐車場を横切る最中だった。

「見くびんなっての」進也の声は、まばらにしか人が歩いていない夜の駐車場によく響いた。「初めっから、お前に何かを要求しようなんて考えてねえよ。リターンってのは自分の中から見つけるもんだ。そいつを確認しに来て、確認できたからオーケーを出した。それだけの話だ」

「……どういう意味だ？」

「お前さ、この施設、楽しかったか？」

それは、ついさっき進也が羽賀たちに投げかけた質問と同じだった。

「何だよ、急に」

「いいから答えろ。ドリワンについて、どう思った」

「……まあ、よく出来てると思ったよ」

「そいつもやっぱり、好みじゃねえって言いかただぜ」進也の背中が少し震えて、奴が笑ったのがわかった。「そりゃあそうだよな。生命感たっぷりのシューティング・ゲーム？味が千変万化するフード？そんなもの、何一つ特別なんかじゃねえんだから」

「…………」

「俺にもお前にも、作ろうと思えば作れる。勿論、相応の手間はかかるけどよ。サードアイってのはそういう道具だ。誰もが見たいものを見たいように見ることができる、そういう可能性を俺らに与える第三の眼だ。だからこそ、俺はそいつに魅せられたんだ。けどよう、聞いたか？」

そこで、進也は僅かに溜めた。

「ドリワンの中にしかねえじゃん、こんなの――だってよ」

僕は何も言わない。語り続ける進也の背中から目を逸らして、遠くへ視線を投げる。虚構で透視する天井の向こうなんかじゃない、本物の夜空がそこにはある。けれどそれは、施設の中で見上げたものとちっとも見分けがつかなかった。

「確かにここは大したもんだ。楽しいもんは楽しい。野田たちに、この施設は新しい体験を提供したんだろうよ。だけど、あいつらはここでの体験を日常に持って帰ろうとはしてない。そうしようって発想そのものがないんだ。持って帰ろうと思えば持って帰れるのに。サードアイにはそれができるってのに。アトモスフィアは、それを目的にこそこの施設を作ったっていうのにだ。あいつらにとって、ここは浦安のアレと同じようなものでしかねえ。確認できたってのは、そういうことだ。思い出せたよ。俺は周りの連中のそういうところに嫌気が差して、だからお前に声をかけたんだ」

そこで進也は立ち止まる。こちらを振り向かないまま、奴は言葉を続けた。

「お前がこれからやることは、違う。そうだろ？」

三歩進んで、僕は進也に並ぶ。足を止めると、隣に立つ自分よりも頭一つぶん背の高い少年へ向けて、ああ、とだけ頷いた。

「お前は、自分を〈オプティクス〉に投影する。それは、ただの通信とは違う。リアルタイムでお前の情報を座標に送り、また座標からの情報をお前は受け取る。お前は、実際に」そこで進也は大きく天を仰ぐ。その先に浮かぶ軌道建造物を幻視したのだろう。「あそこから見える景色を、自分のものとして見るんだろ。お前はあそこに行くんだ。宇宙飛行士になるまでもなく」

「ああ」

「自分たちの力で、それをやる。そいつは、ああ、面白えな。うん、面白え」

もう一度面白え、とだけ呟いて、進也は再び歩き出す。やはり三歩ほど遅れて僕はそれを追いながら、喉の奥から声を絞り出した。

「……そんな理由で、いいのかよ?」

「何だよ。これ以上が必要なのか？　仕方ねえ奴だな」

夜風は冷たいとはいえ、今は夏だ。ちっとも白くならない息を深く吐いた後、進也は一際高い声色で歌うように言った。

「『あたしたちのお母さんは、出逢うためにこの町へやってきました』」

その一言だけで、僕には進也が何を口にしたのかがわかった。

「結日の演説か」

「研究所誘致の時のな。最初のやつだよ。後ろの方で聞いてたんだ」

そのまま、進也は淀みなく言葉を紡いだ。

「『誰かと出逢うこと。それが人にとって一番嬉しいことだと、彼女は知っていたからです。あたしたちは、出逢いを求めます。求めて、どんどんと遠くを目指すことでしょう。知っている町から、知らない町へ。知ってしまった町から、まだ知らない町へ。海を越えて知らない国へ。そしてもしかしたら、星の海を越えて、もっと遠い場所にだって』」

それは全く、見事な再現だった。それを聞いているだけで、僕の目にもあの日の結日の姿が浮かぶくらいに。

「『けれど、その前に。あたしたちには、知らないといけない場所があります。そこで出逢わないといけない相手がいます。その場所は、あたしたちにとって一番近くて、けれどきっと一番遠い場所。誰かの、大事な人の、頭の中。サードアイは、あたしたちをそこへ連れていってくれます。大事な人と、これまでずっと知っていると思っていて、けれどその実ぜんぜん知らなかった誰かと、サードアイは繋いでくれます』」

あの演説が行われたのは、僕らの通っていた中学校の校庭だった。日差しはやけに強くて、なのに風はほとんどなくて、僕は演説台の下から結日の背中を見上げながら、彼女がいつ倒れるかとずっとヒヤヒヤしていた。

「『この町は、あたしのお父さんとお母さんが出逢うことで変わりました。あたしが色んな人と出逢うことで、これからも変わっていくでしょう。水喪は出逢いの町です。そんな町だからこそ、この町にはサードアイが相応しい。だからねえ、みんな――』」

進也は、そこで言葉を止める。演説は、あと一言で終わるはずだった。無意識に、僕は口を開く。最後の台詞は、僕の声を使って夜風の中に再現された。

「『――もう一度、出逢おう。あたしたちは、出逢えるよ』」

「俺がこの町に越してきて、一週間もしないうちだったな。不覚にも感動しちまったから、それから何度も動画を観返して――気が付いたら、こうだよ」

あの演説は、それまで保たれていた誘致推進派と反対派の均衡を一気に崩して、この町に研究所が誘致される切っ掛けとなった。結日がそれほどの人間の心を動かせたのだという事実に、一番驚いていたのは結日自身だった。

「俺はよ」と進也は再び空を見上げる。「すげえな、と思ったんだよ。サードアイを創った人の妹。つまり創った本人じゃねえ。だのに、これだけサードアイを愛して、人の心を動かせる。才覚ってのはやっぱり遺伝すんだな、なんてことを思ってた」

「…………」

「でも、違えんだよな。今日、お前からあの娘の話を聞いて、察したよ」

今日、僕は進也と多くの言葉を交わした。だというのに、僕には進也がそのうちのどの言葉のことを言っているのか、すぐにわかった。

僕は確かに進也に言ったのだ。

結日は、本当に色々な無茶を思いつく少女で——それを実現するのは、いつだって僕と沙月さんの仕事だったのだということを。

「俺らみてえな人種（ギーク）の間で、度々話題に上ることがある。沙月さんは毎週のようにインタビューに答えてるけどな、そのことについてだけはいつだって言及しねえんだよ。あの人がどうしてサードアイなんてもんを創ったのかってことだけは」

いつしか、僕らは駐車場を抜けていた。バス停は、出口のすぐ横の歩道に設えられている。時間帯が時間帯だからだろう、あまり人が並んでいないバス停の十数メートル手前で、進也がぽつりと呟いた。

「あれは、サードアイ開発者の妹の言葉だったんじゃない。サードアイ発案者の言葉だったんだ——だろ？」

僕は観念したように息を吐く。夜の闇の中だというのに、進也はその僅かな仕草を見逃さなかった。その仕草が、頷きと同じものだっていうことも。

「お前の策に俺の人生を賭け（ベットす）る、そいつが最後の理由だよ」

これでも足りねえか？　とこちらを見下ろしてくる進也の頭では、金属光沢が夜の闇なんて関係なしに、やけにきらきらと煌めいていた。

僕が返事を口にしたのは、長い沈黙の後。ヘッドライトを漁り火みたいに瞬かせて、道の向こうからバスが滑り込んできた頃だった。

方針は決まった。覚悟もとっくに決まっている。どうやら道連れも確保できてしまったらしい。そんな帰り道で僕が考えていたのは、さてじゃあ方法はどうするか、ということだった。

〈第六感覚〉ネットワーク運営用周回軌道施設〈オプティクス〉は、現在の世界において、軍事施設を除けば恐らくもっとも重要な施設だ。必然、そこには進也も言った通り、最高レベルのセキュリティが敷かれている。いち高校生が素直に挑んだところで、あえなく返り討ちにされるに決まっていた。

僕も進也も、映画の中のスーパーハッカーじゃない。どれだけの覚悟を決めたところで、自分の身の丈以上のことはできない。そこを間違えてはいけなかった。

――「俺も勿論考えてはみるけどよ。案外そういう裏技についてはお前の方が何かを思いつくんじゃねえかと俺は思ってるぜ」

自宅へと続く住宅街の夜道を歩く間、別れ際に進也が嘯(うそぶ)いたことが思い出されていた。

――「お前はちょいと、自己評価が低すぎだ。実のところ、俺がデイドリーム・ワンダーに行ったのにはもう一つ理由があってな。確かめたかったんだよ」

気障な笑顔を浮かべながら、奴はそんなことを言い残したのだ。

――「お前も見ただろう。あそこ自慢の虚構存在たち。気付かなかったか？　あれ、お前が作った脳味噌に比べたら全然だったぜ」

僕は苦笑いする。全く、随分と能天気な奴を味方につけてしまったものだ。

やるべきことは明らかなのに、その方法がわからない。そのことに対する焦りは勿論あったけれど、不思議と頭は淀みなく回ってくれた。

幸いにも、母さんの職業柄、こういう時にとるべき行動というものを僕は弁えている。

身の丈に合わない大事を起こそうと企む不心得者は――協力者を作るのだ。

打ち崩したい相手の内側に、こちらに協力する裏切り者を。あるいは、自分よりも大きな力を持った、バックになってくれるような何かを。見つけて、口説き落とす。それが成立して、初めて計画は現実のものとして動き始める。そういうことらしい。

だから僕が考えるべきは、どこの誰をどうやって協力者に引きずり込むか、ということだった。簡単な話じゃない。何せ今の僕が欲しているのは、世界最高レベルのセキュリティに挑むに足るだけの協力者だ。

街灯が地面に作る円形を渡り歩きながら随分と考えてはみたけれど、結局は何も思い浮かばないまま、僕は自宅へと辿り着いていた。

「煙草くさい」

アパート一階にある角部屋の土間を踏んだ僕へ向けて、リビングから母さんがかけた第一声はそれだった。自分の服を少し嗅ぎながら進むと、母さんはリビングのテーブルで発泡酒の五百ミリリットル缶をゆらゆらと弄んでいた。

部屋着を着た母さんの髪は、うっすらと濡れている。どうやら帰宅したばかりらしい。

「楽しかったか、盛り場は」

「……まあね」母さんには、僕の予定をわざわざ伝えてなんていない。「っていうか、何で盛り場の臭いだって思うんだよ。僕が吸ってるかもしれないだろ」

「アンタ、そんな無駄なことしないでしょ。今あれいくらすると思ってんの」

言いながら、母さんは無造作にキッチンを指さす。そこには、ラップを被せられた皿が幾つか並んでいた。

「大体アンタなら」母さんの指先が僕の首筋へと向けられる。「サードアイで酩酊感とか、色々作り出せるじゃないの。わざわざ肺に煙なんて入れなくても」

「おいおい、警察がそんなこと言っていいのかよ」

「違法になったらね、何なりと小言も言ってやるわよ」

「まだ追いつきそうにないの？　法整備」

「そりゃーもうまだまだ。当分はやりたい放題よ、アンタたち。お偉方の頭の固さに感謝することね」

「しないっての、やりたい放題なんて」玄関ドアを開けるまで自分が考えていたことを、僕は棚に上げる。「自分の息子を何だと思ってるんだよ」

「自分の息子だから、過小評価してないの。部屋の虚構存在（オブジェクト）を綺麗さっぱり片付けたからって、アンタが真人間になったなんて思ってないわよ。あーやだやだ、昼行灯（ひるあんどん）ぶっちゃってまあ」

格好良くないわよ別に、なんて失礼極まりないことをのたまう母さんを無視して、キッチンに立つ。用意されていたのは、肉野菜炒（いた）めと鯖（さば）の味噌煮（みそに）、そしてスーパーの総菜らしいコロッケだった。ラップに軽く触れてから、それらを纏めて電子レンジに入れた。

皿がゆっくりと回る間、リビングのテーブルの上を何とはなしに見遣る。空の皿たちはどうでもいいとして、そこに並ぶ空き缶の数を数えた。二本。母さんが持っているものと合わせれば三本。いつもの倍近いペースだ。

「大変だった訳？　仕事」

僕がその問いを発し終えるより先に、そうよ、と母さんが声を上げた。さもありなん。若くして息子を産んだのち、四十路（よそじ）を待たずに県警の管理職にまで上り詰めたキャリアウーマン。苦労も多いのが道理だ。

一旦水を向ければ、後は灯油タンクにポンプを突っ込んだみたいに愚痴（ぐち）を吐き出し続けるのが、母さんという人間だ。それですっかり愚痴を出しきってしまえば、次の日にはけろりと笑顔で仕事へ向かうというのだから、これほど扱いが楽な人間もいない。

曰く、沙月さんが昏倒したあの事故からこっち、県警とアトモスフィア社との関係は拗れに拗れてしまっているらしい。

「もう、今は何を言っても駄目よ。けんもほろろ、っていうのはああいうのを言うのね」

僕が湯気を立てる皿とともに食卓につき、母さんの正面で食事を始めるまでの間に、彼女が語ったことはこうだった。

県警は、水喪〈第六感覚〉関連医療技術研究所が誘致された辺りで水喪という町の重要度を大幅に見直し、わざわざ水喪に庁舎を新設してアトモスフィア社との連携を図ってきた。今やサードアイ関連の案件は全て県警が担うまでになっていて、だから今回起こった硲沙月の昏倒事故についても、母さんが担当することになったのだという。

サードアイはその性質上、公の法規と無関係ではいられない。アトモスフィア社もそれはわかっていて、県警との調整を常に重要視していた。この件に関しても、アトモスフィア社からの情報提供には困らないだろう、というのが母さんの目算だったのだけれど——なぜか今回に限って、アトモスフィア社は「企業秘密」を盾に協力を完全拒否しているというのだ。

「こっちにだって立場があんのよ。あんな大事が起これば、黙って見てるって選択肢はない。そんなことは、あっちだってわかってるはずなのに……頭が痛いったら」

適当な相槌を打つばかりじゃ悪いので、コロッケの欠片を口に放り込みながら、僕は合いの手を入れてみる。

「何か後ろ暗いことでもあるのかね」

「そりゃあ、あるでしょうよ。クリーンなことしかしないでああまで膨れ上がる組織なんてのがあったら、ノーベル賞ものの発明だわ」

それは、どうだろう。世界のどこかには、そういう組織もあるんじゃないだろうか。そんなことを思った僕の沈黙をどう解釈したのか、母さんは発泡酒を一口飲んでから、平和賞ね、なんてどうでもいい注釈を入れた。

「しかも、よ」そこで母さんはテーブルに肘を乗せ、僕へと身を乗り出す。「それだけでも腹立たしいことこの上ないのに、あのインテリども、中断したプレゼンだけは早期に再実施する、なんて言ってるのよ。そんなの、許可がおりる訳ないでしょ。こっちに上を説得して欲しいってんなら、情報寄越せってのよ、情報」

「プレゼンって、ああ。『カレイドフィール』の……」

そうよ、と母さん。事故についての情報は抱え込んだまま、その事故で中断した会見は再実施したいというのは、確かに相当な無理筋だ。母さんが怒り心頭なのも当然だろう。

まあでも、と僕は呟いていた。

「自信があるんだよ、きっと。さっさとあの新機能を発表できれば、それだけで全部を有耶無耶にできるっていう自信が」

「それほどの機能だってこと？　ええと、その——」

　カレイドフィール、と僕。じとりとこちらを睨めつけて、母さんは低い声を洩らした。

「アンタ、さてはその新機能、どんなものか知ってるわね？」

　そんなことはない。母さんぐらいの立場にいる人間すら知らない情報を、僕が知っているはずがなかった。ただ、大体の予想がつくだけだ。僕は言う。

「沙月さんは、ああ見えて無駄は好きじゃないからね。会見の演説で、しっかりと前振りをしてたよ」

「前振り、ねえ？」

　そう、沙月さんのあの長広舌は、決してただの演出なんかじゃない。水喪の現状、この町における生活を大いに誇張して語ったあの一幕には、勿論大きな意味がある。

「あの人が語った水喪の生活で、まだ改善されてない無駄があるだろ？」

　そこまで語ったところで、僕は箸を止める。白米の残り一塊が、箸の上で揺れていた。

「周？」

「——ああ、いや、何でもない」

　応えながら、僕の脳裏には目まぐるしい思考が巡っていた。母さんとの会話によって生まれた気付きが呼んだ思考だった。

（そうだ、カレイドフィール――あれが開発されているということは）

それから母さんがさんざん愚痴を吐き出して、それをすっかり聞き終えた僕がシャワーを浴びて自室に入るまでの間に、思考は一つの結論へと収束する。たった一つの光明、現状を前へ押し進めるとっておきの方策へと。

ついこの間まで山ほどの虚構が犇めいていたはずの空間は、今や簡素な小部屋に過ぎない。電気も点けずにその中心に立ったまま、僕は眼前にウインドウを投影する。暗闇に不釣り合いなウインドウに幾つかの文字を並べ、それを進也へ送信した。

――『協力者の目星がついた』

そのまま、僕はベッドに倒れ込む。

（必要なのは、餌だ。それも普通の餌じゃない。とびきりに魅力的で、僕にしか差し出せない餌――）

そんなものがあるだろうか、という自問はしなかった。解答は、既に自分の中で出ていたからだ。餌はあった。僕にしか差し出せない、とびきりの餌が。

けれどそれは、同時に絶対に差し出したくない餌でもあって――

（だとしても、やるしかない）

全てを擲ってでも、僕は結日の声をもう一度聞いてみせる。覚悟はとっくに決めていた。うまくいく保証なんてない。失敗したなら、何もかもが終わるだろう。理性がしきりに訴える声も、今の僕にとっては止まる理由にならなかった。

僕はもう、絶対に結日を諦める訳にはいかないのだから。

そんなことを思いながら瞼を閉じたからか、その夜は結日の夢を見た。


「そうだ！」

夢の中で結日はいつものようにそう言って、人差し指を立ててみせる。

場所は、水喪の海岸。堤防と波打ち際の間の僅かな隙間。町の方からは堤防の陰になって見えない、僕らのお気に入りの砂浜だった。

学校帰りによく寄っていたからだろう。僕の記憶の中で、ここはいつも夕焼けに照らされている。今だってそうだった。スカートが砂に汚れるのも気にせずに座り込んだ結日は、朱(あか)い光をかき混ぜるように人差し指を一周させる。

「この町を、サードアイの町にしちゃおう！」

その言葉で、僕はこの夢がいつの記憶を再生させているのかを理解する。よくよく見れば、潮風になびく結日の制服は中学校のそれで、しかも真新しい。

たった一人の少女の思いつきをもとにした感覚情報端末が、この世界に生まれ落ちたばかりの頃だった。

「……なるほど」

ぼんやり海を眺めつつ僕がそんな言葉を洩らすと、あーっ、と彼女は声を張り上げた。

「シュウ、適当だ！　適当な相槌だった、今の！」

「……意味わかんないんだよ、だからさ」

「え、そう？　ええと、じゃあこれから説明します！　膝を正して聞くように！」

言って、彼女は僕の制服の裾（すそ）を引っ張って、自分と向かい合わせる。勿論僕は、膝を正しなんてしなかった。片膝立ての僕と、なぜか自分だけ正座をした結日とが、砂浜の上で顔を突き合わせていた。

端（はた）から見たなら、そいつは随分と奇妙な光景だったろうと思う。

「いいですか、シュウくん」

「やめろその話し方」

「あたしのお姉ちゃんは、サードアイを作りました」僕の抗議なんてどこ吹く風で、彼女は人差し指をメトロノームみたいに振ってみせる。「でも、サードアイはまだ、あんまり普及してません。これはなぜでしょう？」

「そりゃあ、わざわざ手術して埋め込まないと使えないからだろ」

「ぶぶー、シュウくん不正解。テストだったら、部分点で四割ってところです！」

彼女の右手のメトロノームが、刻むテンポを僅かに緩める。学校指定の灰色のブレザーが、そんな仕草にあわせて陰影を変えた。

サードアイが普及しないのは、と勿体ぶるように溜めてから、彼女は続きを口にする。

「普及してないから、なのです！」

その時の僕の視線は、相当に冷たかったらしい。数秒の沈黙の後、結日は見るからに狼狽し始めた。

「ええと、いや、違いますよ？あたしちゃんと考えてますよ？　この間シュウに怒られた、意味がないアレじゃないんです。ってアレ何だっけ……とろとろの……」

「同語反復？」

「そう、それ」

「全然違うじゃないか」

「そう、全然違うのです」

そういう意味じゃないっての、と言い捨ててから、僕は考える。結日は意味のあることと同じくらいに意味のないことを言う困った奴だけれど、こういう風に豪語する時は大抵意味のあることを言っている。そのことは、経験則からわかっていた。

つまり、と僕は慎重に言葉を紡ぐ。

「自分の周りの人間もサードアイを埋め込んでいないと、サードアイの意味がない、ってことか」

「そう、そう！　そうなのです！」

ぱっ、と花が咲いたように結日は笑う。その笑顔ときたら、今すぐにでも手を叩きながら町の方へと走っていってしまいそうな按配だ。

「そうなんだよ、シュウ。サードアイはそれだけでもすごい機械だけどさ。サードアイの良さっていうのは、他の人と共有してこそ活かされるものなんだ。一人だけで使っても仕方ないんだよ」

そんな彼女の様子を眺めながら、僕が浮かべていたのはどんな表情だったのだろう。

「ここに無いものが感じられる、っていうだけで終わるんじゃなくて、それを誰かと分かち合えるっていうのが、いっとう素晴らしいことなんだ。他の人が感じてるものを、自分のものとしても感じられる。これまで知らなかったことまで、相手のことを知れる。まるで初めて出逢うみたいに」

ただ、たとえ僕がどんな表情をしていたとしても、眼前で長い黒髪をなびかせながら語る少女ほどには活き活きとしていなかったことだけは間違いない。

こんな表情、誰にだって浮かべられるものじゃない。

「あたしはだから――きっとみんなは、サードアイを沢山の人が使ってる、っていう社会を実際に見ないと、サードアイの良さを知ることができないって思うんだよね」

「それを、ここに作ろうって？」

僕の問いかけに答える形で、彼女は口にする。それは、この瞬間より先に僕らの町が歩む道のりを決定づける言葉だった。

「そう、あたしたちの手で！　ここではみんながサードアイを使ってるよ、っていう未来のモデルケースを、この町に！」

その言葉を僕が沙月さんに伝えた一ヵ月ほど後に、水喪ではサードアイ研究における最先端施設の誘致計画が持ち上がることとなる。住民全員に対するサードアイの無償提供、なんていう豪華すぎるオマケを引っ提げた巨大な計画が。

全くもって――と、夢の中の砂浜を染める夕焼けを眺めながら、僕は思う。

あいつは本当に、心の底から勝手な奴だったな。

＊

次の日、僕は再び硲の家を訪れた。

今度は一人で、途中でコンビニに寄ることもなく。

沙月さんの部屋に入り、スパコンにアクセスして、一日がかりでデータを抽出し――短いメッセージとともに、それをある相手へと送りつけた。

送った相手から返事が来たのは、それから更に三日後のことだ。

第三章

遠い君との待ち合わせ

5

口から吸い込んだ息を、鼻から吐く。そんな呼吸を何度も繰り返していた。

生温い空気に残された冷たさの最後の一さじを、喉の奥で貪る度に、やかましい鼓動が遠ざかってくれるような気がしたからだ。

夏休みが始まって、丁度一週間が経過した平日の昼下がりだった。数日ほど怪しい振る舞いを見せていた天気は、今朝から快晴へと転じていた。平日とはいえ、時期が時期だ。町の中心部では、デイドリーム・ワンダー辺りがさぞかし人を集めていることだろう。

そんな日に僕は何をしていたかというと、漁港の岸壁で人を待っていた。人もまばらな港に立って、本当に現れるかもわからない相手を待っている。賑わい溢れるデイドリーム・ワンダーで今も繰り広げられているだろうものとは、随分とかけ離れた待ち合わせだった。

未明までは湿っていたはずの足元も、今はすっかり乾ききっている。爪先で軽く蹴ると、ひび割れたコンクリートから、小さな欠片がぱらりと舞った。

「そういや」僕の隣で進也が呟く。「今日は〈オプティクス〉が見えるらしいぜ」

へえ、と僕。進也は使われていないビットに座っていて、海に背を向け天を仰いだその姿はやけに危なっかしい。

当たり前の話だけれど、地球の周りを決まった軌道で巡る〈第六感覚〉ネットワーク運営用周回軌道施設〈オプティクス〉は、条件さえ整えば地上からもその姿を確認することができる。流れ星さながらに空を横切っていく光点はちょっとした見物で、観測可能な日にはメディアが報じるくらいのものなのだった。

進也に倣(なら)って天を仰ぐと、空は随分とせいせいした色合いで、そこには雲の一つもない。成程、今日なんかは随分と綺麗に見えるだろう。僕は尋ねる。

「何時頃?」

「夜だな。二十時くらいだったか」

「そっか」仰(の)け反(ぞ)った背筋を、そのままぐいと伸ばした。「まあ、その頃までには終わってるだろ」

「結果がどう出ようと――か」

進也の声は、いつも通りのようでいて僅かに硬い。きっと僕の声も同じだっただろう。進也が今日纏った虚構は、僕が忠告するまでもなく簡素なグラデーションで、それはきっと奴なりのフォーマルだった。

視界の隅に、情感素(インフォセル)が現在時刻を表示する。先方の指定の時刻までは、あと数分といったところだった。

「おうい」

声がした。見ると、少し離れたところに接岸した漁船の舳先に人影が立っている。

「お前ら、そこで何してんだあ？」

作業着に身を包んだ、逆木の長男だった。別に、と少し張り上げた声で答えながら、僕は漁船へと駆け寄っていく。

「知り合いと待ち合わせしてただけだよ、旦那」

「知り合い？　ああ」ビットに座ったまま会釈をする進也を一瞥して、逆木の長男はつまらなそうに唇を尖らせる。「こないだの坊ちゃんか」

逆木の漁船が固定されたビットの傍で、僕は立ち止まる。水面に浮かぶ漁船の甲板は、岸壁と丁度同じくらいの高さだ。

ゴム手袋を嵌めた手でワイヤーのようなものを纏めながら、逆木の長男は言う。

「プログラマー？　の息子だってな。インドア派ってやつだろ。確かにお前、昔っから中でばっかり遊んでたなあ。類は友をなんとやら、だ」

あと二文字をどうして言い切らないかな、という言葉を呑み込んで、僕は笑う。流石は由緒正しき地方都市。口コミによる情報ネットワークは完璧だ。

「あれは結日が運動できなかったからだよ。いつの話をしてるんだか」

「生意気言うのは、そのなまっちろい細腕を何とかしてからにすんだな。今日の漁が終わってなかったら、いっそ海で鍛え直してやるんだがなあ」がははは、と漫画みたいな笑い声を上げてから、逆木の長男は真顔に戻る。「とにかく、待ち合わせだってんなら、済んだらさっさと遊びにいきな。港は遊び場じゃねえぞ」

「わかってるよ」

勿論逆木の長男は誤解していて、僕らの待ち合わせはまだ終わっていないのだけれど、それをわざわざ説明する必要もない。逆木の長男が甲板から岸壁へと飛び移ると、漁船がぎしりと揺れた。

「旦那の方は何してるのさ」船の軋みに負けないように、僕は声の調子を上げる。「漁はもう終わったんでしょ？」

「漁が終わったって、やることなんざいくらでもあらあ。大人の仕事なめんな。まあ、今日はそういうのとはちょいと違えけどよ」

なんだかなあ、と愚痴っぽく逆木の長男は続ける。

「どこぞの実業家？　だかが、水喪を海から視察したいとか言い出したらしくてなあ。で、白羽の矢が立ったのがおれって訳よ。信じられるか、話が来たのが一昨日だぜ？　大方ここに何かを作ろうって魂胆なんだろうが、ったく、金持ちの気まぐれに付き合わされる身にもなれってんだよ」

その声色は、小気味いいくらいに不満げだった。

水喪という町は、今となっては世界でも有数の注目都市だ。猛然と進められていく再開発の中で、そんな迷惑な実業家が現れても不思議はない——なんて、普段の僕なら苦笑いを浮かべていたことだろう。ただ、この時だけは違った。

(……成程ね)

僕は進也と目配せをする。交わす視線の間で、一息に緊張感が高まるのがわかった。

「いやはや、それについては申し開きのしようもない」

そこに、声が響く。

いつの間にか、僕の背後に一人の男が立っていた。細身で色白、僕より頭二つぶんは背が高い。絵に描いたような長身だった。

「何分、話が決まったのが急だったもので」

コンパスを連想させるような直線的な歩きかたで、男は僕の右隣に立つ。服装は、開襟シャツに薄い色合いのスラックス。整髪料のものだろう、澄んだ香りが潮風と混ざりつつ僕の鼻まで届いた。

「ご迷惑でしょうが、これもこの町の更なる発展のため。決して損はさせません」

本日はよろしくお願いします、と男は逆木の長男に頭を下げる。芯(しん)の通った、人を説き伏せるのに向いていそうな声だった。男の纏う空気はしなやかで、この町の住人が決して持ち得ない都会の風情に満ちている。

　その風情に圧倒されたのだろう。さっきまでの悪態はどこへやら、逆木の長男の返事は、口の中だけでもごもごと響いた。

「ふふ、ありがとうございます。ところで――」そこで、見知らぬ男は僕の右肩に手を置いた。「君は、この町の子かい?」

「……はい」上擦らないように声を出すのは、なかなかの難題だった。「そうです」

「よければ、名前を教えてくれるかな」

　上から覆い被さるように、男は僕の顔を覗き込む。顔つきは素朴で、見覚えはないけれどどこかほっとする造形だ。優男、というのはこういう顔を言うのかもしれない。ろくに整えられていない短髪が潮風にゆらめく様を眺めながら、僕は名乗った。

「日々原周、です」

「ほう」男の笑顔は、どこまでも自然で心地よい。「アマネ。『周期律』の周、だね? 欠けることなく世界の隅々を網羅(もうら)し、ひいては循環をすら示唆(しさ)する。いい名前だね。うん、名乗りも堂々としていてとてもいい。いくら子供でもね、こういう時ばかりはそうじゃなくちゃいけない」

　こちらを覗き込んでいた顔を、優男は身体ごと持ち上げて正面へと戻す。動作は滑らかなのに長身なものだから、いちいち音がしそうなくらい大袈裟な振る舞いに見えた。

「丁度いい」僕の肩に手を置いたまま、逆木の長男へ言った。「また急な話ですが、乗客を少し増やしても大丈夫ですか？」

「へえ？」ゴム手袋を外しながら、逆木の長男は間抜けな声を上げる。「まあ、数人なら構いやしませんが、何だってそういう？」

「折角、こうして視察の場で地元の少年に会えたんです。是非とも、町のこれからを担う人間の生の声を聞きたい。なあ、君」僕の肩がぽんぽんと叩かれる。「君さえよければだが、わたしと共に船に乗って、この余所者に話を聞かせてやってくれないか。そう、そうだ。現地ガイドというやつだ」

僕が何かを答えるより先に、口を開いたのは逆木の長男だ。

「ああ、いや、旦那。おれの方としちゃそいつは構いませんがね。その坊ちゃん、これから友達と遊ぶ約束があるらしいんですよ。ここはひとつ——」

「いいですよ」僕は言う。逆木の長男に首の動きだけで礼を言いながら、ただし、と続けた。「僕一人じゃなくて、知り合いも一人、乗せて下さい。あそこにいる奴です」

いつの間にかビットから立ち上がっていた進也を、優男がちらりと見遣る。僕は言葉を止めなかった。

「見た目通りによく喋るし、何より見た目によらず黙る時は黙る奴です」

「信頼がおける、と言いたいんだね」

「信用、くらいにしてやって下さい」

右肩を大袈裟に竦めて、僕は男の手を振り払う。男はにやりと笑みを深めて、いいだろう、と呟いた。

「結局、二人追加っつうことでいいんですね？」

困惑した声で、逆木の長男は言う。これだから金持ちの考えることはわからない、とでも思っているのだろう。そのまま彼は、真剣な面持ちで僕に告げた。

「お前は船、乗ったことがあるよな。向こうのインドア坊ちゃんの面倒はお前が見ろ。何かあったらすぐおれに言え。わかったか？」

「了解。迷惑はかけないよ」

そういう話じゃねえんだ馬鹿、と僕の頭に握り拳をとんと置いてから、逆木の長男はいそいそと漁船へ戻っていく。逆木の長男が甲板に飛び乗り、漁船が大きく傾いだ瞬間、その音に紛らわすように優男が低く呟いた。

「わたしの名前は訊かないのかい？」

真っ直ぐ正面を見据えたまま、僕は言う。空は深い青色で、水面はひどく穏やかで、胸騒ぎがするくらいに静かな海だった。

「わざわざどんな偽名を考えてきたのかは、興味ありますけどね」

「……ほう」

僕は身体ごと右を向き、男を見上げる。ほんの少しだって頼りなく映らないように背筋を伸ばしてみたけれど、それがうまくいっていたかはわからない。

「インタビュー記事で、読んだことありますよ。無駄っていうのが嫌いなんですよね――宇田川佑さん」

僕はサードアイを操作する。今から数日前、硲の家で行ったのと全く同じ操作――視界に映る虚構存在(オブジェクト)の無効化。果たせるかな、数秒後には、眼前にある男の顔が変わっていた。

整髪料に固められスタイリッシュなカーブを描いた頭髪の下で主張する、直線的な鼻筋。穏やかでいながらどこか猛禽類(もうきんるい)を思わせるまなじり。先程までの優男とは、似ても似つかない。その顔は、きっと現在この世界で知らない者はいないほどに有名な顔だった。

「ははっ、そうだね。よく調べている。いいね、そうじゃなくちゃいけない」

僕だって、つい最近目にしたばかりだ。

つい最近――サードアイ開発者、硲沙月の会見の中で。

「それをわかっているということは、この会合がわたしにとって無駄なものだった場合の覚悟は――できているということで、いいんだね？」

なあ、少年。

トワイライト・コーポレーション——今や世界で随一のアプリケーション開発集団となった企業のトップは、絶滅種の狼のように犬歯を覗かせた。

タスク・ウダガワという日本人のことを手早く知りたければ、海外のとある有名ニュース雑誌を購読するのが一番だろう。何せ昨年その雑誌が発表した「今年の百人」に選出されたことが、彼を一躍日本における有名人へと押し上げたんだから。

もっとも、その雑誌はそれより数年前にサツキ・ハザマを「今年の人」——百人、じゃないのが大事なところだ——に選んでいて、その熱が日本にまだ残っていたお陰で、彼は時の人にまではなれなかった訳なのだけれど。

情報の大半が無料で手に入る時代において、わざわざ対価を設定されて世に放たれる情報だ。該当する号の特集ページは、情報量と簡潔さのバランスが素晴らしく、それに目を通すだけで彼の人となりを十全に理解できるものになっている。

彼が現在のトワイライト・コーポレーションの前身となる会社を立ち上げたのは、まだ日本の大学にて大学院博士課程にいた頃のことだ。この世界にサードアイが産み落とされる少し前。当時同じ研究室に所属していた仲間とともに、タブレット型端末のアプリケーションを設計・開発する「開発者集団」として名乗りを上げた。

僅か七名で構成されたその会社は、名を「タスク（task）」といった。実に彼の性向がよく表れたネーミングだった。

「蛍雪の功、なんて真似（まね）はしなかったがね。ディスプレイの明かりだけで夜を越したことは何度もあったよ」

インタビュー形式をとった記事の中で、彼はこう語っている。

「開発作業が楽しすぎてね。日が暮れているのに、誰も席を立とうとしないんだ。照明を操作する時間すら惜しかった。周りから見れば、本当に変わり者の集団だったろうさ」

ではその時代こそが、あなたにとっての青春時代だったという訳ですね——そう相槌をうったインタビュアーに対する彼のコメントもまた、彼という人間をよく表している。

「青春、というものの定義は知らないが、人生においてもっとも心が躍った時と解釈するならば、それは違う。わたしに青春が訪れた瞬間は、そうさ、わかるだろう？　サードアイに出逢った瞬間だよ」

そう。

宇田川佑という男は、先崎進也と同様に——そして恐らくはそれ以上に——サードアイという端末に強烈に魅せられた人間の一人だった。

確かな品質と豊かな独創性を持ったアプリケーションを着実にリリースし続け、設立して数年で多数の熱狂的ユーザーを獲得するに至っていたタスク（task）は、しかし感覚情報端末

〈第六感覚〉の完成が発表された直後に、それまで進めていたプロジェクト全ての中止、破棄を決断する。

「全てが過去のものになる、という確信があった。あの時代、誰もが感じていたろう確信さ。そんな中で、わたしたちがユーザーとともに歩むべき先は一つしかない。そうじゃなくちゃいけない、と思ったんだ」

あらゆる業界の常識を逸脱した、急激に過ぎる方針転換。タスク（task）は、以後開発するアプリケーションの全てを〈第六感覚〉ネイティブのものにすると宣言したのだ。

世界各地に根ざしていたタスク（task）の固定ユーザーたちは、当然ながら冷ややかな目でこれを見ていた。しかし、彼らはすぐに再びタスク（task）の虜となる。タスク（task）が次々とリリースしたサードアイ・アプリケーションは、従来のタスク（task）の製品と比べても別格のクオリティを実現していたからだ。

例えば、そうだ。アニメーションのキャラクターを、アニメーションとしてのリアリティを保ったまま現実世界に顕現させる術を見出したのも、この頃のタスク（task）だった。

「タスク（task）を立ち上げた時には、会社を大きくすることなんて考えてもいなかった。わたしは無駄が嫌いでね。気心の知れた七人で、細々と好きなことをやっていければそれで良いと思っていた。だが、サードアイとの出逢いを切っ掛けに、やりたいことがあまりに肥大化してしまった。人手が必要だし、資金が必要だった。そして何より力が必要だった」

開発と並行して会社の拡大にも力を注ぎ始めたタスク（task）は、サードアイの台頭に伴って経済界に巻き起こった大波を見事に乗りこなし、僅か数年で世界でも有数の大企業を吸収するにまで至る。

そしてそれを機に、タスク（task）はその名を「トワイライト・コーポレーション」と改めたのだった。

「吸収した企業の名をとって、わたしのことを『禁断の実を食べた男』なんて称する向きもあるようだがね。わたしにとって『禁断の実』があったとしたなら、それはあの感覚情報端末さ。サードアイこそが、わたしの人生を不可逆に変えてしまったんだよ。もっともその果実は、むしろわたしを楽園（エデン）に招き入れてくれた訳なんだが」

記事は、彼のそんな言葉を引用して締めくくられていたはずだ。

漁船の甲板が、生き物の背中のように大きく揺れる。規則性から逸脱したその動きは、両の足を踏ん張って相殺しようとしてもうまくいくものじゃない。ふらつく身体がどこかへ行ってしまわないよう、舳先の手すりを強く握った。

「内密の話がある様子だったからね。少し、気を利かせてみたのさ」

僕の正面で、宇田川佑は歌うようにそう言った。僕と同じように、後ろ手に手すりを摑み身体を支えている。僕の隣には進也がいて、やはり手すりに背を預けて宇田川と相対していた。鋭いV字を描いた漁船の舳先にて、その先端を挟むようにして、二人と一人が向き合っている形だった。

僕のサードアイは未だに虚構存在の投影を拒み続けていて、だから語り続ける宇田川の姿は雑誌などでよく見るそれだ。

「立場上、こういったことには慣れている。機密を言葉にする場を選ぶ時には、二つの考え方があるんだ。人が多く、個々の会話を判別できない場所で話す。あるいはそれと反対に、正真正銘、人が全くいない場所にて話す。中途半端というのが一番いけない」

逆木の漁船は、水喪の漁船の中でもトップクラスの大きさを誇る。舳先から操舵室までの距離はなかなかのものだ。舳先で話す僕らの声は波音にかき消され、逆木の長男がいる操舵室に届くことはないだろう。

水喪の海岸線は遠く視界の奥にあって、周りに他の船もいない。正真正銘、人が全くいない場所――少しやりすぎなくらいに完璧なお膳立てだった。

「要するに」僕は笑う。「僕らはこれっぽっちだって信用されていないってことですね」

「おいおい、わかりきったことを言うなよ」宇田川も笑った。「見ず知らずの人間にこうして呼び出されて、相手を信用しろという方が無理な相談だろう?」

「港に僕を呼び出したのはあなたでしょう?」

「だが、そう仕向けたのは君だ。このわたしが直にコンタクトをとらなくてはいけないと考えるような、魅力的な餌をぶら下げたのはね。あんなデータを送っておいて、その白々しさは通らないな」

「あー」そこに口を挟んだのは進也だ。「そのことなんすけどね、ええと、宇田川さん？って呼んでいいっすか？」

構わない、と笑顔のままで宇田川は答える。実に余裕に満ちた笑みだった。

対する進也の顔色は悪い。勿論、船酔いのせいじゃなかった。トワイライト社代表の宇田川佑は、進也のような人種から見れば間違いなく天上人の一人だ。僕が宇田川とのコンタクトを試みていることを知った時の、奴の表情を思い出す。目玉が飛び出るというのは、きっとあれを指す言葉なのだろう。

「俺はその、こいつ——日々原があなたに送ったデータってのが何なのか、まだ知らないんすよね」

「何だって？」宇田川が僕を見る。瞳の奥に僅かな戸惑いが見えた。「……ああ、成程」

そしてその戸惑いは、ほんの数秒で跡形もなく消える。水の中に拡散するインクの映像を、逆回しで再生したみたいだった。

君は——と、宇田川は手のひらを上にした右手で僕を指す。

「そういう人間なんだな。わたしがここへ来るか否かは、ついさっきまでわからなかった。たとえどれほど近しくとも、伝えずに済むものは伝えたくない。ヒロイズムなのかエゴイズムなのかは知らないが——そういうのはよくないぞ」

僕へ向けていた右手を手すりに戻し、宇田川は再び口を開く。

「何かに共同で挑もうという相手とはね、対等な関係であるべきだ。そうじゃなくちゃいけない。そうだろう？」

「ご忠告、痛み入りますよ」

返しながら、僕の脳内では宇田川の言葉が反芻されている。何かに共同で挑もうという相手とはね、対等な関係であるべきだ——聞き逃せない言葉だった。それは、福音だ。その言葉が彼の本心だったならば、僕らの計画の成功率は飛躍的に上昇するはずだった。

「ほんと、その通りだと思います。俺も」にへら、と普段からは想像もつかないような不器用な笑顔を浮かべて、進也は言った。「だからっすね、宇田川さん。申し訳ないんすけど、あなたの口から、俺に教えてやってくれないっすか？　こいつが送りつけたデータの中身ってのを」

ふうん？　と宇田川。笑顔を引っ込めて、彼は進也へ問うた。

「君、名前は何といったかな？　聞いていなかったと思うんだが」

「先崎進也、です」

「シンヤ。どう書くのかな？」

「進む也（なり）、っすね」

「成程、わかりやすい。いい名前だ。進歩というものは、人間にとって欠かせないファクターだからね。出で立ちを見る限り、君自身、その名に恥じない人間になれているようだ。なあ、進也君」

　そこで、宇田川はわざとらしく一拍を置く。

「もしかして、試されているのかな？　わたしは」

　沈黙。真夏だというのに、背筋が凍るような冷気がその場を掠（かす）めていった気がした。

「……っはは、冗談だよ、冗談」自ら沈黙を破り、宇田川は笑う。ひどく空々しい笑い声だった。「いいだろう。前途ある若者からのお願いだ。応えないとな。大人というのはそうじゃなくちゃいけない」

　宇田川は手すりに肘をかけ、僕らから視線を逸らす。背後に広がる海岸線を肩越しに眺めながら、言葉を続けた。

「そこの周君が説明（キャプション）もなしにわたしに送りつけてきたデータはね、二機のサードアイの間で全データを共有した記録だよ」

　あまりにさらりと、彼はその解答を口にした。

「あらかじめ構築された感覚データを脳に流し込む、というサードアイの通常処理とは違う。二つの脳が処理している感覚情報の全てを、リアルタイムで互いに流し込むんだ。なあ、進也君。その処理は、一体どういった意味を持つと思う?」

「例えば誰かとそれをしたら」少しだけ考えてから、進也は答える。「向こうの感じているもの全てを俺は感じて、俺が感じているものも相手に伝わる——ってことっすよね」

「そう。五感の完全なる共有だ。それは、二人の人間を一つにする操作に等しい。身体が触れ合うとか、心が通じ合うとか、そういった次元の話ではない。二つの個体を完全に一つへと重ね合わせる、ということをサードアイは可能にする」

「それをやると、人間はどうなるんすか?」

「わからない。なぜなら、過去に実際にその操作を行った人間など、わたしの知る限りにおいては存在しないからだ」

時折跳ね上がる水飛沫(みずしぶき)が鬱陶(うっとう)しいらしく、宇田川は目を細める。

「発想自体は、弄ぶ人間も少なくないだろうがね。実現するには高いハードルが存在する。まず、設備だな。それだけの量の感覚情報をリアルタイムで扱うには、相当な容量のスパコンが必要だ。〈オプティクス〉に積まれているものと同等のスペックが。よほどの資産がなければ、個人で所有できるものじゃない。そして何より、こちらだな」

そこで宇田川は、左手の親指をこめかみに当てた。

「あまりに危険すぎる。わたしが先程君に語ったものはね、進也君。ただの理論さ。わたしの脳と君の脳は、同じ仕組みの器官でこそあれ、完全に同じものではない。異なるハードウェアなんだ。パッケージングされた感覚の送受信くらいならば、脳はその違いを柔軟にすり合わせる。しかし、処理の全てを完全にシンクロさせるとなれば、話は別だ。どれだけ脳に負担がかかるか、計算することすら大事業だろう」

　理論と実践は違うのさ——宇田川の言葉は、波音の中で印象的に響いた。

「政府は勿論、さしものアトモスフィア社もゴーサインは出さないだろうな。臨床をどれだけ重ねても、あまりの負担に脳が機能不全を起こす可能性は排除できない。個人では設備を用意できない。公ではゴーサインが出ない。だからこの処理を実行した人間はまだいない——はずだった」

「だけど」僕はようやく口を開く。完璧だった。ただデータを眺めただけで、宇田川はあのデータの持つ意味を完全に看破していた。「それを行った記録（データ）が、今ここにある」

「そうさ。そういうことだ」くっく、と宇田川は笑う。「データは半分しかなかったが、半分でもそれが本物であることを判断するには充分だった。なあ、進也君。君の友人は大した奴だよ。わたしたちのような人種が、何にそそられるかをよくわかっている」

　水喪の海岸線を眺めていた宇田川の瞳が、僕へと向けられる。手すりから手を離し、彼はこちらへ足を踏み出した。鉄骨じみた長い腕を鷹揚（おうよう）に広げながら、彼は朗々と語る。

「いたんだ。それだけの処理を行える設備を持ち、尚且つ（なおか）処理に伴う危険を省みなかったクレイジーなサードアイ・ユーザーが。二つの個の同一化——これまでの人類が誰一人至ったことのない領域に足を踏み入れた者たちが。彼らは、あるいは彼女らは、そこに何を見ただろう。サードアイが人類を導いた、一つの彼岸。そこから見える景色を知りたい、とわたしは思った。だからこそ、見え見えの誘導にわたしは乗ったんだ」

周君、と宇田川は笑う。

「わたしは通信を使わず、ここまでわざわざ来たぞ。痕跡(こんせき)は残していない。偽名を使い、顔まで変えた。わかるかい？　わたしは最大限に君の意図を汲(く)んでやっている。だから、そうだ。そろそろ話を始めようじゃないか」

眼前にまで至った宇田川が腕を伸ばし、僕の両脇の手すりを摑んだ。宇田川は僕より、頭二つぶんも背が高い。猛禽類を思わせる目が、穏やかにこちらを見下ろしてくる。

ぐい、と宇田川の顎がこちらへ突き出された。

「君は知っているんだろう？　恐らくは世界で初めてあの処理を行った開拓者たち(フロンティアーズ)を」

——僕は一体、何をしているんだろう。

今更のように、そんなことを思った。僕を逃がそうとしない宇田川の腕の向こうには、水喪の町が見える。ひどく小さくて、まるでジオラマみたいな僕らの町。

水喪から離れた海の上で、頼りにできるものは自分と、せいぜい隣に立つサードアイオタクの少年だけ。そんな状況で僕の前に立っているのは、世界でも有数の力を持つ大企業のトップだ。冷静に考えれば、不思議で仕方がない状況だった。

思わず、噴き出しそうになる。

僕は今から、自分の言葉だけで、この男と対峙しなければいけないのだ。

武器はあった。それを使えば、この男とでも対等に戦えるだろうという武器。それを用いる覚悟は、とっくのとうに決めていた。

深い呼吸を、僕はする。港で海を眺めていた時から繰り返していた呼吸だ。そうして、自分の中の熱を空気中へと逃がしてやり、心臓の鼓動を落ちつかせてから、口を開いた。

「ええ、知ってますよ。僕の話を最後まで聞いてくれたら、それを教えると約束します」

「ほう、話を聞く。それだけでいいのかね？」

「それだけで構いません。お察しの通り、僕があなたにしたいのは依頼です。けれど、その依頼を受けて貰うためにまで、あのデータを使うつもりはない。あれはあくまで、餌です。餌は獲物をおびき寄せるために使うもので、仕留めるために使うものじゃないでしょう？」

「ふふ……いいね。そうじゃなくちゃいけない」

宇田川の笑顔が、獰猛なそれに変化した。理解したのだろう。僕がこれから持ち掛ける話が、ただの知的好奇心だけで受け入れられるものじゃないということを。

それだけの大きな話を、目の前の少年が口にしようとしているのだということを。

では聞こうか、と宇田川は言う。

「君は一体、わたしに何を依頼したいというのだね？」

そこで、船は再び大きく揺れる。手すりを摑んだ僕の腕がぴんと張って、肘に痛みが走った。今日の船はよく揺れる。ここ数日、空の機嫌が悪かったことを僕は思い出していた。怖いほど静かな水面の下で、しかし海は荒れているのかもしれない。

まるで、今この場の空気と同じように。

「宇田川佑さん」

僕はその名を口にしながら、宇田川と同じように獰猛に笑った。

「僕はこの夏休みのうちに、〈オプティクス〉をハッキングする。あなたと、あなたの会社——トワイライト・コーポレーションには、そのサポートをして頂きたいんです」

そうして、僕は話した。僕の眠り続ける幼馴染みの少女のことを。硲沙月が昏倒した会見——それには奇（く）しくも宇田川も出演していた——を切っ掛けに、その少女の個室に浮かんだ白い情感素（インフォセル）のことを。そこから調査を進めた結果、話は情感素（インフォセル）の正体どころか、少女の眠りそのものに対する重大な疑惑にまで至ったことを。

その疑惑を解くには、周回軌道施設〈オプティクス〉にいる硲沙月とコンタクトをとる他はなく、それは〈オプティクス〉に僕自身を投影することでしか実現できないのだということを。

　眠り続ける幼馴染みの素性だけは明かさないまま、事実の全てを僕は話した。僕の心情などは一切付け加えなかった。眼前の相手に、そんなものが効果を及ぼすはずはなかったからだ。それは、僕に表せる精一杯の誠意だった。

「――成程な」

　僕の正面でじっと話を聞いていた宇田川が、小さく呟く。僕が事情をすっかり話し終えて、十数秒ほどの沈黙が場を支配した後だった。揺れる船上だとはとても思えない足どりで先刻まで自分が立っていた場所に戻ると、彼は手すりに体重を預けた。

「話はわかった。君はなかなか面白いことを考えるね」

　そう言って、宇田川は右手を大きな鉤爪（かぎづめ）のような形にしてみせる。

「だが、申し訳ないな。どうにも、君の役には立てそうにない」

　僕と進也がその右手を訝しげに眺めていることに気付いたのだろう。おいおい、と宇田川は呆れたような声を上げた。

「君たち、まだ虚構存在（オブジェクト）を切っているのか。もういいだろう。わたしが仮面を被っていたところで、話に不都合など生じまいよ」

　その言葉をうけて、僕はサードアイを操作する。虚構存在（オブジェクト）の受け入れを再開すると、緩やかなカーブを描いていた宇田川の右手の中に、上品なグラスが出現した。

グラスの中では、鮮やかな赤色をした液体が波打っている。

「少々、日差しに参ってきたところでね。口を湿らせないと舌も回らない」

宇田川の顔は、先程までとはうって変わった素朴な優男のものになっている。港で会った時に被っていた、虚構存在のマスクだ。漁船の操舵室にいる逆木の長男には、この男の顔はずっとこう見えていたはずだ。

「さて、話を続けようか」宇田川の穏やかな表情に、しかし僕は騙されない。その仮面の下の眼差しの獰猛さは、もう充分に知っている。「もう一度言おう。わたしは君たちの役には立てない。理由は二つあるな。一つ。君が目論んでいる〈オプティクス〉へのハッキングは、とても難しい。だからこそ、君はトワイライト社のような存在を抱き込もうとしているんだろうが――その困難さは、残念ながら君の想定を超えている。わたしたちでも不可能だ」

「それは」挑発するように、僕は言う。「技術レベルの話ですか?」

「そう思うかい?」

宇田川がぱちんと指を鳴らす。すると次の瞬間、僕の眼前には一個のグラスが、赤い液体をなみなみと湛えた状態で浮いていた。

恐る恐るそれを右手に取ると、ずしりとした重さが手のひらにかかる。硝子の感触はひんやりとしていて、表面にうっすら結露した水滴がしっとりと指先を濡らした。

隣を見ると、進也も同じものを持っている。驚愕（きょうがく）を面に表さないことは不可能だった。このグラスは、情感素（インフォセル）として僕に送られたものじゃない。僕はデータの受け入れ操作なんてしていない。これは、今この瞬間に、宇田川がこの空間に配置した虚構存在（オブジェクト）だ。

公共空間（パブリック・リソース）への虚構存在（オブジェクト）の投影は、こんなに手早くできることじゃない。僕ら個人が自由に虚構を配することができるのは、体表から五センチメートルまでの私的空間（プライベート・リソース）だけだ。本来ならば、こうして公共空間（パブリック・リソース）に虚構を配するには、正式な手続きと政府の承認が不可欠のはずだった。だからこそ、商業施設のような場所でもない限り、水喪ですら町並みには虚構存在（オブジェクト）が溢れたりしていない。

眼前の男が、それらの手続きを踏んでいないのは明らかだった。軽度ながら正真正銘のハック――僕が〈オプティクス〉の中で行おうとしていることを、宇田川は簡易的に実演してみせたのだ。

「ご馳走（ちそう）しよう。安心してくれ、味覚だけで人は酔わない。法には触れないさ。じっくりと、大人の味と、ことは技術レベルの問題ではないという事実を味わってくれ」

躊躇しながら、僕はグラスを口に運ぶ。初めて味わう酸味と苦みが、慣れ親しんだ果実の甘みと心地よい冷たさを纏いつつ口内に広がった。それらの感覚は、どれもが鮮烈で瑞々（みずみず）しく、また繊細だ。

（嘘だろ？　ここが一体どこだと思ってるんだ）

不敵に笑う宇田川の背後で、上下に揺れながら流れていく景色——ここは、高速で動き続ける船の甲板だ。

（これだけの精度の虚構存在を、船の移動にあわせて——？）

俊豪、という単語が、自然と心に浮かび上がる。

無意識のうちに、右手が震えていた。グラスの中で、赤い水面が小刻みに波打つ。

宇田川の話は続く。喉の奥が熱いのは、流し込んだ架空の液体のせいじゃなかった。

「あの軌道建造物のセキュリティは、そもそも外から破れるようなものではない。アクセス権限を与えられた人間以外がアクセスすることなどできない。それが〈オプティクス〉だというだけの話さ。そしてもう一つの理由だ。〈オプティクス〉へのハッキングは、難事である以上に重大な犯罪だ。どうしてトワイライト社が、君の個人的な事情のためにそのようなリスクを負わなくてはいけないのか」

いつの間にか、宇田川の笑顔は消えていた。

「法を犯すというのはね、周君。君たち少年が思っているよりも、ずっと重いことなんだよ。『全て』を失う、ということを本当に想像したことがあるかい？　君は『好奇心』を餌にわたしを動かしたが、これに関しては、好奇心などと天秤にかけられるものじゃあない。わたしに背負った全てを擲たせうるだけの手札を、君が持っているとは思えないな」

からん、とどこからともなく音が響いた。

どこから？——僕は探して、そして気付く。宇田川の持つグラスの中からだ。

「お礼っすよ」進也の声だった。思わず進也の方を見ると、奴の指先は中空で静止していた。架空のインターフェースに触れているみたいに。「どうぞ、受け取って下さい」

「……一つ、教えてあげよう」氷の入ったグラスを二、三度振ってみせてから、宇田川はそれを傾けた。「この飲み物に、氷は入れないんだ。カジュアルな席では別だがね」

「そいつは失礼。こちとら未成年なもので」

悪びれもせずそう言ってのけて、進也は僕を真っ直ぐに見据える。さっきまでのぎこちない表情はどこへやら、ひどく真剣な面持ちで、奴は僕へ言葉をかけた。

「何、圧倒されてんだ。相手がこのくらいだってのは、最初からわかってただろうが。宇田川佑をなめんなよ。俺の憧れ(あこが)の一人だぜ？」

それを聞いた途端、喉の奥の熱がすっと引いたような気がした。我に返る、というのはこういうことかと思った。全く、と心中で呟く。

——こいつは本当に、いけ好かない奴だよ。

ことり。甲板にグラスを置いて、僕は進也から目を逸らす。宇田川へ向けて言った。

「ご馳走様でした。それじゃあまず、指摘された問題、前者から解決しましょうか」

心はひどく落ち着いて、言葉はすらすらと口から流れ出てくれた。

「というより、そんな問題は初めから存在しない、と言うべきですね。宇田川さん。誤魔化そうったってそうはいきません。トワイライト社は、〈オプティクス〉へのアクセス権限を与えられているでしょう。それも相当に大きな権限を」

「ほう。そう考える根拠は何だね？」

僕が思い出すのは、沙月さんの会見にて、ウインドウに映し出された宇田川の姿だ。

「トワイライト社は、サードアイの新サービス『カレイドフィール』の共同開発者だ」

「共同開発の契約を結ぶほどアトモスフィア社と密接な関係にあるならば、〈オプティクス〉へのアクセス権も与えられているだろう、と？　そいつは論理の飛躍というものだ」

「そうじゃありません。カレイドフィールという機能を開発するためには、そういった措置が不可欠のはずだ、ということです」

そこで、船が大きく揺れる。僕の足元に置かれたグラスが、跳ねるように宙に投げ出された。鮮やかな液体をまき散らす前に、そいつはすっと座標から消え去る。

その操作をしただろう宇田川は、訝しげに目を細めた。

「あのサービスの中身については、まだどこにもリークされていないはずだが」

僕は説明する。根拠を示すことは大事だった。こちらが信用に足る存在であると相手に思わせる方法は、おおよそそれしかない。

「カレイドフィールの発表会になるはずだった、あの会見。あの内容から、推測することは可能です。沙月さんの最初の長広舌は、後のカレイドフィール紹介のための布石だった。特に、水喪の生活を紹介するところなんてあからさまだ」

　サードアイが普及した町での生活がいかに素晴らしいものか、たっぷりの誇張とともに語られたあのひととき。日常のあらゆる場面で少女を待つ新体験、徹底的に省かれる旧時代的な無駄。けれど――

「あの話の中に、一つだけ解消されていない無駄がありました。沙月さんもわざとらしくそれに言及していた無駄が」

　数日前の夜に母さんに言いかけて、結局は口にしなかったその先を、僕は口にする。

「どうして、彼女はわざわざ学校に行かないといけないのか？」

　一際大きな波音が、午後の空気を震わせた。

「行かなくてもいいはずなんです、本来は。サードアイが十全に活用されていれば。友達と会うため？　直に授業を受けるため？　そんなことは理由にはならない。サードアイはそこにないものを見せることができる。そこに響かない音を聞かせることができる。わざわざ身体を一所に集めなくても、多くの人間が集まっているように感じられる架空の場を作ることはできるはずです」

　それこそが、沙月さんが会見で示唆したかったもの。カレイドフィールが解決するもの。導かれるのは、有史以来、数多の人間が思い描いてきた一つの夢だ。

「サードアイが実現する、完全な意味での仮想空間（VR）――それがカレイドフィール、ですね?」

　短い沈黙があった。宇田川は、ただ柔和な目で僕を見据えていた。その柔和な目の奥で、彼の本当の瞳がどんな色を帯びているかを僕は想像する。その色が、どれだけ鋭く攻撃的であるかを。

「さて、僕のこの推測が正しかったと仮定します。じゃあ、実際にサードアイでこの仮想空間を実現するためには、どのような処理が行われなければならないか」

　こちらを見据える男へ向けて、一歩踏み出す。

「視覚情報だけじゃない。五感の全てを精緻に設定して、物理世界と同等の体験をそっくり再現するためには、パッケージングしたデータをサードアイに送り込むってだけじゃあ駄目なのは明らかです。ましてや、そこに同時に複数の人間を存在させようなんてことを考えれば——実際にどこかのシミュレーターの中に、場を作らないといけない。完璧にデザインされた仮想空間のデータセットを。体験する人間の行動や認識によって変化し続ける処理を賄うために、相当な柔軟性を与えられたデータセットです。そのデータセットにリアルタイムでアクセスし続けることでしか、本当の仮想空間は実現できない」

　二歩。船が揺れる。僕はふらつかない。踏みしめる甲板の感触は、不思議と確かだ。

「そのシミュレーターには、どんな演算機が相応しいか。そう考えた時、思い出すのはサードアイの基本設計です。サードアイが扱う感覚情報は、あの機器がゼロから生み出したものじゃない」

サードアイは、人間の脳が生み出した感覚をそのまま流用している。軌道建造物〈オプティクス〉の中にあるスパコン、〈ヴィトリアス〉に蓄えられている感覚情報だ。

「選択肢は一つしかないんです。仮想空間は、中にいる人間の行動で刻一刻と必要な感覚情報を変えていく。それを賄うためには、常に新しい感覚情報を供給できる場に、データセットを置くしかない。そんなことが可能なのは〈ヴィトリアス〉だけだ。スペックの問題じゃない。サードアイ・ネットワークの中に組み込まれているからこそ、〈ヴィトリアス〉は数多の感覚情報を蓄えられるんだから」

将来的には、〈アイリス〉〈レティナ〉〈ヴィトリアス〉の三機のスパコンは、幾つか存在するハブ・コンピューターのうちの一組になるだろう。たった三機のコンピューターにネットワークの全てを担わせる体制が、長く続くことはない。けれど、サードアイが普及して間もない今は、まだあの三機だけがサードアイ・ネットワークを支えていて――だから、サードアイが参照できる感覚データを蓄えているスパコンは、この世に〈ヴィトリアス〉しかないのだった。

三歩めを、僕はゆっくりと踏み出す。

「これは、開発段階においても同じことだ。地上に代替のシミュレーターを置くことはできない。カレイドフィールの開発は、直接〈ヴィトリアス〉にアクセスすることでしか進められないはずです。ましてや、あなたはさっきこう言った」

――「何かに共同で挑もうという相手とはね、対等な関係であるべきだ」

「だから、自明なんですよ。宇田川さん。もう一度問います」

そうして、僕は宇田川の眼前で立ち止まり――喉元に突きつけるように、その問いを口にした。

「トワイライト社（あなたたち）は、〈オプティクス〉へのアクセス権を持っていますね？」

いつか脳内で弄んだ警句を、僕はもう一度思い出す。

身の丈に合わない大事を起こそうと企む不心得者は、協力者を作る。

打ち崩したい相手の内側に、こちらに協力する裏切り者を。あるいは自分よりも大きな力を持った、バックになってくれるような何かを。そして今、眼前に立つ男こそが、その最適解だった。裏切り者にして有力者。二つの条件を兼ね備えた協力者。

彼を味方に引き込めるか否か。それが致命の分かれ目だった。ここまで事情を話してしまったのだ。交渉が決裂すれば、全ては終わる。僕らの共犯者とならない限り、彼にこの件を胸に仕舞っておく義理はない。身も凍るような綱渡りだった。

ふう、と溜め息を吐いたのは宇田川だった。

「そうじゃなくちゃあ、いけないな」ゆっくりと肩を竦めてから、彼は続けた。「二つめの問題が、解決されていないぞ」

それは、一つめの問題については解決されたという意味だ。僕の推測を暗に肯定した言葉だった。一瞬だけ安堵に胸を温めて、僕はすぐに気を引き締める。宇田川の言う通り、ハードルはまだ残っていた。

「理由、ですね」

宇田川は頷く。あまりに大きなハードルだった。地位も財産も手に入れ、まだまだ未来に胸を燃やし、何よりも多くの社員の人生を背負ったこの男に、それら全てを擲つ可能性を選択させる何か。それを、僕はこの男に示さなくてはいけない。

いよいよ、とっておきの武器を用いる時が来ようとしていた。

高鳴りそうになる心臓を、深呼吸でなだめる。大丈夫だ、と心中で呟いた。大丈夫。覚悟さえ決めたなら、きっとうまくいく。僕の力で誰かを説得しようなんて話なら、失敗もするかもしれない。けれど、これからする話はそうじゃないんだから。

「信じて貰えないかもしれませんけど、僕らだって、法を犯すってことのリスクは考えました。その上でここに立ってるんです。だから、好奇心なんかをいくら刺激したところで、あなたが協力してくれないのはわかってた」

数歩進んで、宇田川の隣に立つ。手すりに手を置き、海の向こうの海岸線を一望した。

「僕はこれから、あなたの好奇心じゃなく、信条に訴えかけようと思います」

僕とすれ違うような格好になった宇田川が、目を細める。

「……何が言いたい？　君は」

「黙っていましたけどね、僕の幼馴染みの名前は——硲結日です」

宇田川の言葉が止まる。船上の空気が、明らかに変わった。

自分の読みの正しさを確信して、僕は言葉を継ぐ。

「名前が気になったんです。あなたの会社の名前が。トワイライト・コーポレーション。トワイライト。気鋭の企業にしては随分と縁起が悪かったし、何より統一感がなかった。あなたが立ち上げたタスクとも、吸収された企業の名前とも通じない。そう思った」

そして、そんなはずはない、とも思った。公募企画で命名でもしない限り、同じ人間がつけた社名がこうも大きく異なるはずがない。だから、考え方を変えてみた。この名前は、一見そうは見えないだけで、確かに規則性に沿っているのだと。

「あなたのインタビューを漁って、こういう回答を見つけましたよ。大事にしている言葉の一つに、これがあるんですってね、宇田川さん——名は体を表す」

今日、宇田川が僕らとの対話を始めた時、真っ先に気にしたものは何だったか——僕らの名前だ。彼が最初に立ち上げた会社の社名は、何をモチーフにしていたか——彼自身の名前だ。

それが、宇田川佑という人間だった。彼は、名前というものに信仰にも似た重みを置いている。

「だから、トワイライトという単語もそうだと思った。そうして、意味を考えてみたんです。黄昏（たそがれ）っていうのは、いつのことだ？　夕日が沈んだ後だ」

夕日の後——硲結日の後に続くもの。

それが社名の意味なのだと仮定してみれば、漁りに漁ったインタビューの内容のあちこちに、それを示唆するものがあるように思えてならなかった。何よりこの男は、サードアイとの出逢いを切っ掛けに、それまでの功績を一度擲った男なのだ。

「あなたは、そしてあなたの仲間たちは、硲結日の信奉者だ。サードアイ黎明期、あいつがこの町で語った未来に目を焼かれてしまった人間だ。そうじゃないんですか？」

だったら、と僕は傍らに立つ宇田川を真っ直ぐに見上げる。

「僕はあなたにこう言うことができる。僕に協力して下さい。そうしたら僕は——」

ゆっくりと息を吸ってから、その言葉を吐き出した。

「——あなたたちにもう一度、結日の声を聞かせてやる」

宇田川は数秒、何かを考えているようだった。そうして、彼は目を瞑る。彼の顔を包んでいた虚構存在（オブジェクト）がほどけて、素顔が露（あら）わになる。僕はサードアイを操作していなかった。

彼が自ら虚構を脱いだのだ。

どこまでも真剣な眼差しで、宇田川は言った。

「君のその言葉を、信じる根拠をくれ」

僕は再び、手すりの向こうに視線を投げる。風に波打つ海面の奥で、ジオラマみたいに佇む水喪の町並み。人々の生活を支えてきた港。カーブを描きつつ延びていく堤防。あちこちに積み上がる消波ブロック。そしてその先に不自然に佇む、水喪〈第六感覚〉関連医療技術研究所の清潔な白。

漁船の舳先にかき分けられた潮風が、したたかに頬を打つ。僕は呟いた。

「あなたは、僕の話を最後まで聞いてくれた。約束は守ります。あなたに送った、あのデータの持ち主——サードアイで同一化した二人の人間の素性を教えますよ」

それこそが、僕の武器だった。

全てを擲つ覚悟を決めて、初めて振るうことのできる武器——景色の片隅、研究所とは反対側にある堤防の傍らに、小さな砂浜が見えた。堤防の陰になっているせいで、こうして海から眺めでもしない限り、町の人間は気付かない秘密の場所。

僕と結日のお気に入りの砂浜だ。

あそこだったな——と、僕は懐かしく思う。

胸に走った不思議な痛みに耐えるように、手すりを強く握りしめる。からからの喉から、言葉を絞り出した。

「その二人は、日々原周と硲結日。あのデータは、僕と結日の共有記録です」

＊

「やってみよっか、あれ！」

結日が僕へ向けてそう言ったのは、今から二年前のことで——あの日の結日は、どうにもいつもの彼女じゃなかった。

僕と結日は、朱に染まる堤防沿いの道を歩いていた。それは、葬式から二人だけで抜け出した夕方だった。

乗り込んだ船が沈んでしまってからこっち、連れ合いが先に旅立ってもなお、この世界にしがみつき続けていた誰かさんの葬式だった。何年も何年も、意識を稼働させないまま肉体を循環させ続けていた健気な脳味噌が、ようやく役割を終えたことを確認する儀式。

硲の若奥様。

幼い結日に「出逢い」の大切さを説いた人の——その日は、葬式だったのだ。

「あのさ、シュウ」中学校の制服を夕風にはためかせながら、結日はそんな風に呟いた。

「サードアイについて、どう思ってる？」

海辺の道は海面よりも随分と高い位置にあって、だから道沿いの堤防は僕らの腰の辺りまでしかなかった。ひょい、と結日はそこに飛び乗る。スカートがふわりとなびいた。

「お姉ちゃんが、あんなに頑張って作って。色んな人がこの町に広めてくれて。すっかり世界は変わった、なんて言ってくれる人もいてさ。でも、どうなんだろうね」

夕焼けに色づく堤防の上を、器用にバランスをとって歩きながら、結日は喋り続ける。あと一歩で落下してしまう、という境界線上でヤジロベエみたいに揺れる彼女の姿は、見ていてやけに落ち着かなかった。

「もしかしたら、もしかしたらだけどさ――サードアイって、あんまり意味、なかったのかなあ」

彼女の声はひどく明るくて、その明るさがますます僕を落ち着かなくさせた。数歩前をゆらゆら歩く彼女の顔は、僕から見えない。だから僕の視線は、頼りない背中の奥に広がる焼けた空に吸い込まれていた。

結日が何を思い浮かべてそんな言葉を口にしたのかは、考えるまでもなかった。硲の家で行われた葬式の終盤、沙月さんがぼそりと洩らした呟きだ。

――「間に合わなかった」

小さな小さな港町から、世界を変える感覚情報端末を生み出した姉妹。妹は、なぜそんな端末を思い描いたのか。姉はなぜそれを開発したのか。二人が本当にアクセスしたかったのが誰の脳かなんてことは、勿論僕だってちゃんとわかっていた。

「結局さ、肝心な人とは、一度だって繋いでくれなかった」

結日のその言葉に、僕は果たして何を言うべきだったんだろう。

僕が必死に探したのは、彼女を堤防の上から、僕の歩く古びたアスファルトに着地させるための言葉だった。僕らの住む水喪に——今もまだ山ほどの参列客で溢れているだろう硲の家に、彼女を帰らせるための言葉だった。

そうして、僕と結日と沙月さんが、これまでと同じく時折うんざりしながらも笑って過ごしていく日々に、全員で戻るための言葉だった。

けれどいくら自分の中を探しても、そんな言葉は一言だって出てきてはくれなくて——

「そんなこと、ないさ」

僕にできるのは、ただ事実を口にすることくらいだった。

「お前が考えて、沙月さんが作った。意味がないなんて、そんなこと言うなよ。サードアイは確かに、お前の母さんを救えなかったけど……言ってたのは、お前じゃんか。サードアイは、人と人を出逢わせてくれるって。サードアイは、これまでよりもずっと深く、人を繋げるんだって。お前は、幾つもの出逢いを世界にばら蒔いた。まるで砂漠に種を蒔くみたいに。みんながそう言ってる。それだけは、誰にも否定できやしない」

夕陽を浴び続ける額がやけに熱くて、喉はからからに渇いていた。海風はぬるま湯みたいな感触で、全然うまく吸い込めなかった。

「だから、意味がないなんて、やめろよ。お前の母さん、お前に言ったんだろ。誰かと出逢いなさいって。それが一番大事なことだって。これからだよ。お前はこれから出逢うんだ。もっと沢山の人と、サードアイを使って。だから――」

そんなこと、言うなよ。

僕の言葉が、実際どれくらい空気を震わせていたのかはわからない。言葉の最後の方は、もしかするとかすれ果てて、誰の耳にも届かず消えていったかもしれなかった。

そうだね――と、結日の呟きが聞こえた。

結日は立ち止まる。つられて僕も立ち止まった。朱い光を散らす海を彼女は眺めて――数秒後、僕の視界から姿を消した。

彼女が堤防から飛び降りたと僕が気付いたのは、それから一拍遅れてのことだった。

「結日！」

慌てて堤防に駆け寄った僕の目に飛び込んできたのは、堤防の向こう、数メートル下方にこぢんまりと佇む僕らの秘密の砂浜と――そこで盛大に尻餅(しりもち)をつく結日の姿だった。

「あっ、たたぁ……」

そう言って、彼女は立ち上がる。僕に背を向けたまま、ぽんぽんとスカートとふくらはぎに付いた砂を払った。僕の心音は早鐘のようで、ほとんど痛みに近かった。

結日がこんな風に激しく動くのを見たのは、長い付き合いでも初めてのことだった。

くるりと彼女は振り向いて、僕へ向けて一際大きな声を上げる。

「ねっ、シュウ！　前に話したこと、憶えてるよね」

「……？」

「サードアイのデータを、全部共有したらってやつ」

こちらを見上げる彼女の表情は、満面の笑みのはずなのに泣き顔みたいにも見えて――

「やってみよっか、あれ！」

あの日の結日は、全くもって、いつもの彼女じゃなかったな。


漁船を降りた宇田川佑が水喪を離れてからの二週間は、怒濤のような日々だった。

「技術と知識は提供する。アクセス権限も使わせよう。だが、実際に作業をするのは君たちだ。設備も我が社のものではなく、自前で用意したまえ」

それが、宇田川が僕らへの協力を了承した時に出した条件だった。彼の背負っているものの大きさを思えば、これでも相当な好条件だと言える。

幸い、設備の用意については悩む必要がなかった。沙月さんの部屋にあるスパコンは、簡易的にならサードアイ・ネットワークのサーバーを担えるほどのものだ。

僕と進也は毎日のように硲の家の沙月さんの部屋に赴き、そこで一日を過ごした。

二日に一回、僕らは水喪を貫く片側二車線の国道の片隅で、東京から来る一台のバイクを待った。宇田川からの使いだ。作業の進行状況、そこで生じた問題点、疑問点。〈オプティクス〉へのハッキングを成功させるために有用な最新プログラム——そういったものが込められたフラッシュメモリを、僕らはバイクの運転手と交換した。

　僕らが用意したメモリを持ってバイクはトワイライト社の本社がある東京へと戻り、バイクから受け取ったメモリを持って僕らは硲の家へと赴く。前時代的なこの連絡方法は、宇田川の提案だった。ネットワークに残す痕跡を、可能な限り少なくするための配慮。僕らの目論んでいることの重大さを、彼は僅かにも過小評価していなかった。

　僕と進也は、寝る間も惜しんで足りない知識を吸収し、ひたすらに手を動かし続けた。毎日朝から晩まで家を空ける息子を見る母さんの目は訝しげだったけれど、その理由を僕が問われることはなかった。あの人が息子(ぼく)を信頼してくれていることを、僕は知っていた。勿論、自分がその信頼を裏切っていることも。

　進也の方も、親御さんからの追及はなかったらしい。それはうちとは異なり、放任主義の結果だそうだけれど、進也の証言をどこまで信用していいものかはわからない。目の下に色濃い隈(くま)をこさえながら、必死の思いで幾つもの夜を越えていくうちに、夏休みはあと一週間ほどを残すのみとなり——気が付けば、僕らが立てた〈オプティクス〉へのハッキング計画の実行日は、もう翌日にまで迫っていた。

　LEDの澄んだ光に点々と照らされた国道で、僕はバイクを見送る。夜の空気は水面みたいに凪いでいて、遠ざかっていくエンジン音は胸がすくような響きだった。

受け取ったばかりのフラッシュメモリをポケットに入れて、ゆっくりと歩き出す。町中ならばいざ知らず、町と外を繋ぐ国道だ。この時間に通る車は滅多にない。静寂の中で空を見上げると、瞬く星々が天球をゆっくりと巡っていく様までわかるような気になった。

国道から脇道に入り、硲の家へ近付く方向に進んでいくと、やがて堤防沿いの通りに出る。僕と結日が学校帰りに必ず通る道だった。

中学生の頃には腰の高さまであった堤防も、今は太股の付け根までしかない。この堤防の上に結日と座って、海を眺めたことが何度もあった。目的があった訳じゃない。そうするのが好きなのだと彼女は言った。僕はそれに同意もせず、彼女の隣にただ座っていた。

そんな時間を思い出しながら足を進めていると、堤防の上に座る人影を見つけた。

一瞬あの頃の自分たちを幻視したのかと思ったけれど、すぐに違うとわかった。人影は少しばかり大きすぎて、何よりその頭部には不自然な金属光沢がある。

「よう」一時間ほど前に硲の家で別れたはずの進也が、そこにいた。「遅かったな」

「……どうしたんだよ。帰ってていいって言ったろ」

「ああ。だが帰れとは言われなかった」

眉根を寄せる僕へ向け、くかか、と進也は面白そうに声を上げた。

「いいじゃねえか。綺麗な空気を吸いにきたんだよ。犯罪者ってのになっちまう前にな」

「…………」

「おいおい、そんな顔すんなよ。ジョークの選択を間違えたか」悪い、と進也は片手を立てる。「お前が受け取ったメモリの中身を、今日中に見ておきたかっただけだ。俺が佑さんに頼んでおいた調べものの結果が入ってるはずでよ」

進也は今や、宇田川のことを「佑さん」と呼ぶ。同じ人種だけあって、二人はやけに気が合ったらしい。気が付いた時には、二人は計画に関わらないデータも頻繁にやりとりするようになっていた。

「何を頼んだんだよ。調べものって」

「そいつは秘密だ。俺らだけのお楽しみってね」ぽんぽん、と進也は自分の隣を叩いてみせる。「とりあえずまあ、座れよ。ご馳走するぜ」

見れば、奴が叩いた堤防の縁には、先ほどまではなかったはずの二個のグラスがあって、夜色の液体をなみなみと湛えている。苦笑いしつつ、僕は堤防に手をかけた。二個のグラスを挟んで座りながら、二人で海と向かい合う。

「上達したよなあ」

グラスを手に取りながら、僕は言う。トワイライト社から提供されたツールの中には、公共空間（パブリック・リソース）へのデータ配置を、申請を経（へ）ずに手早く行うことを可能とするものがあった。大方、いつかの船上で宇田川が用いたのもこれだろう。

言うまでもなく、これはれっきとしたハッキング・ツールだ。僕が唆さなくとも、どうやら技術者集団なんてものはそもそもがそういう連中らしい。

そのツールを使うことで、僕らは従来よりもずっと容易く空間に虚構存在（オブジェクト）を配置することができるようになった。特に進也は、もともと私的空間（プライベート・リソース）への配置に慣れていたからだろう、見ているこちらが惚れ惚れ（ほれぼれ）する手際で虚構存在（オブジェクト）を操るようになっていた。

「中身は、お前が作ったやつだけどよ」バツが悪そうに、進也は言う。「どうにも、お前のと同じようにはできねえんだよな。緻密（ちみつ）さが足りねえっつうか」

「お前より時間をかけてるんだ、そりゃあ少しはクオリティも上がるさ」

「そういう話じゃねえんだけどな」

グラスを打ち合わせる。かちん、という音が耳に響いた。

夜色の液体は、船上で宇田川に飲まされたものを再現したものだ。ゆっくりと口に含ませたそれは、初めて飲んだ時よりも随分と飲みやすく感じられた。

「……俺はよう、日々原」ごくりと喉を鳴らしてから、進也はぽつりと洩らす。「やっぱり氷、入れた方が美味（うま）いと思うんだよな。これ」

「奇遇だな。僕もだ」

「子供だってことかねえ、味覚が」

「それだけは、サードアイでもどうしようもないからな」

どちらからともなく静かに笑って、僕らはそのまま海を眺めた。闇の中で見る海面は夜空とさっぱり見分けがつかなくて、その境目は曖昧だ。サードアイで補正をかければこの景色も鮮明になるのだろうけれど、僕はそこまでやる気にはならなかった。

「あそこ、だったんだよな」

僕の持つグラスの中身が空になった頃、不意に進也が呟いた。

「お前と結日ちゃんが、サードアイのデータを共有したのは」

進也が左手で指した先を見てみれば、成程、僕らの真下にそれはあった。満ち潮のせいで三畳くらいしか残っていない砂浜は、あの日に結日が降り立った場所に間違いない。

まあな、と僕は言う。自分でも驚くほどそっけない声だった。進也もそれには気付いたはずだけれど、奴の話はそこで終わらなかった。

「どうして、彼女はそんなことを提案したんだ?」

「結日の考えなんて、僕にわかるもんか」空のグラスを持った手を、僕は真っ直ぐ前に伸ばす。「でもまあ、そうだな。多分、確かめたかったんだ。サードアイの価値ってやつを。この端末にどれだけのことができるかを」

手を放す。グラスはゆっくりと闇の中に落下していったけれど、どれだけ待っても、下からは何の物音も聞こえてこなかった。

「そうか」進也は数度頷いてみせる。「それで思いつくのが全データの共有だってんだから、結日ちゃんってのは確かに普通じゃねえな」

「そうだな。面倒な奴だったよ」

「いやいや、日々原。俺は感動してるんだぜ」そこで進也は、場違いに能天気な声を上げた。「サードアイの発案者、ってだけで俺からすりゃあ充分だったけどよ、これで彼女に会いたい理由が増えた。是非とも彼女が目覚めたら、話を聞きたいもんだね」

「…………」

「おいおい、そんな目で見んなよ」ばん、と進也が僕の背中を叩く。「その時は勿論、お前も一緒だっての。宇田川さんと、そういう約束してんだろ？　そこに同席させてくれよ。サードアイの全データを共有して、お前らが何を見たかって話を聞きてえんだ」

進也が言っているのは、僕が宇田川に対して支払う報酬の話だった。僕らが見たものの全てを、彼に語る。宇田川はそれを、結日が目覚めた後に行うことを望んだ。共有の感想なのだから、二人のものが揃わないと意味がない――実にあの男らしい言いぐさだった。

「……まあ」溜め息を一つ、僕は吐く。「お前には、随分と手伝って貰ってるしな。報酬ってことなら、考えておく」

「そうだな。報酬、くらいでいい。親友の恋路を邪魔するつもりはねえからよ」

「……は？」

勝手に声が零れ出た。困惑の声だ。いつの間にか自分が進也の親友になっていたことについての困惑じゃない。それよりもずっと的外れな単語に対する困惑だった。

——恋路、だって？

「勘違いするなよ」うんざりしながら、僕は言う。「僕と結日は、ただの幼馴染みだ」

勿論、僕と結日のことをそういう風に勘違いする奴が結構な数いたことは知っている。けれど、僕自身にそんなつもりは全くなかった。

だって、そうだろう。

あんなに自分勝手で頑なで、けれど肝心な時にはいつだって僕に頼りきりになるような奴、幼馴染みでもなければとても付き合っていられない。彼女が起きていた頃の僕の毎日は、ただただ彼女に振り回され続ける日々だった。そんな関係の中に、好きだの何だのなんて感情が挟まる余地がどこにあるというのだ。

長い沈黙があった。進也は何か言いたげな顔で僕の方を覗き込んでから、ゆっくりと空を見上げて、そして再び僕を見た。

「なあ、日々原。佑さんから届いたフラッシュメモリ、持ってるか？」

急な話題の切り替えを訝しく思いながら、僕はポケットからスティック型のメモリを取り出す。寄越せ、と進也が手振りで示したので、その手の上にメモリを載せた。

そのまま進也は、メモリを堤防の上に置く。次の瞬間、僕の肩が強く引かれた。回る視界。刹那の無重力感。すぐ後に訪れたのは、強い衝撃だ。

　気が付くと、僕は砂浜の上に転がっていた。全身をしたたかに打ち付けたせいか、息ができない。傍らには、進也の身体も転がっている。堤防の上から進也が指し示した、三畳ほどの砂浜だった。見上げれば、聳(そび)える堤防の向こうで欠けた月が光っている。

　どうやら進也は、僕を道連れにする形で堤防から身を投げ出したらしい。

　僕より先に身体を起こした進也が、大きな笑い声を上げた。

「っはははははは！　ってえなあ！　まったく！」

「何すんだよ、いきなり！」

「あっははははは……いやなあ」

　口に入った砂をぺっ、と吐き出しながら、進也は僕を指さした。

「お前があんまりに寝ぼけたことを抜かすもんで、こうでもすりゃあ目が覚めるんじゃねえかってよ」

「あ？」

「俺はなあ、日々原！」夜空へ向けて、進也は高らかに叫ぶ。「何か新しいことをやりたかった。サードアイでしかできねえことが、今の俺には必要だったんだ。だから、お前に付き合った。今、俺は満足だぜ。最高に充実してる。佑さんってすげえ人と知り合えた。明日には、きっとこれまでの人生で一番ってくらいの新しいことが待ってる。そう実感できるのは、俺が自分のやりたいことを知ってるからだ。わかるか？」

ぐい、と進也が僕の胸ぐらを掴む。そのまま奴は、僕の身体を力強く引き寄せた。

考えろよ、と奴は言う。

「ちゃんと考えて、言葉にしろ。お前は何がしたいんだ？　お前は何のために、彼女のことを調べてきた？　明日には大勝負が待ってるってのに、それすら知らねえんじゃあ、何が成功で何が失敗なのかもわからねえだろうが」

こちらを見つめる進也の表情に、僕は気付く。これは、進也が初対面から何度も繰り返してきたような、余計なお節介とは違った。寄せられた奴の眉根には、今まで見たこともないような厳しさがある。

奴はきっと、心の底から怒っていた。

「お前に付き合うことにしたのは、俺の意思だけどよ。それでも、俺はお前の両肩に俺の人生を載せたんだぜ。佑さんだってそうだ。お前、ここまで来ておいて、誤魔化しみてぇな答えが通ると思うなよ」

「っせえな」小さく呟いて、僕は進也の胸を押す。「いいから離れろよ。近いんだよ」

進也の胸を僕が押したはずなのに、なぜか後ろに動いたのは僕の方で、よろけた身体を支えようと後ろに突いた左手が、ひどく冷たい感触を覚えた。自分が波打ち際に手を突いたことを、一瞬遅れて理解する。

ゆっくりと、天を仰ぐ。欠けた月は、さっき見上げた時と全く変わらない位置にあった。ほんの少し前までは、天球の動きまでわかるような気すらしていたのに。どうして動かないんだろう――この二年で何度も投げかけ続けた問いが、不意に蘇った。

「別に、お前が期待してるような答えはないさ」月を見上げたまま、僕は呟いていた。「ただ、知りたいことがあるんだ。訊きたいだけなんだよ、あいつに――」

「訊きたいって、何をだ？」

進也の問いが、ぼんやりとした思考に響く。脳裏に浮かんでいたのは、小学校の頃の記憶だった。具体的にいつかは思い出せない、ありふれた学校生活の一コマのこと。

嫌いなものはありますか？――なんて陳腐極まりない質問が、クラスの全員に投げかけられたことがあった。その質問に、あいつはこう答えたのだ。

ひとり。

クラスの大半は、担任教師でさえ、その言葉の意味を正しく理解してはいなかった。ある人は、彼女は「一人でいること」が嫌いなのだと解釈した。またある人は、誰か一人、特定の人間のことを嫌っているのだと解釈した。

けれど、僕にだけはわかっていた。

あれは――「独り」のことだったのだと。

彼女は、「独り」そのものを許せなかったのだと。

「あいつは、いつだって孤独を嫌ってた。自分のことじゃなくて、他の誰かが孤独であることすら許せないみたいだった。誰かが寂しそうにしているのを見ると、何かせずにはいられない奴だった」

孤独のない世界。誰かの感じる寂しさが、一欠片だって存在しない世界。

それが、彼女の目指した世界だった。

彼女がこだわった「出逢い」というのは、つまりはそういうことだった。「独り」でいる誰かから、その「独り」を奪い去ること。誰かの抱える寂しさを、他の何かに変換してしまうこと。「出逢い」と呼ばれるその処理をひたすらに繰り返して、いずれこの世界から寂しさがなくなってしまうことを、彼女は夢見ていた。彼女がはっきりとそう言った訳じゃない。けれど、僕にはちゃんとわかっていた。

だって、彼女が口にする無茶は、誰かの孤独を消し去るためのものばかりだったから。

こんな小さな町で、サードアイなんてものを発案するにまで至った少女の、それこそが原動力だった。この宇宙で進み続けるエントロピーの増大を、ちっぽけな手で食い止めようとするような、無謀な夢だ。きっと彼女だって、その無謀さはわかっていた。けれど、彼女は諦めようとしなかった。僕が見つめる病弱な少女の背中は、いつだって、風車に立ち向かうドン・キホーテのそれだった。

「だのに――それなのにさ」

勇敢な騎士のその背中は、あまりにも。

「いつだって、一番寂しそうなのは、あいつ自身だったんだよな」

それは、彼女の背中を見続けてきた僕にしか気付けない孤独だったのかもしれなかった。両親を乗せた船が沈んだ時から、彼女が抱え続けていたもの。だから、僕は——

「それを何とかしたいと、思ったんだ。僕がやるしかないと思ったんだ」

だって、「孤独のない世界」を目指す彼女自身が寂しさを抱えているだなんて、そんな馬鹿な話はないから。

その致命的な矛盾に、肝心のあいつ自身がほんの少しだって気付いていなかったから。

「きっと僕は、あいつの孤独を何とかすることはできなかった。でも、そのことはずっと引っかかってる。だから、僕はただ、あいつにこう訊きたいだけなんだ」

夜風の中に、僕はぽつりと吐き出した。

「お前はもう、寂しくないのか——って」

それきり、僕は口を閉じる。ゆったりとしたメトロノームのような波音に合わせて左手の冷たさが蠢くのを、ただただ他人事のように感じていた。

沈黙が砂浜にたゆたう間、月はゆったりと浮かんで僕らを見下ろし続けていた。

「——はん」鼻を鳴らして、進也が立ち上がる。「だけ、ねえ。いいぜ、わかった」

身体に付いた砂を払うこともなく、奴はぐいと背筋を伸ばす。そうして、さっきまでの怒りなんて忘れてしまったように、あっけらかんと言った。

「そろそろ戻るか。怪我、してねえよな？」

「何なんだよ、お前」あまりにも呆れてしまったからだろう。僕の顔は、無意識に苦笑いを浮かべていた。「勝手に話を始めて、勝手に終わらせやがって」

「始めたのは確かに勝手だったけどよ。終わりは勝手でもねえだろ」理由のわからないにやにや笑いで、奴は僕を見下ろす。「充分な回答は聞けたからな」

　その笑顔はやけに癪に障ったけれど、なぜか不快じゃなかった。

　全く、計画実行の前日だっていうのに、随分と面倒な夜になったものだよ。

　僕が立ち上がり、濡れた手をシャツで拭っている間に、奴は聳え立つ堤防を見上げる。そうして、心底不思議そうな声色で、ぽつりとこう洩らした。

「ところでこれ、どうやって上るんだ？」

6

　計画決行の朝は、目が痛くなるほどの晴天だった。

　僕が起きた時には、母さんはもう仕事へ出掛けていた。窓を開けるとひやりとした風が流れ込んできて、リビングの埃がきらきらと舞った。昨夜部屋干ししたはずの洗濯物はいつの間にかベランダに移動されていて、触ってみるとあらかた乾いていた。

少し焼きすぎた食パンを囓りながら支度を済ませ、玄関のドアを開けると、風とは裏腹にぬるま湯のような日差しが全身を包んだ。

流れる時間も吸い込む空気も町の景色も、拍子抜けするほどいつも通りの朝だった。

空を何度も仰ぎつつ足を進め、漁港の片隅の石油タンクのもとへ辿り着くと、そこにはもう進也が立っていた。僕が片手を上げると、進也も同じく片手を上げた。

進也の出で立ちは、夏休みの始まりの日に奴が見せびらかしていたのと同じ、極彩色の頭髪と全身を包む変色タイルになっていた。その姿はぎらぎら煌めく海面を背景にすらひどく目立っていたけれど、僕は何も言わなかった。ただぼんやりと、ああ、夏休みが始まってからもう随分と時間が経ったんだなあ、なんてことを思った。

「じゃあ、行くか」

「だな」

僕が言うと進也が頷いて、道中の言葉はそれだけだった。目的地は裕の家で、そこへ向かう途中にあるコンビニで食料と栄養ドリンクを買った。

僕らが早足で歩く中、町の中心部へ向かうらしい同級生の集団を何度か見かけたけれど、僕らも、そして向こうも、相手に興味などないようだった。

迷いのない足取りで裕の家に辿り着き、二人揃って門を潜る。その一日は、そんな風に静かに幕を上げたのだった。

計画の実行は、十三時と決められていた。
十三時丁度に、僕らは硲の家のスパコンを経由して〈オプティクス〉のメインコンピューターにアクセスする。用いるアクセス権は、トワイライト社に与えられているものだ。その時刻は偶然にもトワイライト社のプログラマーたちがデバッグのため〈オプティクス〉にアクセスするタイミングと一致しており、僕らのアクセスはそれらの中に紛れてしまうことになっていた。

　僕らが行いたいのは単なるハッキングじゃなく、〈オプティクス〉内への僕自身の投影だ。それを実現するためには、ここから二つの処理が同時に進められなければならない。一つは、〈レティナ〉にある虚構存在（オブジェクト）の登録データに、僕という人間の輪郭を配置し続けること。そしてもう一つは、その虚構存在（オブジェクト）が配置される場所から感じられるはずの全てを、僕のサードアイへ送り込み続けることだ。

　それらが問題なくこなされて、初めて投影は現実のものとなる。〈オプティクス〉内にいる人間が僕を視認し、また僕が〈オプティクス〉内を認識できるようになる。

　前者の処理は本来、トワイライト社の権限を用いたところで簡単に行えることじゃない。〈オプティクス〉内部は、事故やテロへの対策として、公共空間（パブリック・リソース）が桁違い（けたちが）いの厳重さで管理されている。虚構存在（オブジェクト）の投影には事前の申請が不可欠だったし、その投影の事実も常に管理者に知らされるようになっていた。港町の片隅に中身入りのグラスを投影する、なんて些細（ささい）な操作と違って、これが見逃されることはありえなかった。

しかしトワイライト社は、一週間ほど前に、今日の十三時から〈オプティクス〉内部へ虚構存在（オブジェクト）を配置することを申請しており、認可されている。更にそれが前日に急遽（きゅうきょ）中止となったことを〈オプティクス〉側に通知するのをうっかり失念していた。

そして後者——僕に〈オプティクス〉内部を知覚させるための処理は、まだ発表されていないサードアイの新システム、カレイドフィールを用いて実現することになっていた。〈オプティクス〉に設置された各種センサーから得られるデータを統合し、僕が投影されている座標から感じられるものを〈ヴィトリアス〉内に仮想空間として構築する。それらのデータをサードアイに受け取ることで、僕は〈オプティクス〉内部を知覚するという訳だった。カレイドフィールのアクセス管理はトワイライト社の担当なので、これはただ彼らがたまたま僕らを見逃してくれるだけでよかった。

至れり尽くせりの状況設定。トワイライト社が後々うける可能性のあるダメージと、計画の実現可能性を天秤にかけた末の、針の穴に糸を通すような妥協点だ。実際の作業を行うのは最初から最後まで僕ら自身で、その点に関して宇田川の言葉に嘘はなかった。けれどそれ以外の点において、宇田川は僕らが驚くくらいに献身的だった。

これだけの恩を、無駄にすることはありえない。万に一つも、下らないミスで計画を御破算にする訳にはいかなかった。だから僕らは、硲の家に辿り着いてから計画実行までの間、午前中をまるまる費やしてプログラムや機器の調子を確認し続けたのだった。

「本当に、ここでいいのか？」

確認作業に見切りをつけ、昼食を食べ終えた十二時五十分。硲の家の大広間にて、進也は僕にそう問うた。

ああ、と僕は頷く。大広間の真ん中で、縁側に頭を向けて寝転んだ。まだ結日がこの家で過ごしていた頃、彼女がよくやっていた寝転びかただった。

〈オプティクス〉への投影が開始されれば、僕の五感はサードアイからの入力に支配される。その時、ここにある僕の肉体は眠ったような状態になるはずだった。部分的な感覚操作ならばともかく、常に自分のものじゃない五感を入力され続ける状況では、肉体を動かし続けることは危険でしかない。必然的に肉体は眠りを選び、僕は脳内に構成されたイメージの身体を動かすことになる。

投影中の肉体が眠り続ける場所として、真っ先に僕の頭に浮かんだのがこの場所だった。幼い頃、結日とともに寝転んだ畳敷きの間。首の後ろから立ち上るイグサの香りが、自然と鼻の奥に蘇ったのだ。

「悪いな」立ったままこちらを見下ろす進也へ向け、僕は言う。「面倒なところは、全部お前に任せちゃってさ」

　当然ながら、〈オプティクス〉に投影されている間、僕は機器を操作することができない。実際の投影作業は進也が行うことになっていた。この大広間で、僕の状態を見ながら沙月さんの部屋のスパコンを操作する訳だ。

「気にすんな。もともと、俺はこっちの作業の方が得意なんだ。適材適所ってな」

　大体なあ、と進也は笑う。

「肝心の虚構存在（オブジェクト）の作成は、ほとんどお前がやったんだ。胸を張って行ってこい」

「ああ——わかった。行ってくる」

　計画実行まで、あと数分というところだった。

　進也が踵を返す。非現実的な色味が貼り付いたジャケットが、視界の端ではためいた。

　進也はどうやら、大広間の柱の一つに背を預けて腰を下ろしたらしい。僕は真っ直ぐに天井を見上げる。小学生の時分から、幾度となく見上げてきた景色だ。

　縁側から差し込む光で影となった天井に、色とりどりの情感素（インフォセル）が次々と現れていく。進也が僕へ送り込もうとしているデータの数々だ。大小様々なそれらの全てに受け入れ許可を出した後、僕はゆっくりと瞼を閉じる。不思議な濃淡のある暗闇の中で、計画実行の瞬間を待った。

　やがて大広間の隅で、振り子時計が鐘のような音を立てた。

それを合図としたように、僕の感覚に変化が訪れる。視界を覆う暗闇は、濃淡を鈍く溶かし始める。繰り返される鐘の音がゆっくりとフェードアウトしたかと思うと、粟立つような感触が全身を包んでいく。あらゆる感覚が、痺れるように鈍化していった。

そうして、隅まで行き渡った鈍化が生き物さながらに蠢いて、うなじの辺りに集まったように思えたその瞬間、僕の背中から畳の感触は消えていた。

一度消え去った五感が戻ってくる過程は、どこか加速感に似ていた。

遠い彼方から運ばれてくるような不思議な実感の後、不意に開けた視界に飛び込んできたのは、濃淡などない真っ新な闇と、そこに散らばる無数の光点だった。

見渡す限りに広がる星空。いや、それは星空なんかじゃなかった。その証拠に、数え切れないほど存在する光は、一つとして瞬いていない。瞬かない星々――これは間違っても、地上から見上げた空なんかじゃない。

これは、宇宙だ。

宇宙の中に、僕は浮かんでいた。

ゆっくりと、身体を回転させる。その方法は、考えるまでもなく感覚が知っていた。視界が流れるにつれて、僕の背後にあったものが姿を現していく。

数メートル先に浮かぶ銀色の建造物と、その向こうに鎮座する一面の青色。よくよく見れば、所々に白色を渦巻かせるその青色は、彼方の輪郭をゆるやかにカーブさせていて、全体として巨大な球体なのだと知れた。

〈第六感覚〉ネットワーク運営用周回軌道施設〈オプティクス〉と、それを従えた地球の姿だった。

おもむろに〈オプティクス〉へ近付き、表面に取り付く。身体が浮遊感から少しだけ解放され、人心地がついた思いがして、小さく息を吐いた。

成功だ。僕は確信する。僕の意識は確かに水嚢から放たれて、遠い空の彼方へ投影されたのだ。安堵と同時に、脳裏には疑問も浮かんでいた。

どうして、こんなところにいるのだろう。

本来なら、僕は〈オプティクス〉の内部に直接投影されるはずだった。それなのに、なぜこうして〈オプティクス〉の外に投影されているのか。

ミスじゃない。こんな都合のいいミスなんてあるはずがない。全く、と僕は呟く。

「道理で、あいつらだけのデータのやりとりが多いと思ったんだ」

進也と宇田川からの、ちょっとした悪戯（いたずら）だろう。いや、どちらかといえばプレゼントのつもりだろうか。ギーク同士をつるませると、これだからろくなことがない。

僕の服装は、地上にある肉体と変わらない私服だ。宇宙空間にも拘わらずそんな服装でいられること、僕が呼吸をしていること、言葉を発してそれを聞いていること、そして軌道上で自在に動いていること――それらの全てに、僕が疑問を抱くことはなかった。

ここは、宇宙空間であって宇宙空間じゃない。カレイドフィール――〈ヴィトリアス〉の中に構築された、感覚情報のデータセットだ。触覚、視覚、聴覚、味覚、嗅覚で構築された宇宙。そこには、酸素の有無や無重力状態における運動などの要素は含まれていない。物体は触覚情報と視覚情報の塊でしかないし、運動はそれらの移動でしかない。

人間の知覚のみで構築されたこの世界は、物理宇宙と等価でありつつも、やはり決定的に異なるものだった。

「…………」

それなのに――と、僕は思う。

最初に身体を向けていた方へ、もう一度視線をやった。宇宙の彼方を見通す視線。深い闇の中、寄り添いながら犇めく無数の光たち。ほんの少しだって揺るがないそれらは、思わず瞬きを躊躇(ためら)うほどの力強さに満ちていた。

リアルタイムの観測データなどから構築された、虚構でしかない――はずなのに。

――「シュウ、しってる?」

不意に、脳裏に声が響いた。いつか、僕の鼓膜を実際に揺らした声だった。

それがいつだったかまでは、思い出せないけれど。

──「あの星たちって、ひとつひとつが星なんじゃないんだって。ひとつの光はぎんがだったりぎんがだんだったりして、その中にたっくさんの星がつまってるんだって。星って、あたしたちに見えてるより、ずっとずっとたくさんあるんだよ。おねえちゃんが言ってたんだ」

夢見がちな少女のその声は、視界の星々に負けないくらいの鮮明さだ。

──「それって、すごいことだよね。あの光のひとつひとつに、なんぜんなんまんの可能性がつまってる。それってつまり、あたしたちはひとりじゃないってことなんだから」

思わず、僕の口には苦笑いが浮かぶ。

──「だって、それだけたくさん星があるなら、その中にはあたしたちとおんなじような人たち……人たち？　ええと、うん、人たちがいる星も、ぜったいにあるよ。その中には、もしかしたら、あたしたちと出逢ってくれる人たちだって」

そうだ。

僕は思い出す。地球外知的生命探査（SETI）──そんな夢見がちな概念に、結日が魅せられた理由。彼女は、そういう人間だったのだ。まだ見ぬ出逢いを求めて、星の海の彼方にまで思いを馳せてしまうような。個人の孤独だけじゃなく、人類という種の孤独まで心配してしまうような。

背後の地球にてサードアイを操作し続けているだろうお節介（せっかい）な知人に、少しだけ感謝した。どうせ、この悪戯（プレゼント）を言い出したのはあいつに決まっている。あいつが余計な気を利かせなければ、僕がこんなことを思い出すことはなかっただろうから。

「さて、と」

あまりのんびりと宇宙遊泳を楽しんでいる訳にもいかない。僕らの投影処理が〈オプティクス〉の管理者に見逃される時間は、そう長くないはずだった。

自分が取り付いている銀色の建造物を観察する。どこかに、内部への入り口があるはずだった。船外活動用のハッチという意味じゃない。もしそれが見つかったとしても、僕にそれを開くことはできない。僕はあくまで、この座標に重ね合わされているだけの虚構。人の目にしか見えない幽霊だ。

こんな場所に僕を投影したくらいだ。進也は僕が感覚するこの〈オプティクス〉のどこかに、内部へ通じる「穴」を空けているはずだった。

〈オプティクス〉は、本体である大きな円筒の周りに、それよりかなり小さめな円筒が三つと、大小様々の盾のような板が連結された構造になっている。小さな円筒は、〈オプティクス〉の心臓とも言える三機のスパコンをそれぞれ納めたもので、盾は発電用のソーラーパネルと通信用のアンテナだ。小円筒と盾は可動式で、太陽光を必要とするものは太陽側に、冷却が必要なものはその反対側にいつでも位置できるようになっていた。

先刻から僕の視界に目映（まばゆ）いばかりの太陽が映らないのは、丁度僕が取り付いている場所とは反対側にあるソーラーパネルがそれを隠しているからだ。

大円筒の手近な表面を観察してみたけれど、「穴」らしきものは見あたらない。銀色の表面から離れないように、慎重に移動していく。

〈オプティクス〉は、今から一年半ほど前に建造された。それより前には、サードアイの管理施設は簡易的なものが水喪〈第六感覚〉関連医療技術研究所内に設けられているだけだったはずだ。

サードアイの管理施設が軌道上に置かれた理由について、僕は知らない。どの国の所有物でもないことのアピールだとか、超高効率な太陽光発電パネルが開発されたことでスパコンの稼働に必要な電力の安定供給が可能になっただとか、地上だと無駄に放出されるだけのスパコンの廃熱を有効利用することが可能だとか、半ばまで進んで頓挫(とんざ)していた軌道観測施設建造計画の再利用が望まれていただとか、それっぽい理由は山ほど並べられていたけれど、そのどれもがただの方便だというのは誰の目にも明らかだった。

だって、メンテナンスの手間などを考えれば、こんなものはどう考えても地上に置いた方がいいに決まっている。

噂によればこの施設の建造計画は、サードアイ開発者である硲沙月の強い意向で進められたらしい。けれどそれも噂でしかなく、なぜあの人がそこまで軌道建造物にこだわったのか、ということを誰も説明できないのだから、結局全ては謎(なぞ)なのだった。

円筒の曲面を這うように進んでいくと、すぐ先にある疑似的な地平線の向こうから、小さなアイコンが姿を現した。レトロなゲームのように僅かに角張った円錐形が、大円筒の表面を指し示して暢気に揺れている。

間違いない。ギークども謹製の目印だ。

アイコンが示す銀色の表面に、指を押し当ててみる。果たせるかな、視覚情報では物質があるようにしか見えないその部分を、指は何の感触もなくすり抜けた。

深呼吸を、僕は三度繰り返す。いくら知的好奇心と酔狂が服を着て歩いているような進也でも、これ以上の回り道を用意してはいないだろう。この計画のタイトさを、あいつはきっと僕以上に理解している。

この見えない「穴」を潜れば、そこはもう目的地のはずだ。

つまりそこには——あの人がいる。

四度めの深呼吸をしかけて、それを思い止まった。昨晩の、進也の言葉を思い出す。この期に及んで、僕に怖じ気付くことなんて許されるはずもない。左胸に手を当て、自分を鼓舞するようにぐっと押し込んでから、僕は見えない穴に身を投じる。

飛び込んだ先にあったのは、小さな個室だった。正確な長方形じゃない。切り分けたバウムクーヘンみたいな形をした個室だ。色合いは味気のない白色で、僕が飛び込んできた壁面を除いた全ての面に、椅子やら作業机やらコンピューターやらが固定されている。

僕が潜ったのは、バウムクーヘンの外側にあたる壁だ。一瞬だけ迷ってから、僕はバウムクーヘンの年輪のある面を「床」に選ぶ。あちこちに設えられた足を固定するバンドを無視して、僕はそこに降り立った。

そうして、僕の少し前方、僕と同じ面に立つ誰かの背中を真っ直ぐに見据える。

細身の身体。その輪郭を浮かび上がらせる、乳白色の衣服。肩口でざっくりと断たれた黒髪は、ほんの少しだって流れずに艶めいている。

「——やれやれだ」

声が響いた。日本語だ。余裕すら感じさせる女性の声だった。

そのまま、眼前の人影は踵を返す。無重力空間のはずなのに、その仕草はまるで重力が存在するみたいに自然だ。

「ようやく来たか。待ちかねたぞ、シュウ」

そう、言って。

アトモスフィア社代表、硲沙月は、悪戯っぽく笑ったのだった。

狭い個室だ。いつか沙月さんが会見を行った部屋と容積を比べたら、三分の二程度しかないように見える。壁面や調度のデザインの簡素さも相まって、そこはあまりに無機質な空間だった。

「どうした、返事がないぞ。自分の名前を忘れたか？」

そんな空間に満たされた空気を、涼やかな声が震わせる。空虚そのものといった景色の中で、沙月さんの立ち姿だけが場違いに華やかだった。

僕が返事をしかねていると、沙月さんはああそうか、と意地の悪い笑みを浮かべた。

「無理もないか。君をこう呼ぶ人間は、もうあの町からいなくなってしまったのだったな、シュウ」

「……結日は、ただ眠ってるだけだろ」

「ふふ。ああ、そうだな。そうだった」

部屋にいるのは、沙月さん一人だけだった。僕はそのことに驚かない。

この狭い個室は、沙月さんの軟禁部屋だ。会見時に昏倒したあの事故から、沙月さんは専用の個室に隔離されていた。宇田川が言うには、事故の原因が特定され、彼女のサードアイに不具合がないことが確認されるまでの措置らしい。

僕にとっては幸運とも言える軟禁だった。僕は今、軌道建造物〈オプティクス〉内に投影された虚構存在(オブジェクト)だ。もし他の人間がこの部屋にいたら、その誰かにも僕の姿は視認できるはずだった。

「久しぶりだね、沙月さん」

「ああ。随分と久しいな、シュウ」

僕の肉体は物理世界の地球上にあって、なのに僕の意識はスパコン内の仮想空間へ向けられていて、その仮想空間は物理世界の軌道建造物と重ね合わされている。幾つもの処理と虚構を経て、僕らはこの軌道上で邂逅していた。

これまでサードアイがこの世界に産み落としたものの中でも、いっとう奇妙な、それは光景だっただろう。

「急に、しかもこんな形で訪ねて、悪いとは思ってる」

僕は言う。許してくれ、とは言わなかった。今この時、僕と沙月さんはそんな間柄ではないはずだった。僕は何も、彼女と旧交を温めるためにここにいるんじゃない。

自分がここにいる理由を、僕ははっきりと告げる。

「今日は、沙月さんに訊きたいことがあって来たんだ」

そうして、彼女に投げかけるべき問いを、心の中だけで復唱した。

——沙月さん、あなたは結日の眠りに関与しているのか？

——もしそうだとしたら、あなたは結日に何をした？

僕の言葉に対して、沙月さんは反応しない。その代わり、部屋を見渡してこう呟いた。

「旧知と話をするには、どうにも殺風景に過ぎるな」

確かに、本当に狭くて味気のない部屋だ。調度は最低限で、沙月さんの傍らに設えられたデスクにすら何も載っていない。サードアイさえあれば業務自体は支障なくこなせるのだろうけれど、だからってよくこんな部屋にずっといられたものだ。

「どれ、少しばかり舞台を整えようか。丁度、私たちはそれを可能とする第三の眼を持っていることだ」

ぱちん、と沙月さんが指を鳴らした。僕は目を見張る。その音を合図としたように、僕らの側面、僕が入ってきた壁面が、すっと消えたからだ。

取り払われた壁面の向こうから視界に飛び込んできたのは、先程まで僕が見惚れていたのと同じ景色——この軌道建造物の外に広がる、果てない星の海だった。

成程、デイドリーム・ワンダーの天井と同じ要領か。その気になれば、ただの透過じゃなく好きな景色を投影することだって容易いだろう。サードアイをうまく使えば、こんな部屋でも快適に過ごせるという訳だ——と、そこまで考えて、僕は戦慄する。

気付いてしまったからだ。

（これは一体、どういうことだ？）

僕が今見ているものは、実際の〈オプティクス〉内部じゃない。〈オプティクス〉内の情報をもとに、〈ヴィトリアス〉に構築された仮想の〈オプティクス〉のはずだ。

なのに、どうして沙月さんが投影した虚構が、僕の目にも映っている？

〈進也が〈ヴィトリアス〉に構築してるはずのデータセットに、更なる虚構が上書きされた……?)

「何を驚いている?」面白がるように、沙月さんは髪を掻き上げる。「待ちかねた、と言ったろう。君がここへ来ることはわかっていた。となれば、その方法についても予想はつく。方法の把握は掌握と同義だよ。ふふっ、こうして君に講義をするのもまた久しいな」

「……全部、読まれてたっていうのか?」

「勿論。私の昏倒事故が起こった時点で、君が行動を起こすことは自明だった。君はこの状況を前にして、指を銜えている人間ではない。なぜなら、そうさ。君は結日を絶対に諦めないだろう?」

「どうしてそんなことが――」

「わかるさ。何せ」ぱちん。もう一度、沙月さんの指が鳴らされる。「これほど幼い時分から、見てきたのだから」

何が起こったのか、すぐには理解できなかった。僕が咄嗟に思ったのは、なぜか急に部屋が広くなったということだった。変わったのが部屋の広さじゃなく、自分自身の目線の高さだと気付いたのは、数秒が経ってからのことだ。

(……嘘だろ?)

低くなった視界を動かして、自分の身体を見下ろす。そこにあったのは、ついさっきまで僕が操っていたはずの、中肉中背の男子高校生の身体じゃなかった。

折れそうに細い腕。ワッペンじみたアルファベットが縫い取られたハーフパンツから覗く膝小僧（ひざこぞう）。ご丁寧に、背中には黒色のランドセルまで背負わされている。

（こんなことまで……できるのか）

僕は息を呑む。確かに、僕の今の身体は虚構存在（オブジェクト）でしかない。形状を変更することは不可能じゃない。でもそれは、あくまで不可能じゃないというだけの話だ。僕の身体の輪郭は、今この時だって進也が処理し続けてくれているはずだ。それに干渉して、こうもあっさりと改変してしまうなんて――

自分の眼前に立つ女性が、世界を変えた感覚情報端末の開発者であることを、僕は強烈に意識する。

「さて、本題に入るとしよう」

こちらを見下ろしながら沙月さんはそう言って、ひらりと身を躍らせたかと思うと、傍らのデスクの上に腰を下ろした。彼女の髪が、水に落とされた墨汁みたいに艶めかしい弧を描いて――そこで僕は気付く。沙月さんの髪は、いつからこんな風に腰までありそうな長髪になっていた？

軌道施設〈オプティクス〉の建造が正式に決まった時、彼女が切り落としたその黒髪。

「私には、君に問わねばならないことがある」

沙月さんは足を組む。両の手が添えられた右の膝を包むのは、もはや乳白色の作業服じやない。柔らかめのデニム生地。上半身を包むのは小洒落た色合いの七分袖だ。

僕らとともに登下校をしてくれていた時に、彼女がいつも纏っていた、いっとうラフな私服だった。それらは全て、もう硲の家の箪笥にも残っていないはずのものたちだ。

「待ってくれ」僕は声を絞り出す。視界を埋め尽くす光景の異様さに、気圧されないようにするのが精一杯だった。「訊きたいことがあるのは僕の方で――」

「いいや、私の方が問うんだよ。シュウ」沙月さんの声には、一切の淀みがない。「なぜなら、これを問うためにこそ、私は君を待っていたのだから」

僕は言葉を返せない。沙月さんは今、何と言った？　僕はここに、彼女を問い詰めるために来たはずだった。けれど――彼女はこう言っている。それは逆なのだと。

彼女こそが、今ここで僕を問い詰める。今この場はそのための空間なのだと。

僕の沈黙をどう解釈したのか、沙月さんは面白くもなさそうに鼻を鳴らした。

「二年前。私たちの母親の葬儀があった日の話だ」

二年前？　二年前と言ったのか？　あの日――あの、結日と沙月さんの母親の葬儀があった日のことを？　眠りにつく前の結日に僕が会った、最後の日のことを？

僕の脳裏で、記憶が勝手に弾け始める。まるで、夏の空に咲き乱れる花火みたいに。

硲の家に押し寄せる参列者の群れ。似合いもしない黒い服を着て、魚群そっくりのそれを必死にさばいていく母さん。お悔やみの言葉とやらを投げかけられる度に、硬く沈んでいく沙月さんの表情。向けられる同情の視線に耐えられなくなって、葬儀を抜け出そうと持ちかけてきた結日。

夕焼けに染まる堤防をとぼとぼと歩く、二人の中学生の小さな背中。

フラッシュバックは止まらなくて、そのせいで僕は何も考えられなくて、だから僕は、沙月さんの発した問いの意味をすぐに理解することもできなかった。

「――あの日、君と結日は何を見た？」

僕の内側で弾けていた花火が、一瞬で散り散りになる。

「な……んだよ、それ」もつれた舌を、僕は何とか動かしてみせる。その動きに、脳味噌は全く付いていっていなかった。「そんなの、僕らは何も」

ふん、と沙月さんはもう一度鼻を鳴らす。

「もう少し、呼び水が必要か。いいだろう、君が用意してきただろう問いに、先に答えてやる。『結日の眠りに私は関与しているのか』だろう？　そうさ、君の想像の通りだ。結日を眠らせたのは、この私だよ」

「なっ……」

「次の問いは、『あの子に何をしたんだ』といったところか。ふむ、そうだな」

もう、場はすっかり沙月さんのペースだった。

「君は今、自らを空間座標に投影することでここにいるな。その結果、物理世界にある君の肉体はどうなっている？」

僕の肉体が、今どうなっているかって？　そんなの、決まっている。

五感の全てに、自分の感覚器が受け取るものじゃない情報を入力され続けることで、人の脳は肉体を稼働させることができなくなる。だから僕の肉体は、硲の家の大広間に今も眠ったように横たわっているはずで――

そこで、僕は目を見開く。

眠ったように横たわる――その状態は、今の結日も同じではなかったか。

「結日のサードアイは、あの日からずっと、私の視覚情報を受け取り続けていた」

自分の胸を、僕は押さえる。どれだけ強く触れたって、そこに心臓なんてありはしない。それでも、そうせずにはいられなかった。

「私の目に映るものを、自分のものとして感じ続けていた。自分のものではない感覚を常に受け入れるには、肉体の覚醒を放棄するしかない。そうだな、概念的な表現をするなら」沙月さんは、自らの下瞼に指を置く。「君がその空間に投影されているように、結日はここに投影されていた、と言えるだろう」

「どうして、そんなことを――」

「結日がそう望んだからだ」

その答えを、きっと僕は予想していた。当然だ。だって、僕も沙月さんも、昔からずっ

とそうしてきたのだから。あいつが望まないことを僕らがやったことなんて、一度だって
ありはしなかったのだから。

けれど僕は、それを決して認めたくなかった。だって、もしそれが本当なら——

「あの子がそう望んだからだ。星の海を見てみたいと言ったからだ」

結日は、見限ったということになってしまう。

「もう、水喪にいるだけでは駄目なのだと。自分は宇宙を目にしなければいけないのだと、そんなことを願ったからだ。町を出るどころか、学校に通うのすら難儀だったあの身体で、そんな夢を語ったからだ」

僕らの育ってきた町を。自分たちが変えた町を。そして何より、そこに暮らす人々を。

僕らを——あいつは、見限ってしまったということになる。

「あの葬儀の日だ。君とともに葬儀を抜け出して帰ってきた後、あの子は私にそれを願ったんだ。尋常じゃない気迫だったよ。願いを撥(は)ねつけることなど、思いつくことすらできないほどの切実さだった」

だったら、と僕は思う。あいつがそんなことを、本当に望んだのだとしたら。

僕の心の呟きと、沙月さんの囁(ささや)きが綺麗にデュエットする。

「その理由など、一つしか思い当たらない」

僕は知らず身を丸めていた。膝を突こうとしたのかもしれない。とても、眼前の沙月さ

んを正視することができなかった。無重力空間で、丸まった身体が宙を漂う。

それはまるで胎児みたいな惨めさで、きっと僕は本当にそこまで戻りたいような気分になっていた。全てがなかったことになることを願っていた。けれど僕の身体はいつの間にか高校生に戻っていて、沙月さんの髪も短く切り揃えられてしまっていて、軌道上の一室は紛れもなく現在だった。

沙月さんの声は、さながら僕を裁く裁判官の声だった。

僕が目を逸らし続けてきたものを、逃げようもなく眼前に突きつける残酷な声。

「だから、私は君に問うんだ。君にこれを問うためにこそ、私はここで待っていた。さあ、答えてくれ、シュウ。君と結日は、一体あの日——何を見た？」

ああ！

そうして僕は思い出す。結日と僕が夕焼けの砂浜で行った、共有処理のその果てを。


「やってみよっか、あれ！」

あの日、朱く染まる砂浜からこちらを見上げながら結日がそう呟いた時、頭の中にたっぷり一ダースは浮かんで消えた言葉の中から僕が選んだものは、

「——わかったよ」

だった。だって、他に何が言えただろう。

僕にはわかっていた。それは、結日にとっての賭けだった。小さな砂浜に立つ彼女の背後には、彼女の両親を奪った海があって。真っ直ぐに見据える先には、彼女の母親が愛した町があって。彼女と彼女の姉が変えようとしている世界があって。そのどれもが、その時、彼女とは繋がっていなかった。

彼女は気付いてしまったのだ。自分が世界に打ち込んだはずの楔(くさび)の、あまりに残酷な脆弱(ぜいじゃく)さに。

サードアイ。それが楔の名だった。彼女が発案し、彼女の姉が実現した感覚情報端末。がむしゃらに追い求めるうちに、彼女にとってはそれこそが「出逢い」の象徴になっていた。あの端末がいずれもたらす出逢いこそが、彼女の生きる意味になっていた。

けれど――サードアイは、彼女を母親と再会させられなかった。

サードアイの可能性に比べたら、小さなことだったのかもしれない。けれど、彼女にとっては致命的だった。だって彼女は、母親と再会するためにこそサードアイを願ったのだから。彼女が目指す出逢いの第一歩は、それじゃないといけなかった。

彼女の母親の旅立ちは、彼女の中で、サードアイを目的から道具へと変えた。

だからこそ、彼女は賭けに出るしかなかったのだろう。目的を果たせなかったサードアイに、それでも価値はあるのだと。サードアイは、人と人を、これまでにない次元で繋げてくれて——本当の意味で、出逢わせてくれるのだと。そう彼女は証明したかった。

彼女は何も言わなかったけれど、その胸の内は、ほとんど耳に聞こえるくらいだった。口にしたい言葉は、僕が堤防から砂浜へ降り立った後も山ほど浮かんだけれど、結局は一つだって形にならなかった。

小さな砂浜で僕らは向かい合って、手のひらを合わせた。その仕草に意味なんてなかった。硲の家のスパコンを遠隔操作して、僕は共有処理の準備を整える。実行するためのインターフェースは、結日のサードアイに送った。

短い沈黙があった。粘ついた潮風はどこまでも鬱陶しく僕と結日に纏わりついて、波音は泣き声にそっくりだった。熟れきった太陽の光は、僕らをしたたかに濡らして——世界は皮肉に美しかった。

いつでもいいよ、と僕が言った。

彼女の微かな頷きは、たゆたう朱色の陰影にしか見えなかった。

そして僕らは、身体感覚の全てを共有した。彼女と彼女の姉、そして僕——三人の人間がそれまでの時間で培った全てをもって、一つの「何か」になろうとした。

僕は知った。彼女の眼に映る、空のグラデーションの色合いを知った。持ち上げた腕の、まるでそこにないみたいな頼りなさを知った。首筋に当たる夕焼けの眩しさと、薄い肌越しにそれが伝える熱を知った。そこから漂う香りを知った。波音の瑞々しさを知った。見開いた眼の乾きと、瞬きの狭間にたゆたう残像を知った。口内にわだかまる鉄の味を知った。身体の内側から絶えず湧き上がる、朝靄みたいな痛みを知った。眼前の誰かと合わせた手のひらから伝わるものを知った。彼女を知った。そして、彼女から見た僕を——日々原周を、知ったのだ。

そして同時に、結日も知ったことを、僕は知る。サードアイは、互いの感覚を共有したその感覚すらも共有してくれていた。二つのサードアイが形作る共有の輪の中で、僕らの感覚は加速器の中の粒子みたいに廻り続ける。

結日は知った。僕の眼に映る、空のグラデーションの色合いを知った。持ち上げた腕の力強さを知った。首筋に当たる夕焼けの眩しさと、それが伝える鈍い熱を知った。そこから漂う香りを知った。波音の煩わしさを知った。見開いているはずなのに全然乾こうとしない眼と、瞬きの狭間にたゆたう残像を知った。ざらついた無味の輪郭を知った。僕の身体の内側には、ほんの少しだって痛みが存在しないことを知った。眼前の誰かと合わせた手のひらから伝わるものを知った。僕を知った。そして、僕から見た彼女を——硲結日を、知ったのだ。

認識は共有されて、感覚は統合されて、現在は重なり合って、共有そのものさえ共有されて。無限の円環の中で、僕と結日の自己はどんどんと近付いていった。すぐそこ、身じろぎをするだけで触れてしまいそうな距離にまで彼女の存在が近付いてくる感覚に酔いながら——やがて僕に訪れたのは、理解だった。

僕が結日を、結日が僕を理解したって意味じゃない。

これ以上なく近付いた僕らの間にあったもの。これまでの永い時間、結日を苦しめてきたものの正体が、そこにあった。

それは、壁だった。

薄い、とても薄い、けれど絶対に越えられない壁だ。接近するほどに輪郭を露わにしていくそれは、加速を極めた輪の中で、気が付けばこんな概念に変わっていた。

——僕らは決して、同じにはなれない。

それが理解だった。サードアイは、確かに僕らを共有した。そのひととき、僕は彼女で、彼女は確かに僕だった。そこに齟齬はなかった。サードアイは全ての感覚を正確に送受信してくれていた。けれど——

受け取った感覚で「僕が何を思うか」は、ぜんぜん別の話だったのだ。

結日と全く同じものを感じて僕が思ったことは、きっと結日と同じじゃない。そのことが、僕にははっきりとわかってしまった。それこそが僕らの「違い」だった。データをどれだけそっくりトレースしたって、誤魔化しようのないハードの違いだった。僕には結日のことがわからなかった。きっと結日には僕のことがわからなかった。同じものを感じたことで、むしろそれが浮き彫りになった形だった。

僕は理解して——ただ、思い知る。

僕らは、平行線だった。どこまでいっても交わらない二つの個だった。

いや、きっと僕らだけじゃない。この世界に生きる全ての個は、捻じれて交わらない独立した線だった。

海辺の町で、どれだけの時間を過ごしたって。サードアイなんていう反則技を使ってみたところで——

僕らが出逢うことなんて、あるはずがなかったんだ。


僕が懺悔を終えるまで、沙月さんは身じろぎもせずに待っていてくれた。

「多分……結日も同じことを理解してた」

合わせた手のひらをゆっくりと離した後、何を言っていいのかわからない僕へ向け、彼女は笑った。ちょっと困ったように首を傾けて、そうしてこう呟いた。

——「そっか。そっかあ……」

その呟きは、今もはっきりと僕の耳に残っている。

あの時僕の口がちゃんと動いたなら、何かが変わっていただろうか。けれどそうはならずに、僕らは言葉を交わさないまま、硲の家の葬式に戻っていった。

そしてその次の日から、結日は家から出てこなくなった。

彼女にどんな言葉をかければいいのかわからなかった僕は、そんな彼女を訪ねることもできなくて——彼女の顔すら目にしないまま、一ヵ月もの月日が過ぎた。明日こそはちゃんと話そう、明日こそは——そんなことを思い続ける僕の日々に不意に割り込んできたのは、結日が昏睡状態に陥ったという知らせだったのだ。

僕が口を閉じると、軌道上の個室に深い沈黙が訪れた。それはきっと、もっと早く、こんな場所じゃなく、東北地方の海辺の町で訪れていないといけない沈黙だった。僕が引き延ばしに引き延ばして、こんなところまで持ってきてしまった沈黙だった。

「……黙っていたのは、お互い様だ」

沙月さんの声が響いた。僕は身体を起こす。恐る恐る視界に入れた彼女の表情からは、ほんの少しだって感情を読み取れなかった。

「私も、黙っていた。君には伝えるな、というのがあの子の願いだったからだが……このようなことになるまで、それを破る勇気を持てなかった情けない女さ」

「結日は、僕について、何か——？」

この期に及んでこんな問いを発する自分が、嫌で仕方がなかった。

「何も言わなかったよ、あの子は。ただ、星の海を見たいと言っただけだ。自分の身体で宇宙へ行くのが不可能であることは、本人もわかっていたのだろう。要求は簡潔だった」

沙月さんは、その要求をまるで他人事のように口にする。

――「あたしに、お姉ちゃんの眼を貸して」

「何かに憑りつかれているようだった。私も初めて見る結日だったよ」

そうして、結日の気圧されるほど強い願いを、沙月さんは聞き入れて――自分と結日を、重ね合わせたのか。あの日感じた結日の痛みを、僕は思い出す。確かに、あんな身体で彼女が星の海を目にするには、それしか方法がなかっただろう。

沙月さんは、結日の乗り物になることを選んだのだ。結日を、彼女が望む場所へ連れていくための器に。

そういえば、軌道施設〈オプティクス〉の建造計画が立ち上がり、あっという間に実現に漕ぎつけられて、沙月さんがその乗員になることまでが決定されたのは、結日が家に閉じこもった一ヵ月間のことだった。動き出した計画を推し進めるために沙月さんが水喪を離れたのは、結日が眠りについたすぐ後のことだった。

〈オプティクス〉が軌道上に建造された理由なんて、はっきりしなくて当然だった。

ここはただ、結日を宇宙へ連れていくためだけに造られた場所だったのだから。

壁面に投影された星の海へ視線を注いで、沙月さんは小さく息を吐いた。

「わかっている。あの子に訊けばよかったのだ、私は。なぜ、そんなことを願うのかと。

なぜ、君にすら何も言わず、水喪を捨てる決断をしなければならないのかと。けれど、訊けなかった。君と違い、私はあの子の居場所を知っていたからだと、そう思っていたが――違うのだろうな。今になって、わかるよ。私はその回答を予感していた。だからこそ、訊けなかったのだ」

そして沙月さんは、そうか、と二度繰り返し、こう続けた。

「サードアイは、あの子に出逢いを授けられなかったんだな」

僕は息を呑む。沙月さんの表情に、初めてはっきりとした陰りが見えた。

「どころか、サードアイこそが、個の隔たりを浮き彫りにし、人と人の繋がりを否定するツールだった――ははっ。何が、『人類を拡張する第三の眼』だろうな」

遠く宇宙の彼方を見据えながら、彼女はぽつりと呟いた。

「――全ては、私の失態だったのか」

そこで、僕は自分の思い違いを悟る。僕はずっと、沙月さんは僕を問い詰めるためにここで待っていたのだと思っていた。僕が犯した過ちを裁くために、言葉を紡いでいるのだと思っていた。けれど――

「ありがとう、と言わせてくれ。よく来てくれた、シュウ。こんな形にでもならないと、私は君に問うことすらできなかった。君のお陰で、私は納得することができた」

沙月さんは――僕を責めていたんじゃ、なかったのだ。

僕が結日に訊きたいことを抱えていたように、沙月さんも結日に問いたくて、けれど問えない思いを抱えていたのだ。反射的に、僕は床を蹴っていた。無重力空間を一足飛びに移動して、僕は沙月さんの肩を摑む。物体は動かせずとも、人間に触れることはできる。今の僕はそういう虚構だった。

「違う。違うよ、沙月さん」知らず、僕の手には力が籠もる。「僕が悪かったんだ。僕が結日とあんなことをしなければ」

「それを望んだのは結日だろう」

宇宙の果てを見定めていた沙月さんの視線が、真っ直ぐに僕へ注がれた。

「礼になるかはわからないが、シュウ。君が欲しかっただろう言葉を伝えよう」

沙月さんの声は、ひどく穏やかな響きを帯びていた。それは、まだ彼女が水喪にいて、僕や結日と一緒に硲の家の縁側で日差しを浴びていた頃の声だ。

僕は思い出す。そうだ、そうだった。この人は、こんな風にずるい人だった。あまりにも頭が良すぎて、だからこそ僕らの考えていることをすぐに察してしまって、それを先回りせずにはいられないような。

どうして、忘れていたんだろう。

「結日が眠りについたのは、君のせいではない。君との共有処理が、あの子の脳に損傷を与えた訳ではない。君があの子に与えた絶望が、あの子に眠りを選ばせた訳でもない。二年間、眠るあの子を眺めながら君が巡らせた思考は、一切が的外れだ」

僕がずっと誰かに言って欲しかった言葉を、さらりと口にしてくれるくらいに――妹によく似たお人好しこそが、硲沙月という人間だったたっていうのに。

沙月さんの肩から、手を離す。床面に両の足をしっかりと降ろした僕の胸にあるのは、感謝だった。こんなにも自分勝手な僕のことを、気遣い続けてくれる彼女に対しての、伝えきれないほどの感謝だ。

「わかったか？　君のせいじゃないんだ。シュウ」

いいや、だからこそ。

僕は、次にこう尋ねずにはいられなかった。ここで逃げる訳にはいかなかった。彼女がこうも僕の責任じゃないと繰り返す意味。最初からずっと抱えていた違和感の正体から。

――「結日のサードアイは、あの日からずっと、私の視覚情報を受け取り続けていた」

――「私の目に映るものを、自分のものとして感じ続けていた」

沙月さんがずっと、結日のことを過去形で語っているという事実から。

「それで」僕は沙月さんを指差す。正確には、彼女が先刻自ら指差した、彼女の眼球を。

「結日は、今もまだそこにいるのかい？」

問いを投げる僕の脳裏には、沙月さんのさっきの言葉が、エコーまみれで響いていた。

――「このようなことになるまで、それを破る勇気を持てなかった情けない女さ」

「いいや」沙月さんの回答は簡潔だった。「結日はもうここにはいない」

まるで、自分でも自分の言葉を信じられていないみたいに、彼女は続ける。

「一か月ほど前の会見だ。私が倒れたあの瞬間、あの子は私の中から出ていった。信じ難いことだが、自らサードアイを操作し、投影先を変更したんだ。今はもう、どこにいるかもわからない」

＊

硲の家からの帰り道は、予報外れの雨模様だった。

大雨という訳ではなかったけれど、小雨と呼ぶにも躊躇われるような温かい雨の中を、ぼんやりと歩く。右手に持つビニール傘は、硲の家の傘立てに刺さっていたものだ。遠慮する気持ちは少しはあったけれど、その遠慮のお陰でずぶ濡れになるのは御免だった。後日返しに行けばいい話だ。

港の外れは薄暗くて、まるで本来ならもう少し後に訪れるはずの夜が先にやってきたみたいだった。

「……おうい」

立ち止まって、振り返る。僕が下を向きながら歩いているうちに、隣にいたはずの進也は僕から五歩ほど遅れてしまっていた。

僕の呼びかけに、進也は立ち止まる。僕と同じく硲の家から拝借してきたビニール傘の縁から、水が糸のように流れ落ちた。

「何落ち込んでるんだよ」僕は言う。雨に煙った薄闇の中で、進也の纏う虚構のタイルだけが不釣り合いに煌びやかだった。「よく考えろっての。今日の作戦は大成功だったろ」

進也は、その言葉に返事をしなかった。

僕は別に、気休めを言った訳じゃない。進也による投影作業には瑕疵もなく、僕は沙月さんと邂逅できた。そして、結日がどんな状況にいるかを聞くことができた。完璧だ。

ただ、その結果わかった現状が、ちょっとばかり想定と違っただけだ。

「結局僕ら、前科持ちにもならずに済みそうなんだ。もっと喜んでいいんだぜ」

沙月さんは、僕らによる今回の犯行を、全て「なかったこと」にすると言った。結日に自分が施した処理を、二年にもわたり隠蔽し続けた人の言葉だ。信用してもいいだろう。全てが全て、奇跡みたいな都合の良さだった。これで文句を言うのは贅沢ってものだ。

「まあ、宇田川には悪いことしたけどさ」

――「もう一度、結日の声を聞かせてやる」

僕があの人と交わした約束は、今やすっかり空手形だ。そこだけが頭の痛い問題だったけれど、その程度で済んだこと自体が御の字だった。

「お前は」紙袋を丸め続けるような雨音の中、進也は呟く。「いいのかよ？　それで」

沈黙。進也の言葉は不明瞭で、目的語も何もなくて、けれど意味はあまりに明確だった。こちらを見つめる進也から視線を逸らして、僕はビニール越しの空を見上げる。ビニールの表面を流れる水で歪んだ空は雨雲ですっかり覆われていて、その向こうが夕暮れなのか星空なのかもわからない。

「……いいんだ」

その言葉を紡いだ僕の口は、きっと笑みを象っていた。

水喪から軌道上の沙月さんの眼へと投影されていたはずの結日は、その場所からすら旅立っていった。今、彼女がどこに投影されているかは、沙月さんにさえわからない。

結日は、僕らの知らない「どこか」へ行ってしまった。

そんな事実を聞いても、僕に言えるのはそれだけだった。強がりって訳じゃない。

僕には、わかってしまっていたのだ。

結日がどうして沙月さんの中に投影されてまで、宇宙を見たいと言ったのか。そして、どうしてそこからもいなくなってしまったのか――その理由が。

あいつは二年前、僕らの町を見限った。この町では、彼女の求める「出逢い」は見つからないと結論づけた。けど、だからってただ逃げたんじゃない。あいつは、逃避なんかのために誰かに負担をかける奴じゃなかった。

結日と過ごした日々を、僕は思い出す。あいつが言い出すことは、いつも本当に突拍子もなかったけれど、それにはほとんど確かな意味があったのだ。

同時に脳裏に浮かぶのは、夏休みの初め頃、硲の家の大広間に投影された結日の脳活動の様子だ。情感素（インフォセル）の小宇宙の中、ネオンサインさながらに瞬く結日の脳。あの時の彼女の脳活動は、通常の脳と何ら変わらないものだった。それはつまり、彼女は五感の全てをちゃんと稼働させていたということだ。

それを踏まえると、〈オプティクス〉での沙月さんの言葉には、おかしなことがある。

――「結日のサードアイは、あの日からずっと、私の視覚情報を受け取り続けていた」

沙月さんは、はっきりとそう言っていた。「五感」じゃなく「視覚情報」を、と。沙月さんは聡明（そうめい）だ。こういった説明に正確さを欠くとは思えない。

五感の全てを稼働させている、結日の脳。にも拘わらず、彼女の脳には視覚情報しか入力されていないのだという。この非対称を説明する答えは、一つだけだった。結日が本当に望んだことは、こうだ。

結日は――沙月さんの視覚情報を、五感の全てで処理していた。

沙月さんが宇宙で見る景色を――僕ですら見惚れてしまった、宇宙の果てまで見通せるほどの澄んだ星空、瞬かない星々を、五感の全てで感じ続けること。あの星々の光を、ただ光としてだけじゃなく、音として、香りとして、感触として、味として最大限に感じ取ること。それを、結日は望んだのだろう。
そして、なぜ彼女がそんなことを望んだのかということも、僕にはわかっていた。
きっと、沙月さんだって気付いていただろう。その答えは、結日自身がいつか語っていたものだから。

地球外知的生命探査(SETI)。

僕らの星の外側にいる誰かを探し続ける、一途(いちず)な試み。酔狂な人々により遥か昔から続けられてきたその活動は、星々の光を精緻に観測することで行われる。彼方から受け取った光の中に、特徴的なピークはないだろうか。信号のようなパターンはないだろうか。それを一つ一つ精査していくことでしか、地球外文明は探せないはずだった。

天に生命が存在可能(ハビタブル)な素質を持つ光は数多あり、しかもそれらは多くの疑似的なパターン——ダミーを抱え込んでいる。それらを虱潰しに検証していくことは気の遠くなるほど膨大な作業で、その圧倒的な物量こそが地球外文明の発見を阻(はば)む最大の要因だった。

でもそれは、逆に言えば、その物量をさえ克服できてしまったら、地球外文明の発見はぐっと現実味を増すかもしれないということだ。数多の星の光をいっぺんに、しかも高い精度で解析する方法こそが、求められているブレイクスルーだった。

その方法には、どんなものがあるだろうか。そう真面目(まじめ)に考えた人間の首筋に一対のプレートなんかが埋め込まれていたら、そこにはこんな結論が導かれてもおかしくはない。

そうだ——人間の五感を使うというのはどうだろう。

人間の感覚は鋭敏で、しかもコンピューターにはできないような直感的な処理ができる。特徴のない刺激は切り捨てて、何かおかしいものだけを意識する、なんてことは、日常生活でも誰もがやっていることだ。星々の光を人間の感覚で解析し、そこに潜む不自然を探り当てる——そんなことができれば、それはSETIにおける画期的なブレイクスルーとなるんじゃないか。

だから結日は、星を見たいと言ったのだ。

彼女は、沙月さんが〈オプティクス〉から見る星々の光を、五感の全てで解析し続けていた。そうすることで、彼女は本気で地球の外にいる知的生命体を探そうと目論んだ。

あいつは逃げたんじゃなく、僕らの町の外側に、新しい出逢いを探しに行ったのだ。

サードアイがもたらせる出逢いが、そこには確かにあるのだと証明するために——

「お前と俺なら」進也の声は、どうにも諦めきれない様子だった。「結日ちゃんがどこに行ったのか、探すことだってできるだろう。時間はかかるかもしれねえが」

「かもなあ」

確かに、手掛かりは残っていなくもなかった。例えばこの夏のそもそもの始まり、結日の眠る個室に出現した情感素(インフォセル)。あれが、結日が自らの投影先を変更したのと同じタイミングで出現したものならば、あれをどうにか解析することで糸口が見つかるかもしれない。

「日々原、お前、もう二度と彼女を諦めないって言ってたじゃねえか」

「諦めないよ。諦めないさ。けどなあ、進也」水たまりを踏んだ足が、靴底からじっとりと濡れていく。「僕は、あいつに逢うことを諦めないって言ったんじゃ、ないんだよ」

僕の声は、自分の耳にすらほとんど届かない。傘の縁を流れ落ちる水が、雨音以外のあらゆる音を吸い込もうとしているようだった。

「あいつを見つけて、連れ戻したらさ……あいつは、幸せになれるのかな」

だって、そうだろう。

もし結日が、人類（ぼくら）以外の知性体との出逢いを求めて沙月さんの中に投影されていたとしたなら、そこからあいつがいなくなった理由なんて、一つしかない。

——見つけたから。

結日が今、自らの意思で、まだ見ぬ「誰か」と出逢うために進んでいる真っ最中なのだとしたら。そんな結日を連れ戻すのが、僕のエゴじゃないとどうして言えよう。

彼女が進んだその先には——結局僕が彼女にあげられなかった、「孤独のない世界」が広がっているのかもしれないのに。

僕のその言葉を進也がどんな顔をして聞いたのか、僕は知らない。

視界の奥にある堤防は、雨粒に打たれているせいかひどく草臥れて見えて、その上に座っていた少年と少女の面影(おもかげ)は、もうほんの少しだって残っていなかった。

7

夏休みの最後の一週間は、まるでドラマのダイジェスト映像みたいに過ぎた。

進也からの連絡はなかった。だから進也と会うこともなかった。宇田川は僕に通信で二、三の嫌みを言ってきて、けれどそれだけだった。ニュースは沙月さんの事故については勿論、〈オプティクス〉へ実施されたはずのハッキングについても一切伝えなかった。結日は相変わらず水喪〈第六感覚〉関連医療技術研究所の一室で眠り続けて、僕はアパートの自室のベッドの上でただただぼんやりとしていた。

なぜだか毎日、眠くて仕方がなかった。

景色の全ては無価値で、時間の流れは惰性そのもので、夏の空気はぬるま湯みたいで、僕はその中でずっと微睡(まどろ)みながら、ああ、僕の高校二年生の夏はこんな風に終わっていくんだな、なんてことを思っていた。

そして夏休みの最終日、僕らの町へ向けて軌道建造物〈オプティクス〉が落ちてきた。

第四章

君がひとりで泣かないように

8

その日に起こった出来事に僕が最初に触れた瞬間というものを決めるなら、それは一つの小さな情感素（インフォセル）を見つけた瞬間だろう。

翌日には始業式が控（ひか）えているという日だった。連日続いた雨は二日前に止（や）んで、町は一際密度を増した湿気（しっけ）の底でしたたかに日差しを浴びていた。空は晴れ渡っているのに不快指数は増すばかりで、特に古びたアパートの一階の角部屋にあたる僕の家なんかは、十五時を回った辺りには蒸（む）し風呂（ぶろ）さながらになっていた。

山積みの課題は雨の数日のうちに全て片付けてしまっていたから、その日の僕には本当にやることがなかった。窓という窓を開け放った家のリビングで一人、電源の入っていないテレビ――サードアイが普及してからこっち、半ばインテリアと化している代物だ――の黒い画面をぼうっと見つめながら、麦茶の入ったグラスの表面に指を這わせて水滴を弄ぶくらいしか、時間の潰しようがなかった。

そんな時間の中で、その情感素（インフォセル）は僕の視界に出現したのだった。

あまりに暇だったものだから、いつもなら見逃しそうなほどささやかに現れた球体にも、その日はすぐに気付くことができた。半透明の情感素（インフォセル）は黒色で、天井近くまで伸びた観葉植物の葉を撫でながら、シャボン玉さながらに浮遊していた。

　身を沈めていたソファから、ゆっくりと上体を起こす。受け入れる前に、送り主を確認した。このタイミングで僕にデータを送って寄越す人間に、心当たりがなかったからだ。

「タスク・ウダガワ……？」

　情感素（インフォセル）の傍（ほ）らに生じたタグに記されていたのは、ひどく意外な名前だった。宇田川とは、約束を反故（ほご）にしてしまったことを一通り詰められた後は、一切の連絡をとっていなかった。互いに連絡をとる理由が存在しなかったからだ。もともと、住む世界からして異なる人間だ。あの人が進也と交流を深めていることは知っていたけれど、僕とは実質もう他人に近い間柄になっているはずだった。

　そんな宇田川が僕に対して、わざわざどんなデータを送ってきたのだろう――疑問に思いつつ受け入れを許可すると、色味を獲得した情感素（インフォセル）は僕の眼前で爆（は）ぜた。

　弾けた欠片は、そのまま複数のウインドウと化して、僕の視界を支配する。

　一瞬だけ脳裏を過ぎった予想に反して、そのデータにメッセージらしきものは一切含まれていなかった。どうやらデータは、何らかの位置座標と幾らかの通信記録からなっているらしい。

　右斜め上方のウインドウに表示された、通信記録らしきものに視線を注ぐ。程なくして、僕は小さな声を上げた。

「これ……〈オプティクス〉の……？」

それはどうやら、〈第六感覚〉ネットワーク運営用周回軌道施設〈オプティクス〉の乗員と、地上にてサポートにあたっているアトモスフィア社のスタッフとの間に交わされた通信記録であるようだった。記録された時刻を見ると、つい三十分ほど前のものらしい。言うまでもなく、こんなものは機密情報以外の何物でもない。宇田川の意図を摑めないまま、僕は記録を辿り続けて——そこに並ぶ単語に、息を止める。

「なんだよ……これ……！」

「システム」「介入」「不明」「噴射」「制御不能」——無機質なはずの文字群は、積み重なることでじっとりとした予感を織り上げていく。息をうまく吸えないまま、他のウインドウへと視線を移す。地球の周辺に存在する「何か」の位置座標が羅列されたものだ。通信が行われたのとほぼ同じ時刻に始まり、つい五分前まで続いている。

知らず、身体はソファから立ち上がっていた。その時には、僕はもうこのデータがどんな物体の位置座標なのか察することができてしまっていた。

ネットワークの向こうからソフトウェアを調達し、座標データを読み込ませる。ウインドウを押しのけるように現れた情感素(インフォセル)が、ビーチボール大の地球儀へと姿を変えた。座標データは物体の変位へと読み替えられ、地球儀の周囲を巡るラインとして可視化される。

そのラインが形を成したのと、僕の耳を大音響がつんざいたのはほぼ同時だった。

虚構じゃない、空気を震わせる音響だ。開け放たれた窓の向こうから流れ込んでくるそれは、けたたましいサイレンだった。町のあちこちに設えられたスピーカーから放たれる、緊急防災無線の音。

軋みながら響く幾重ものエコーの中で、しかし僕の意識は眼前の小さな地球に、その周囲に引かれたラインに注がれ続けていた。

甲高(かんだか)いサイレンなんかより、自分の心臓の音の方がよほどうるさかった。だって――眼前に刻まれたライン――ここ数十分における有人宇宙施設〈オプティクス〉の描いた軌道は、不自然なくらいの弧を描いて、地球へ急激に近付いていたのだから。

視界の中央に、幾度目かの文字群が浮かび上がる。相手からの応答を待っています。文字群の最後に表示された一片の紙吹雪が、ゆらゆらとメビウスの輪をなぞる。僕の視線はそれを苛立(いらだ)たしげに捉えていた。

押し入れの奥からやっとのことで引っ張り出した古いリュックサックを、リビングのテーブルに投げ出す。暢気にねじれた円環を描き続ける紙片を手で払うと、それは文字群とともに中空に消えた。

「くそっ……」

知らず、舌打ちが洩れる。何度通信を試みても、宇田川が僕の呼びかけに応えることはないようだった。文字列が消えた視界の隅に、新たな情感素(インフォセル)が浮かび上がる。もう何度も受け入れを拒否しているのに、懲(こ)りもせずに再送され続けているデータだ。

送り主は、水喪市防災課。水喪に存在する全市民に一斉送信された防災メールだった。

僕は再度、情感素(インフォセル)を拒否してみせる。こんなものを開いてしまえば、誰かに連絡をとるどころじゃなくなるのは明らかだった。視界を埋め尽くすウインドウ。そこにしつこいくらいに表示され続ける水喪の地図。目が痛くなりそうな赤色で示される避難経路。耳に張り付いて離れようとしない避難ガイド。勿論、それが悪いって訳じゃない。必要なものだということは、僕だって弁えている。けれど、その内容が嘘っぱちで、しかもそのことを僕が知っていたとなれば、話は全然別だった。

急いで締め切った窓を楽々と越えて、今も部屋の中に響き続ける防災無線。サイレンの隙間から聞こえる声は、こう告げていた——沖合いの海底にて大規模な地震が発生しました。間もなく津波がやってきます。住民の皆さんは速やかに避難して下さい。

そんな地震は起こっていなかった。複数のニュースメディアを同時に検索した結果、該当したものはゼロ件だ。こんな大仰に避難を呼びかけるだけの規模の地震で、そんなことがあるはずがなかった。

嘘の防災無線。市民に事情を説明する時間すら惜しんで、可能な限り速やかに避難させるための方便。とんでもない無茶だった。ことが全て終わった後で、どれだけの議論が巻き起こるかわからないくらいの。けれど――僕は理解していた。今この時は、それほどの決断が必要とされる状況だったのだ。

宇田川への通信を諦めて、僕は沙月さんへ連絡を試みる。浮かび上がる文字群。軽やかに巡るメビウスの輪。舌打ち。文字群を手で払う。そうしている間にもリビングには地球儀が浮かび続けている。先程僕が構築した地球儀だ。

今から数十分前に、突如何者かによるシステムへの介入を受け、制御不能となった軌道建造物〈オプティクス〉の軌道。地球儀の周りに配されたラインは、今や現在時刻を越えて伸び、これからあの建造物が向かう先へと至っていた。本来は姿勢制御に用いられるはずのスラスターが〈オプティクス〉を運ぶ先――赤いラインの終着点は、細長く小さな島国の、更に東北地方の一都市だった。

間もなく水禍を襲おうとしているのは、津波なんかじゃない。

〈オプティクス〉だ。

〈オプティクス〉は今、この水禍へ向かって脇目も振らずに落ちてきている。

再度沙月さんへの通信を試みたけれど、やはり応答はなかった。あの人はもとより、外部との通信を制限されている身だ。僕は歯がゆい思いで天を仰ぐ。くすんだ色合いの天井の向こう、宇宙に浮かんでいる建造物について考えずにはいられなかった。

今、あの施設の内部はどんな状況になっているのだろう。想像を絶する混乱と緊張の中にあるだろうことは間違いなかった。〈オプティクス〉が落ちれば、その乗員は一人残らず死ぬ――なんて、そんな話ですらなかった。あの建造物は、そのまま大気圏に突入して帰還できるようには造られていない。地表に落ちるのを待たずとも、その過程だけで内部の人間は全滅するだろう。そうして完全に制御不能となった巨大な金属の塊が、更に加速を続けながら地表に激突すれば――

防災無線が唱える災害は、本当のことではなかったけれど、これっぽっちだって大袈裟じゃなかった。〈オプティクス〉の墜落地点にある町並みが受けるだろう被害は、それ以上に値するものだ。

どんな気分だろうか。自分の乗っている建造物が、未曾有の災害の源と化そうとしている状況っていうのは。

「ああ……もう！」

混乱する思考の中で、僕はテーブルのリュックサックを摑む。災害時に備えて用意していた持ち出し袋だ。状況は理解しても、自分がどうすればいいのかはわからなかった。ただ、ここにこのままいる訳にはいかないことだけは明らかだった。

玄関へ向けて駆けながら、僕の脳裏には幾つもの疑問符が渦巻いていた。

――なぜ、〈オプティクス〉は制御不能になったのか？

――これは故障じゃなく、誰かが意図して仕組んだことなのか？

――だとしたら、その誰かっていうのは一体誰なんだ？

――そして、その誰かの目的は何なんだ？

けれど僕は、そのうちの一つにだって解答を見出せない。いいや、見出せないんじゃない。見出したくなかったのだ。確信にも似た予感があった。それについて考えてしまえば、誤魔化しようのない事実を突きつけられてしまう、という予感だ。

――どうして、墜落先は水喪なんだ？

――どうして今、このタイミングなんだ？

――つい最近、〈オプティクス〉に関して起こった何かに関係があるのか？

自分には関係のないことだ。そう思おうとした。〈オプティクス〉には沙月さんが乗っていて、つまりはあの人の死が目前に迫っているということまで理解していて、それでもそれ以上のことは考えないようにしていた。理不尽に降りかかった災害から逃げることだけを考える。それでいいのだと自分に言い聞かせていた。

――どうして宇田川は、わざわざ僕にデータを送って寄越したんだ？

玄関でうまく靴を履けないでいる間に、なぜか脳はサードアイを操作して、誰かに連絡をとろうとする。視界の表示を見ると、接続先は進也のようだった。巡り巡るメビウスの輪。あいつすらも、僕の呼びかけには応えない。どうしてだ――浮かびかけた疑問を必死に押し殺す。あいつは僕の通信を無視しているだけだ。ここ数日の不義理が祟(たた)ったんだ。

これはただ、その程度のことなんだ。

そうして、鳴り響くサイレンの中、あらゆる自問から逃げ続けた僕は、アパートの軋むドアを開けて——不意に、理解する。

どうして、自分がこうも考えることを拒んでいたのか。

僕が突きつけられたくなかった、誤魔化しようのない事実っていうのは何なのかを。

「——よかった。間に合ったわね」

玄関のすぐ外で、数人の警官を引き連れた母さんはそう呟く。

どうやら進也は、僕の通信を無視しているんじゃなく、通信に応じることができない状況にいるようだった。


「あの子は、止まりかたというものを知らない」

その時に僕の脳裏に響いたのは、いつか沙月さんが洩らしたそんな言葉だった。

あれは確か、結日の奴が三十九度の熱を出して、硲の家の自室で寝込んでいた時のことだ。一通り結日の看病を終えて、大広間の縁側で風に当たっていた沙月さんが、同じく縁側に座っていた僕へ向けて不意に口を開いたのだ。

遠くからは、拡声器によって雑に増幅された誰かの声が聞こえていた。町を覆う研究所誘致の熱が最高潮だった頃。結日の演説を求める声が絶え間なく僕らのもとへ届けられて、結日はか弱い身体で何とかそれに応えようとしていた。毎週のように熱を出しながらも、彼女が僕らの制止に耳を貸すことはなかった。

そんな時期のことだったから、沙月さんが誰のことを言っているのか、僕にはすぐに察することができた。

「止まりかたを、ね……」

意味もなく沙月さんの言葉を繰り返した僕の声には、きっと納得の響きがあったことと思う。成程その言葉は、彼女の妹の本質を見事に言い当てていた。

「シュウ、君は諦めることができる。自分で決めたことでも、自分にとって大切なことでも、最後まで追わずに目を逸らすことができる。考えたくないことは考えないことができる。悪いと言っているんじゃない。それは普通のことだ。そして必要なことだ。何かを突き詰めるというのは、とてつもないエネルギーが要る。犠牲を払わなければならないことだって少なくはない。全てを諦めずに——あらゆる歩みを止めずにいれば、そこに必要なエネルギーは、最後には生きることそのものから持ってくるしかない。だから、人は止まることを覚えるんだ。自分の人生を生きていくために」

多分沙月さんは、言わずにはいられなかったのだろう。誰に聞かせるでもなく、その言葉を世界に刻んでおきたかった。今になって、僕にはそのことがよくわかる。

「けれど」沙月さんの声は、ひどく淡々としていた。「あの子は、そのやりかたを知らないんだ」

「あいつの……沙月さんの母さんと、同じように？」

「そうだな。あの人も、そうだった。止まることを知らないまま駆け続け、その果てに乗り込んだ船が沈むまで止まらなかった人だ。私には受け継がれなかったその性質が、あの子には受け継がれている。ほとんどそのままと言わざるを得ない色濃さで」

その言葉の先だって、沙月さんが実際に口にしなくともわかった。彼女はこう続けようとしていて、きっとそれこそがこの時、彼女が口にしたい本当の言葉だった。

——果たして、それはあの子にとって幸福なことなのだろうか？

けれど僕は、そんな言葉を聞きたくはなかった。日々懸命になって人々へ語りかける結日の背中に、そんな言葉が響くことはあってはいけないような気がしていた。だから僕は、沙月さんが言葉の先を紡ぐより前に口を開いていた。

「そんな彼女の傍に居続けるために、僕らはどうすればいいんだろう？」

ああ、だから、そうだな。沙月さんの言う通り、僕は止まりかたというやつを知っていたのだろう。

季節は冬で、午後の縁側は日差しに照らされているのにちっとも暖かくなかった。白い光は乾ききっていて、その中を小さな埃がきらきらと瞬きながら泳いでいた。

「今のままでは、無理だろうな」沙月さんの返答は無情なようだったけれど、その無情さこそが、きっとあの人の思いやりの形だった。「私も君も、止まることができる人間だ。止まらないあの子に付いていくためには、止まろうとする自分を誤魔化さなければならない。いつまでも続くことではないよ。私は父を見てそれを学んでいる」

だからきっと――と、沙月さんは言ったのだ。

「私も君も、いずれあの子に置いていかれる時がくる。私たちが止まっている間に、あの子が彼方にまで進んでいってしまう時が。その時にこそ、きっと私たちは試されるのだろうな。再びあの子に追いつけるかどうか――止まってしまった足を、もう一度動かせるかどうかを」

その言葉に対して、僕は返事をしなかった。

縁側には深い沈黙が降りて――要するにそれが、僕のその時の覚悟だったということなのだろう。

重要参考人、と母さんは僕を呼んだ。

考えてみれば、当然の帰結だった。世界でも指折りのセキュリティが敷かれている軌道施設に、突如襲いかかった「何者かによる干渉」。そして始まる地球へ向けた噴射。事態がこのまま進行すれば、水喪という町を大災害が襲うことは間違いない。水喪は現在のサードアイ社会の中枢たる都市であり、そこへ落ちようとしている〈オプティクス〉もまた、同じくサードアイ社会の核の一つだ。訪れるだろう災害は、あまりに多くの人命とともに、サードアイ社会そのものを吹き飛ばす大破局（カタストロフィ）に違いなかった。

それを認識したアトモスフィア社のスタッフは、すぐさま事態の打開に動き始める。原因究明と〈オプティクス〉の制御の奪還——それはタイムリミットのあるミッションだ。加速をすればするほど、減速には時間がかかる。〈オプティクス〉が地球大気に破壊され鉄の塊と化すのを防ぐには、一刻も早い逆噴射が必要だった。

すぐさま浚（さら）われるのは、〈オプティクス〉と外部とのデータのやりとりだ。〈オプティクス〉に外部から何者かが干渉したなら、その痕跡は通信記録の中に見つかるはずだからだ。リアルタイムの通信記録が隅々まで精査されて——もし、そこに何の異常もなかったとしたら、次はどうする？

次に注目されるのは、過去の記録だ。最近〈オプティクス〉に行われた干渉が、今になって効果を及ぼしている可能性を人は考えるだろう。そんなことを探り始めた誰かの血眼に、もし〈オプティクス〉に人間一人を投影するなんていう悪い冗談みたいなハッキングの痕跡が映り込んだなら？

——何ということだ。世界に名高い〈オプティクス〉が、こんな侵入を許していただなんて。どうしてこのことを誰も知らなかった？　またあの代表が無茶を通したのか。県警に協力を要請して、このハッキングを実行した連中を締め上げろ。一刻も早くだ！　代表への確認？　そんな余裕があるものか、緊急事態だ、そもそもその代表が——サツキ・ハザマが生きるか死ぬかって瀬戸際なんだぞ！

「時間が無いわ」

パトカーの後部座席に座る僕へ向け、助手席の母さんは言う。僕の隣と運転席には、それぞれ一人ずつ制服を着た警官がいる。どちらも若い男で、母さんの仕事風景を遠目に眺めた時に見た覚えのある顔だった。

「〈オプティクス〉が何事もなくもとの軌道へ戻るためには、あとせいぜい二十分以内に逆噴射を開始しないといけない。それを過ぎたらアウト。この意味はわかるわね？」

母さんも、二人の警官も、こちらへ視線をやることはない。けれどそれでいながら、全員が視線以外の全てで僕の様子を窺っているのがわかった。窓の外を眺める。パトカーが進む水喪の道路は車で犇めきあっていて、歩道では人々が行列を作っていた。

「全部、話しなさい。アンタがやったことを。勿体ぶらず簡潔に」

絶え間ないサイレンとひび割れた放送は、家の中にいた時よりもずっと大きく響いている。母さんの声は低いのに、そんな響きにも掻き消されないくらい重かった。

「この車は都市部に設けられた対策本部へ向かうけれど、そこに着くまで待っている時間はないわ。ここはもう、取調室なんだと思いなさい」

「息子を信じてないの？」

「アンタが今回の実行犯かどうかは問題じゃないの。実行犯じゃなかったとしても、アンタのハッキングが今回の件に影響を及ぼしている可能性がある。だからアンタに全てを話せって言ってるの。解釈はこっちの仕事よ。わからないアンタじゃないでしょ」

母さんの口調に、焦りは滲んでいない。内心は大層焦っているだろうに、大したものだった。実の息子の任意同行、なんて仕事を——いくら緊急事態で動ける人手が限られているとはいえ——任されるだけのことはある。

これは任意同行だったから、僕はこの車に乗るのを拒否することだってできたはずだった。けれど、僕はそうしなかった。むしろ、このタイミングで目の前に現れてくれた警官たちに感謝しているくらいだった。おかしな話だけれど、本当のことだ。

この人たちは、ちょっと出来すぎなくらいのタイミングで僕に思い知らせてくれたのだから。

——どうして、ほんの少しだって動かないんだい？

アパートの玄関で母さんの姿を目にした時に、僕はそう問いかけられた気分になった。誰から？　きっと、この世界から。これまでの二年間、ずっと続けてきた自問の裏返し。

そしてそれは、問いじゃなくて解答だったのだ。

どうして何もかもが、ほんの少しだって動いてくれないのか。

僕自身が止まっているからだ。

左腕に巻かれた、虚構の時計に目を落とす。三本の針が象徴しているのは、僕を取り囲む世界なんかじゃない。本当はずっと気付いていて、気付かない振りをしていた事実は、今や誤魔化しようもなく眼前に示されていた。

この夏休み、僕は自分が動き出したつもりでいたけれど、大きな間違いだった。結日と僕が一つになろうとして失敗したあのひとときから、僕はまだ、一歩だって足を踏み出していなかったのだ。だって——

そうでもなければ、事態がこんなところにまで至るものか。

見えかけている結論が、一つだけあった。どうして現状がこうなっているのか——数分前までは必死に押し殺していた疑問を、パトカーの後部座席で掘り下げ続けて浮かび上がった可能性だ。けれど、それを確定させるにはある確認が必要だった。

「言っとくけど」できるだけ不貞不貞しく聞こえるように、僕は口を開く。「何もやってないよ、僕は」

確認にお誂え向きの相手は、僕の周囲に三人も座っていた。むしろ自分はそのためにこそ車に大人しく乗り込んだのかもしれないと、今になって気付いていた。

「僕に言えるのは、それだけだね。これ以上の話を聞きたければ、それなりの根拠を持ってきて欲しいもんだよ。そっちは、〈オプティクス〉の制御コンピューターが外部と行っている通信を調べて何も見つからなかったから、過去の通信に注目した。ここまではいい。でもさ、過去の通信が現在の〈オプティクス〉の制御を奪ってるっていうんなら――そんな時限爆弾を誰かが仕掛けたって疑ってるっていうんなら、勿論そっちは〈オプティクス〉の制御コンピューターの中にそれらしきプログラムを見つけてるんだよね？　まさか、制御コンピューターの内部を調べてないって訳じゃ――」

　そこで、僕の身体がぐいと引かれた。隣に座る警官が、僕の胸ぐらを摑んでいた。怒りを隠さない目つきで、男は低い声を絞り出す。

「大きなお世話だ、周くん。今はこっちの質問にだけ答えてくれればいいんだ」

　母さんは男を止めない。無理もなかった。僕の発言は、男のその語気に値するものだ。

　かかった――と僕は思う。

「忘れてるかもしれないけどさ、これって任意でしょう？」大人の男に胸ぐらを摑まれながらにやりと笑うのは、ひどく骨が折れた。「納得させて貰わないと、こっちだって話す気も失せるってものだよ。どうなのさ？　〈オプティクス〉の制御コンピューターの中で、疑わしきプログラムは稼働してるの？」

「……くそが」悔しくて堪らない、といった男の声色。「見つかってねえよ、そんなものは。徹底的に調べても、それらしきものはなかった。それでも、こちとら僅かな可能性のために動く義務があるんだ。人命がかかってるんだよ。君、これがゲームか何かだと」

峯田（みねた）、と鋭い声が飛ぶ。運転席の男の声だ。その一喝で、僕の正面にあった瞳に冷静さが戻る。胸ぐらから手を放すと、峯田と呼ばれた警官は僕の隣で姿勢を正した。

乱れたシャツを直しながら、僕は内心でやっぱりそうか、と呟く。冷静さを取り戻した声で峯田とやらが語る内容は、もはや頭に入っていなかった。

〈オプティクス〉の制御コンピューターと外部との間のデータのやりとりは精査された。制御コンピューターの内部も徹底的に浚われた。そしてそのどちらにも、疑わしい処理は見つかっていないのだという。

だとすれば。

僕の見出した可能性は、ここに結論と確定される。

「くそっ」運転席で、警官が声を上げた。「全然進みませんね」

確かに、さっきからパトカーは国道の真ん中で止まったまま、少しも進むことができていない。今や水喪の道は、車道も歩道も全て、避難する人々で埋め尽くされていた。

うんざりした調子で、運転席の警官は言う。

「避難には車を使わないよう、防災メールでは言ってあるんですよね」

「それで言うことを聞いてくれるようなのばかりじゃないことだってわかってるでしょ、

アンタも」平坦な声で母さんが応じた。「これは、サイレン鳴らしても意味はないわね」

国道の中でも、道幅に余裕がない区間だった。こうも車が犇めきあっていれば、たとえパトカーがサイレンを鳴らしたところで、隙間なんて空くはずもない。

そこで、僕の視界の隅に情感素(インフォセル)が現れる。誰かからの音声通話だった。周囲に気付かれないように相手を確認してから、僕は受け入れを許可する。

不思議と、驚きとかそういうものは湧かなかった。

『おう』聴覚に流れ込む進也の声は、やけに暢気だった。『久しぶりだな、日々原』

何だかひどく懐かしいその声に応じるには、僕も声を出すしかない。なるべく自然に聞こえるように、僕は口を開く。

「どういう状況？　大丈夫なの？」

「大丈夫じゃないわよ。全然ね」面倒そうに、母さんが僕の言葉に応じた。「このままだと、避難が間に合わないわ。車を乗り捨てるように呼びかける必要がある」

『こっちは大丈夫だ。自室にいる。バリケードって、案外作るの大変なのな。映画とかだと簡単そうに作ってるってのに。手足が棒だぜ』鼓膜を介さず伝わる声で、進也が答える。『今もドアの向こうで警官が怒鳴(どな)ってるがな。しばらくはもつだろ』

苦笑いをして、僕は言う。「無茶するなあ」

「アンタに心配されることじゃないわ。それに、仕事としての優先順位はこっちが上よ。

取り調べを継続する。心して答えなさい」

『ははっ、違いねえ。で、だ。日々原よ。お前は無茶しねえのか？』

運転席の警官が、無線へ向け何かを囁いていた。避難誘導の人員を要請したのだろう。サードアイが普及したこの町でも、全ての設備がそれに最適化されている訳じゃない。

僕はこっそりとサードアイを操作し、進也に僕の位置座標を送りつけた。奴ならそれだけで、僕がパトカーに乗っていることを察するだろう。

ゆっくりと息を吸ってから、僕は言葉を吐く。

「ああ、もう」思わず洩らされたといったその呟きに、車内の全ての耳がそばだてられるのがわかった。「僕はいっそ、ここから消えてしまいたいよ。それができる状況だったら、今すぐにだってそうしたいと思ってる」

『わかった』進也の返答は淀みない。『状況を用意する。三十秒後だ。しくじるなよ』

項垂れるようにして、僕は身を丸める。これ以上は誰の話も聞かない、という意思表示だった。三十秒——ギリギリだな、と僕は思う。進也と比べて、僕は作業が些か遅い。

今更何を言っている。やはり何かを知っているのか。逃げるんじゃない——数多の言葉が頭の上を通り過ぎていく間に、視界の隅に表示したカウントはみるみる減っていき——

それがゼロになった瞬間、車内が一際大きく揺れた。

いや、揺れたように感じられただけだ。パトカーの外から僕らの聴覚を刺激した轟音、に、自然と身体が生み出した錯覚だった。

「おいおい」声を上げたのは、峯田だ。「こんな時に、マジかよ」

ごがしゃ。間髪を容れず、同じ音が響く。車内の空気が一気に緊迫した。僕ですらすぐにぴんときたのだ、他の三人が気付かない訳がない。これは、近場で交通事故が起こった音だ。それもかなりの規模のものが。

これだけの渋滞だ、どんな事故が起こっても不思議はない。僕以外の三人の視線が、窓の外へ注がれる。僕はそれに倣わなかった。その代わりサードアイを操作して、ギリギリ構築し終えたプログラムを走らせた。

事故を視認できないことに堪りかねたのだろう、峯田が後部座席のドアを開く。パトカーの外に出て、ドアを開けたまま周囲を見渡す。僕は座席からその様子を眺める。傍らのドアを開けようとはしなかった。僕が乗せられた座席のドアは開かないようになっていることくらいは、僕だって知っていた。

「あれ？　おかしいですよ、日々原さん、倉持さん、事故なんてどこにも――」

言いながら車内へ視線を戻した峯田が、うええ、と間抜けな声を上げた。どうした、と母さんが問う。僕のいる方を指さしながら、峯田は叫んだ。

「い、い、いない！　参考人が消えてます！」

前の席にいた二人が、ばっとこちらを振り返る。二人は同時に息を呑むと、弾かれたようにそれぞれの席のドアを開けた。アスファルトに降り立ち、周囲へ慌てて視線を走らせる三人の姿を見ながら、僕はまだ動かない。ここで焦ってはいけなかった。

そうして、峯田が僕を捜しながら、何かを尋ねたそうな顔で母さんのもとへ――助手席付近へと歩み寄ったタイミングで、僕は無人の後部座席をそっくり再現したオブジェクトから飛び出した。峯田が開けたドアから、外へ出る。

助手席へ歩み寄る峯田は、僕に背を向ける形になっている。その峯田は母さんにとっての目隠しになり、倉持とやらがいるのは僕の潜ったドアの正反対だ。

全力で走った。数秒してから、母さんの叫ぶ声が聞こえた。僕は振り返らない。片側二車線の道路はすっかり渋滞中で、真っ直ぐ横切るにはうってつけのコースだ。

僕の視線は駆けていく先――避難する人々でごった返す歩道へと向けられていた。

「このまま人混みに紛れる」荒い息の隙間で、僕は通信の向こうの進也へ言う。「視線を逸らしたい。もう一度頼む」

『了解』

轟音（ごうおん）。明らかに事故の発生を示唆するその音響に、歩道の人々の視線があちこちに向けられるのがわかった。きっと、僕を背後から追いかけている警官の視線も、同じくどこかへ向けられていることだろう。職業柄、この音は無視できる音じゃない。

たとえそれが、この周辺に何者かによってばら蒔かれた、事故の音響の虚構存在（オブジェクト）に過ぎない可能性を、薄々察していたとしても。

架空の音響が人々の視線を躍らせたその瞬間に、僕は人の海へと身を滑り込ませて――

それからしばらくの間も、一心に駆け続けた。

僕には行くべき場所がある。そこでやるべきことがある。

人の波をかき分けている間に、いつしか僕を呼ぶ誰かの声は聞こえなくなっていた。


走る。走る。走る。乱れきった自分の呼吸音を、他人事のように感じながら。

大通りから些か離れた、商店街の裏路地だった。古い建物に挟まれた道は細く、しかもあちこちで配管やダクトがむき出しになっているものだから、走りにくくて仕方がない。それでも、僕は走った。どれだけ入り組んでいても人気（ひとけ）だけはなかったから、僕はほとんど立ち止まることなく走り続けることができた。

陽の光はもう随分と傾いてしまっていて、路地の地表にまでは辿り着けないようだった。今その地面を彩っているのは、光ではなく赤い道筋（ライン）だ。薄暗い路地に随分と不釣り合いな原色は、視界の向こう、曲がり角のその先にまで続いている。

進也が僕のために引き続けてくれている道標。それが示すのは、人々の避難経路と干渉せず、僕をもっとも効率的に目的地へと運んでくれるルートだ。

結日を見舞いに行った時には、あんなに煩わしかった赤い道案内(ライン)。それをここまで心強く思う日が来ようとは——そんなことを考えつつ幾つめかもわからない角を曲がると、なあ、という進也の声が聞こえてきた。

『どうやらそろそろっぽいぜ、日々原』

そうか、と僕。

『だからよ、今のうちに教えといてくれ。お前はどうしてあんなとこに向かってんだ？　お前は、今回の件の仕組みってのを理解してんだよな』

角に揃えて几帳面に並べられたプランターを跨(また)ぎながら、わかったよ、と呟いた。走る僕の呼吸はひどく荒れていて、本当はあまり言葉を発したい気分じゃない。それでも、こいつにそう問われてしまえば、答えない訳にはいかないと思った。

「〈オプティクス〉の制御コンピューターは、外部との通信も、内部の処理も、徹底的に調べられた」

それは恐らく、多少の機能不全も厭(いと)わないほどの精査だっただろう。何せ、事態が事態だ。その打開に繋がるならばと、かなりのリスクまで許容されたに違いない。

『それなのに、原因は何も見つからなかった。時限プログラムらしきものすら確認できてねえって話だったよな』

進也の声。こちらがあまり喋れないことを察しているのだろう、奴は積極的に僕の話を先へ進めようとしていた。

『原因は外部からやってきたんじゃなく、また内部にあらかじめ仕掛けられた訳でもねえ――だったら、考えられるのは〈オプティクス〉の内部犯か。〈オプティクス〉のスタッフが、〈オプティクス〉の内部から現在進行で制御を奪い続けてるって可能性だ』

　進也の考えは、これ以上なく真っ当だった。今頃〈オプティクス〉内部では、事態への対処と並行して内部犯の炙り出しも試みられているはずだ。けれど――

「もう一つ、ある。可能性が」僕は一旦立ち止まる。「〈オプティクス〉の通信を精査した時にも、内部処理を調査した時にも、調べることができないデータのやりとりがある」

　視界の隅に表示された現在時刻を意識する。母さんが言及した最終リミット――〈オプティクス〉の逆噴射が意味を成す限界の時刻までは、あと十五分ほどだ。

　目的地はまだ遠い。このままのペースで走り続けても、間に合うとは思えなかった。

「あまりに量が多すぎて、短時間ではとても調べられない。かといって、そのやりとりそのものを止めることも絶対にできない」

　背中に負っていたものを下ろす。災害用の持ち出し袋――リュックサックから取り出したペットボトルの中身をひと飲みして、そのままリュックサックごと放り出した。

　後のことなんて考えるよりも、今は少しでも身軽になる時だった。

　僕が再び走り出したのと同時に、進也の探るような囁きが聞こえた。

『もしかしてそいつは――三機のスパコンか？』

「ご名答」

そうだ、〈オプティクス〉に積み込まれている三機のスパコン、世界のサードアイ・ネットワークを管理する〈アイリス〉〈レティナ〉〈ヴィトリアス〉だけは、稼働を停止させる訳にはいかないはずだった。だってそれは、世界中のサードアイの機能を停止させることに等しいのだから。今や先進国において、サードアイは社会インフラに根ざすレベルで普及してしまっていた。その停止を予告もなしに行うことは、大袈裟じゃなく人命に関わる。緊急事態においても看過できるリスクじゃない。

そして、あの三機はあくまで〈オプティクス〉本体のアンテナなどを用いて機能を果たしているのだから――あれらを稼働させ続けることは、あれらと〈オプティクス〉の制御コンピューターとの間でデータのやりとりを続けることに等しい。

「今日、僕らのサードアイは、一秒だって機能を停止してない」

僕は呟く。それこそが、三機のスパコンだけは精査されていない何よりの証拠だった。

『〈オプティクス〉への干渉は、三機のスパコンのどれかから行われてるってのか？』

そうだ、と僕。進也は唸る。なぜそんなことが言い切れるんだ、と問いたげだった。

確かに、それは常識を持った人間ならば辿りつけるはずもない結論だ。可能性に思い至ることだけなら、誰にだってできるかもしれない。けれど思い至ったところで、あまりに馬鹿馬鹿しいその可能性が結論に採用される訳がない。だってあれらのスパコンは、あくまでサードアイ・ネットワークを管理しているだけの機器なのだから。あの三機と〈オプティクス〉の姿勢制御とのリンクは、ごくごく細いものでしかない。わざわざそんなルートを介して〈オプティクス〉に干渉するなんて、迂遠にも程がある計画だった。

だからこそ、母さんたちは僕らのもとへやってきた。そんな理屈を弄んだだけの推論よりも、見つかっていないはずの時限爆弾の存在を疑う方が、まだしも現実的だと判断したからだ。

けれど、僕はそれが結論になりうることを知っていた。僕が聡明だからなんて、そんな話じゃない。僕には、ヒントが与えられていたからだ。現在この世界でたった数人にしか与えられていないだろう、そのヒントの名前は——

「結日だ」

反響するサイレンの隙間に、怒号のような声が聞こえた気がした。僕はひたすらに駆け続ける。赤い道筋はもうじき、路地の出口まで僕を運ぶはずだった。

「結日は、どうしていなくなった？」

つい最近まで、沙月さんの視覚情報を受け取るために、沙月さんの眼球に投影されていた彼女。彼女はどうして、そこから消えてしまったのか。

『そりゃあ、未確認知性体を見つけて、それに出逢いに行ったんだってお前が』

「どこに？」

サードアイを通して沙月さんの眼球に投影されていたあいつが、そこで何かを――恐らくは知性体の存在を示すものを――見つけた。ここまではいい。けれど、見つけたそれを追って、彼女は一体どこへ行けばいい？

沙月さんの眼に映る星の光に生命の痕跡を見つけたって、その根本には辿り着けやしない。サードアイ・ネットワークを通してどこかに自分を投影したところで、それで行けるのはサードアイが存在する場所だけだ。深宇宙になんて行けるはずもない。あいつはそんなことがわからないような馬鹿じゃない。

あいつが未確認知性体を追ってネットワークの海に飛び込んだなら、あいつが知性体の痕跡を見つけたのはそうやって辿り着ける場所――サードアイ・ネットワークのどこかであるはずだった。

そこまで考えて、僕は気付いたのだ。沙月さんの眼に投影されていた頃の、あいつの世界。そこで感じることができたのは、きっと沙月さんの眼に映る視覚情報だけだ。けれどその視覚情報から読みとれるのは、「沙月さんの眼に何が映っているか」だけじゃなかった。

サードアイは、沙月さんの感覚情報をそのまま結日に送る訳じゃない。そこには介在するプロセスがある。自分へ送り込まれる感覚情報が、蓄えられていた場所。結日には、受け取る感覚情報の様子からその場所の状態を読みとることも可能だったんじゃないか。

　だとしたら――

「〈ヴィトリアス〉だ」

　僕は結論を口にする。

「結日が見つけた知性体は、〈ヴィトリアス〉の中にいる」

　進也が息を呑んでいるのが、聴覚情報だけでもわかった。

　僕が思い出すのは、デイドリーム・ワンダーで進也が口にした言葉だ。海を舞台にしたアトラクションの中で、二丁拳銃（けんじゅう）のガンマンが弄んだ軽口だ。

――「海は広くて深く、そこには無限に近い要素が揃ってる。あらゆる材料がある。あらゆる現象が起こりうる場が出来上がってる。それが可能性だ、日々原。だからこそ、海は生命の故郷になった。あらゆる材料が混じり合った混沌――可能性の塊だからこそ、生命なんてもんを生み出せた」

〈ヴィトリアス〉は、人類という生き物が感じる全てが芳醇（ほうじゅん）に詰め込まれた、感覚情報の海だ。こと感覚情報に関して、そこにはあらゆる可能性が詰め込まれている。だったら、海の芳醇な可能性の中に熱水噴出孔と幾らかの有機物が存在したように、そこには知性を編み上げるような感覚情報の組み合わせが存在し得るだろう。

　そこに生まれるのは、人類が生み出したものをもとにしておきながらも、人類とは全く異なる知性。人類が恐らくは初めて確認する他の知性体——感覚情報の身体を持つ、物理、、、、、世界外知的生命体だ。

『その知性体が、今回の件を引き起こしたってのか』にわかには信じられない、といった声色の進也。しかし奴は、少しだけ黙り込んだ後、こう続けた。『そうか。確かにそう考えれば、スパコンから〈オプティクス〉への干渉なんていう無理筋も、真っ当な選択肢になるって訳だな』

やっぱり、進也は大したものだ。視界の奥に見える路地の切れ目、そこから差し込む光へ向けて駆けながら、僕は素直にそう思った。

〈ヴィトリアス〉から〈アイリス〉へ、そして〈アイリス〉から〈オプティクス〉の制御コンピューターへ——そのルートはあまりに細く、外からそのルートへ踏み込もうとする人間なんているはずもない。けれど、〈オプティクス〉の制御コンピューターに干渉しようとした「誰か」が、〈ヴィトリアス〉の中にいたとしたら別だ。彼らにとっては、そのルートこそが最短距離なのだから。

勿論、僕のこの推論が正しい証拠はない。現状への対処に携わる誰に話したって、一笑に付されるだけだろう。その相手が母さんだとしても、反応は変わらないに違いない。

だからこそ、僕はこうして走っているのだった。この推論を信じることができるのは、結日のことを知っている者だけだった。あいつが、理由もなく僕らの前からいなくなるような奴じゃないってことを知っている者だけだった。

　この推論をもとに動ける人間は現在、世界にただ一人、僕しかいないのだ。

　そうして僕は、路地を抜ける。

　急激に開ける視界。薄暗い路地に慣れた目が、一瞬あまりの明るさに眩んでしまう。視界が色を取り戻していく数秒が、やけに長く感じられた。ゆっくりと浮かび上がっていく色は悉く赤みを帯びていて、そこで僕はようやく気付く。僕が路地を駆けている間に、太陽は地平線に下端を隠してしまったらしい。

　世界に色がすっかり戻ってきた時、僕の前に広がっていたのは、見渡す限りの海だった。商店街の裏路地を駆使すれば、表通りに一切出ることなく海辺の道にまで至ることができる——十年以上もこの町で生きてきて、僕が一切知らなかった抜け道。ほとんど時間をかけずにこんなものを見つけてのけた少年は、くっく、と笑ってみせた。

『わかったぜ、日々原。お前はこれから、その知性体に逢いに行こうってんだな？　この事態を止めるために——』

　足下で、赤い道筋が霧散する。あとの道はもうわかるだろう、とでも言うように。海辺の道は左右に広がって、遠く右側には港が、そして左側の奥には目的地が佇んでいた。

『あそこに行けば、それができるって訳だな？』

　水喪〈第六感覚〉関連医療技術研究所。

海岸に沿ってカーブを描いた片側一車線の道路が至るその建物が、僕の目的地だった。

「ああ。知性体を説得して、〈オプティクス〉への干渉をやめさせる」

『できんのか、とは言わねえよ。お前がそう言うってことは、どうして連中が〈オプティクス〉を落とそうとしてるのかってのもわかってるってことだろ』

海辺の道には人っ子一人おらず、走る僕を邪魔するものは何もなかった。津波警報が発令されているからだ。

残り時間は、十分と少し。間に合うだろうか。僕は少しだけ不安になる。あとはこの道を駆けて研究所に辿り着けばそれでいいとはいえ、その距離は決して短くはなかった。

そして何より——全身に走る痛みを、僕は初めて意識する。普段は絶対にやらないような全力疾走をここまで続けてきたツケが、今になって急激に浮き彫りになっていた。

止まっている暇はない。時間までにあそこへ辿り着けば、きっと全ては解決できるのだ。痛む足を無理矢理に踏み出して、僕は駆ける。自分の走りの頼りなさに失望しながら、それでも真っ直ぐに目的地だけを見据えていた。

『その推測についても訊いてみてえところだが——日々原よ』進也の声も、もはや遠くから聞こえるみたいに曖昧だった。『さっき言ったよな。そろそろだって』

裏路地とは異なり開放的に響く足音が、サイレンに伴奏をつけているみたいだった。

『どうやら、いよいよらしいぜ。ほれ。餞別（せんべつ）だ、使え』

上下に揺れる視界の隅に、情感素（インフォセル）が現れる。澄んだ黄色の球体――触覚データだ。ほとんど反射に近い操作で、僕はそれを受け入れる。操作が完了した後で、この情感素（インフォセル）は一体何だろう、と今更のように考えた。

『間に合ってよかったぜ。突貫で作ったから、不具合とかがあっても勘弁しろよ。どうせお前、ここまでくれば自分の身体なんてどうなってもいい、って考えるタイプだろ』

一瞬、僕は自分の身に何が起こったのかわからない。進也の言葉を合図としたように、嘘みたいに身体が軽くなった。年老いたロバみたいだった走り姿が、あっという間に年相応の力強い走りになる。路地を走っていた時と同じように――あるいはそれ以上に。

そして、流れていく景色がすっかり速度を取り戻した頃には、僕は自分の身体に起こったことの正体に気付いていた。

進也はこの短時間で、僕の身体に生じる痛みを消すプログラムを構築したのだ。やがて僕の身体が悲鳴を上げることを、恐らく僕が走り出した直後には予見して、僕と会話しながら作業を進めていた。

――全く本当に、なんて奴なんだ、こいつは。

『日々原、俺はお前に礼を言わねえといけねえんだろうな』

進也は語り続けていた。僕は口を開かなかった。自分が今やるべきことはそれじゃないとわかっていたからだ。

『お前と動いたこの夏休みは、本当に楽しかった。いつかお前に言ったよな。俺はお前に期待をかけてたんだがよ——ははっ、お前はそいつに完璧に応えてくれたぜ。サードアイの可能性ってやつをこうまで目の当たりにできるなんざ、これ以上に幸福な人間はいねえ。ありがとよ』

僕は加速する。もう限界のはずの手足を、今はどこまでも大きく動かすことができた。

『〈オプティクス〉への人間の投影ってだけでも最高なのに、佑さんとまで知り合わせてくれて——挙げ句ここに来て、サードアイが生み出した知性体だとさ！　日々原よ、気付いてねえようだからはっきり言ってやる。お前は大した奴だ。自分が思うよりずっとな』

流れる景色が、急激に朱みを増していく。鋭く染まっていく世界の中で、進也の声は、サイレンや波音、僕の足音なんかよりも何倍も鮮明に響いていた。

『お前は、結日ちゃんのために俺に頭を下げた。俺みてえないけ好かねえ奴にな。だから今度は、俺に頭を下げさせろ。日々原、頼む。世界を、そして沙月さんを救ってくれ。そして、その先の景色を俺のもとにも届けてくれよ』

「進也」

僕は呟いた。今の僕に、もはや口を動かす暇はない。それはわかっているはずなのに。

『何だよ、日々原』

「周でいい」

それきり、進也の声は聞こえなくなった。十数秒後、通話が切断された旨の表示が視界に現れる。僕は通信を切っていない。僕の脳裏には、テクスチャをたっぷり貼り付けた衣服に包まれた、進也の身体が思い起こされていた。

——あの細腕で作ったバリケードにしては、もった方だよな。進也。

僕は最後のスパートをかける。気が付けば、辺りはすっかり朱く染まりきっていた。ちらりと視線を海へ投げると、夕焼けが波間で火の粉さながらに散っている。燃え落ちる世界の中を駆け抜けているような錯覚に陥りながら、僕はひたすらに手足を動かし続けた。

耳の奥では、さっきの進也の言葉が、繰り返し反響していた。

——『日々原、頼む。世界を、そして沙月さんを救ってくれ』

全く、随分と買い被られたものだよ——口元だけで、僕は笑う。実のところ、僕はこれから世界を救いに行く訳じゃないっていうのにな。

そうして、僕はとうとう水喪〈第六感覚〉関連医療技術研究所の正門へと辿り着く。時刻を確認。事前の見込みよりも随分と早い到着だった。

センサーで開く仕組みの大きな鉄扉は、今はかたく閉ざされていた。想定の範囲内だ。避難勧告が出されたくらいで、ここの研究者が扉を開け放って逃げ出すはずもない。ましてやここには、とても短時間で移送しきれない人数の被験者だっているのだから。

さてどうするか——と考えたところで、僕の耳は小さな電子音を捉えた。もう遠くなったサイレンにすら掻き消されそうな、ささやかな音。鉄扉の動作を司るセンサーが何らかの指令を受け取った音だということに、数秒経ってから気が付いた。

　僕の眼前で、扉が滑らかに開いていく。

　それと同時に、視界には情感素（インフォセル）が出現していた。送り主は不明（アンノウン）。進也じゃない。進也なら、堂々と署名してくるはずだ。一瞬だけ逡巡（しゅんじゅん）した後、僕はそれを受け入れる。

　黒い球体は身軽に跳ねた後、僕の足下に着地して、そこから門の奥、研究所の敷地（しきち）内へと延びる赤い道筋（ライン）になった。赤色は正面エントランスではなく、研究所の巨大な建物を迂（う）回（かい）して裏側へ向かうようだった。それを見て、僕はデータの送り主を確信する。

　全く、進也といいこの誰かさんといい、今日の僕は誰かに導かれてばかりだな。

　そんなことを考えつつ、僕は再び駆け出す。足はやはりどこまでも軽くて、ほんの数秒で僕はトップスピードにまで至ることができた。


「些かだが——遅かったな、シュウ」

　関係者入り口から目当ての個室まで、無人の通路のみを赤い道筋（ライン）で指し示した張本人は、音もなく開いたドアの向こうでにやりと笑った。

「言ってくれるよ、沙月さん。これでも急いだってのにさ」

部屋に踏み入った僕の後ろで、ドアが閉まる。結日の個室は、窓から差し込む朱い光によって二分されていた。境界は結日が眠るベッドを斜めに横切っていて、彼女の寝顔は暖かい光に満たされた夕景の側、彼女の足下からドアにかけては夜の世界だ。

ベッドの傍ら、夕景の中に立つ沙月さんは白衣に身を包んでいたけれど、その白色はほんの少しだって朱く染まってなどいない。結日の頬を撫でていた指先を離すと、沙月さんは夜の世界に立つ僕へ向けて一歩だけ踏み出した。

「ふふっ、驚かないか。確かに、予想はついて然るべきだな。そうだ。私の身体は、今も遥か彼方の〈オプティクス〉の中にある。君にできて私にできないことはあるまいよ」

〈オプティクス〉から、サードアイ・ネットワークを介してここに投影されている沙月さんへ向け、僕は口を開く。

「大変なんじゃないの、そっちは」

「君の想像以上にな。だからこそ、私はこのような手間をかける破目に陥っている訳だ」

外部との通信を徹底的に制限された中で、どうしても彼女は僕とこうして対話したかった。その果ての手段がこれだったのだろう。沙月さんは僕へ問う。

「結日は、出逢ったと思うか?」

「ああ」僕と同じ推論に、沙月さんはもう辿り着いている。当然のことだった。僕と同じヒントを与えられ、僕よりもずっと聡明な才媛。「そうでもないと、わざわざ彼らは水喪になんて注目しない」

「〈ヴィトリアス〉に生じた知性体と、結日がコンタクトをとることに成功したなら――確かに、あの子は水喪を紹介するだろうな。自らが生まれ育ち、そして変えた町として」

　ましてやその知性体は、他ならぬサードアイから生まれた存在だ。人類と彼らを結ぶ接点として、水喪のことはうってつけの話題になるだろう。

「そしてその知性体は――」

　僕の言葉を遮って、沙月さんは言う。

「呼称が無いと不便だな。〈ヴィジョンズ〉でどうだ」

「〈ヴィジョンズ〉？」

「私たちが作り出した第三の眼が、その内側に結んだ像。相応しい呼称だと思うのだが」

　異論を挟む意味はない。僕は話を続ける。

「〈ヴィジョンズ〉は、水喪を自分たちで観測したいと考えた。〈ヴィトリアス〉の中にいる彼らにとって、僕らの世界を見ることができるもっとも身近な眼は、〈オプティクス〉の各種センサーだ」

「それで水喪を観測しようとすれば、〈オプティクス〉そのものを水喪に持ってくるしかない――という訳だな」

　彼らにその眼の存在を教えたのは、もしかすると数日前に僕らが敢行したハッキングだったのかもしれない。あのハッキングで、僕らは〈オプティクス〉の各種センサーからの情報をもとに、〈ヴィトリアス〉内に仮想世界を構築した。それが、彼らに〈オプティクス〉という存在を認識させてしまったんじゃないか。

けれど、僕はそのことを口に出さない。自責なんて後回しだ。視界の隅の時刻表示は、もうじき残り五分を示す。状況認識が共有できたならば、後は行動するのみだった。

「〈オプティクス〉の暴走を止めるために、〈ヴィジョンズ〉とコンタクトをとる」沙月さんは、真っ直ぐに僕を見据える。「君に任せていいんだな？」

僕は頷く。沙月さんも気付いているようだった。その役割は、僕にしか担えないという事実に。なぜなら、それを可能にするための鍵は、僕にしか見えないのだから。

個室の中央へ歩み寄る。そして、結日の眠るベッドの直上、夕景と夜の境目に浮かぶ白色の球体を見上げてみせた。

「ここに、ある」

僕は手を伸ばす。球体の滑らかな表面を、指先で撫でた。この長い夏の始まりを告げた、純白の情感素（インフォセル）。僕にしか見えない状態で固定され続けているこれは、沙月さんが〈オプティクス〉で倒れた瞬間に生じたもので――つまりは、結日が旅立つ前に置いていったものだ。

今になってようやく、僕はこの球体の意味を理解することができていた。これは、道標だったのだ。進也が、そして沙月さんが、今日ここまで僕を導いてくれたように。〈ヴィジョンズ〉に出逢うべく〈ヴィトリアス〉の中に旅立っていった結日が、後からでも僕が追いつけるようにと、ここに残していった道標。

「今から、僕はこれを読む。沙月さん、カレイドフィールを使わせてくれ。このデータをカレイドフィールに流し込めば、そこに生じた世界に結日はいる。勿論、彼女と出逢った〈ヴィジョンズ〉も——」

言い終わらないうちに、僕の視界にメッセージが表示される。カレイドフィールの使用権が与えられたことを通知するものだった。沙月さんが口を開く。

「〈ヴィジョンズ〉とコンタクトをとることに成功しても、それで終わりという訳ではないのはわかっているな。速やかに連中を説得しなければならない。勝算はあるか？」

「ああ」サードアイを操作しながら、僕は言う。「多分、たった一つの事実を伝えるだけでいい。それで何とかならなかったら諦めるしかないな」

「言うまでもないだろうが、あえて言っておく。君が間に合わなかった場合、私は最後の手段に出る。〈ヴィトリアス〉を始めとした三機を停止させるぞ。私たちの仮説が正しかったなら、それで事態は好転するはずだ」

しかし、それは本当の最終手段であるはずだった。何せ、世界中のサードアイを一斉に停止させる措置だ。その際に失われる人命は少なくないだろう。

何より、奇跡のような確率で生まれた知性体〈ヴィジョンズ〉に、壊滅的な打撃を与える措置だった。動的な情報の海の中だからこそ生まれた彼らは、その海が機能を停止してなお生き延びる強度を、恐らくは未だ獲得していない。

全てを賭けて結日が見つけた出逢いを、無慈悲にも踏みにじってしまうような蛮行。

勿論、僕にだってわかっている。それは、少しでも被害を小さく抑えるために必要な決断だった。沙月さんは、己の責務を果たそうとしているだけだ。けれど——

「そんなことは、させないさ」

そうさせないために、僕は飛び込むのだ。

人間が抱く、あらゆる感覚の海へ。知性体〈ヴィジョンズ〉の故郷へ。硲結日の待つ場所へ。

だから、なあ、進也。心の中で僕は呟く。悪いけどさ。僕は別に、これから世界を救いに行くって訳じゃないんだよ。

結日の見つけた出逢いってやつを、守り通しに行くだけなんだ。

以前はどれだけ解析してもうんともすんとも言わなかったくせに、純白の情感素（インフォセル）は、カレイドフィールへ流し込んでみせただけで、あっという間にその正体を露わにする。気が付けば純白の球体は消え失せて、代わりに僕の視界には、個室を埋め尽くすほどのカラフルな球体群が出現していた。結日のいる世界へ、僕を運んでくれる情報たちだ。

「……不甲斐ない姉だな」

情感素の受け入れ作業をする僕に、沙月さんの声が届く。見れば、沙月さんは個室の壁に背中を預けて天を仰いでいた。

「あの子のためを思い、あの子の望みを叶えてきたつもりだったが――結局、私はあの子を止められず、彼岸まで送り届けてしまっただけだ。それを理解したところで、あの子を迎えに行くことすらできない。その役割に選ばれたのはシュウ、君だった」

僕を見据えて、沙月さんは笑う。自嘲の笑みだった。

「あの子を頼むよ」

情感素の受け入れ処理が完了し、一旦僕の視界から球体群が消え失せる。後は僕が眼を瞑れば、数秒後にはカレイドフィールが稼働するはずだった。けれど、僕はその前に沙月さんと向き合ってみせる。

「結日と繋がれなかったあの日から、ずっと考え続けて――ようやく、わかったことがあるんだ」

僕のいる夕景と沙月さんのいる夜の境界線まで、僕にはくっきりと見ることができた。

「僕らは間違ってたんだね。出逢いかたってやつを。『出逢う』っていうのは、互いのことを完璧に理解することじゃあない。二つが一つになることじゃなかった」

できる訳がないんだ、そんなことは――サードアイは、僕らにそれを教えてくれた。そしてきっと、それこそがスタートラインだったのだ。
『同じ』になることじゃない。『違い』こそが重要だったんだ。決定的に異なる二つが、その違いを抱えたままで——まるでパズルのピースみたいに——繋がることができる。そういう奇跡的な『違い』の輪郭こそが絆だったんだ」

僕らは、あそこからだった。あそこから「出逢い」を探さないといけなかった。

「サードアイは、たった一度の操作で僕らにそれを思い知らせた。きっとこれまでの人類では、一生をかけてようやく本当の意味で理解できただろうそれを。だからサードアイは、僕らにその後の時間をくれる。人類に加えられた三つめの眼は、他の何でもない、人類自身を見つめるための瞳だったんだ。深く、深く。僕を、そして彼女を。互いのピースの形を、より繊細に確かめあうための力こそが、僕らが得たものなんだ」

そんなことに気付くのに、僕はこれだけの時間をかけてしまった。情けないと思いつつも、仕方がないとも思う自分がいた。今になって痛感する。サードアイというのはうまくはなくとも、実に本質を射貫いた呼称だ。〈第六感覚〉は第三の眼、これまでの人類には存在しなかった新しい器官だ。その使いかたがわからない人間を、誰が笑えるだろう。

「今からでも、遅くない」

沙月さんへ向け、僕は微笑みながら告げた。

「ありがとう、沙月さん。サードアイを創ってくれて」

ゆっくりと、瞼を閉じる。脳裏には、いつかの沙月さんが口にした言葉が浮かび上がっていた。結日が寝込んだ昼下がりに、冬の縁側で洩らされた囁き。

——「その時にこそ、きっと私たちは試されるのだろうな。再びあの子に追いつけるかどうか——止まってしまった足を、もう一度動かせるかどうかを」

今がその時なんだ、という確信があった。

そうして、僕は旅立っていく。僕らの世界とは異なる場所、いつか結日が旅立っていった世界へと。急激に遠ざかる全身の感覚を俯瞰しながら、心は自然と呟いていた。

待っていてくれよ、結日。不甲斐なくも、一度は君の手を離してしまった僕だけど——

もう一度だけ、その手を摑んでみせるから。

*

——水の中、だった。

触覚よりも先に視覚が冷たさを覚えるような、青く深い闇のグラデーション。再び瞼を開いた時、僕の前に広がっていたのはそんな世界だった。周囲はほとんど見渡せないながらも地面がひどく荒涼としていることだけはわかって、粗い砂と岩場で構成されたその小さな景色に、僕は自分のいる場所の正体を悟る。

　天を仰ぐ。遠くにあるはずの光は、ここからではうっすらとした青みの変化にしか見えず、光源がどこかはわからない。自分の上に圧し掛かっているはずの途方もない質量は、その景色からは不思議と感じられなかった。

　海底にいるはずの僕が、どうして水圧に苛まれることがないのか。どうして窒息することがないのか。それを不思議に思うことはなかった。いつかの宇宙空間と同じだ。感覚情報のみで構築された世界であるカレイドフィールでは、物理法則の全てが忠実に再現される訳じゃない。

　だから、僕は海底を蹴って、そのままの勢いで真っ直ぐに浮上することだってできる。鉛直上方へ向け、全力で加速していく。肌を撫でる冷感の鮮烈さを味わいながら僕が考えていたのは、結日はいつも海を見ていたな、ということだった。結日と幾度も往復した通学路。そこであいつが何かを語る時、あいつはいつも海へ視線をやっていた。彼女の両親を乗せた船がそこで漁をしていた日々は勿論、その船が沈んでしまった後も、彼女はずっと海を見つめていた。

　大きな夢を語る時も、小さな弱音を吐く時も。まるで僕じゃなくて海に話しかけているみたいに。

　もしかすると、この広大な海の底のどこかには、実際にいつか沈んだ漁船がそのままの姿で沈んでいるのかもしれない。そんなことをふと思ったけれど、それを探す気には勿論なれなかった。

程なくして、周囲が急激に明度を増していく。天を仰げば、ゆらゆらと光を散らす海面があった。スピードを落とす。星々にも似てきらめく光たちは、鮮やかに朱い。それは、夕焼けの朱だ。結日がたまらなく好きだった、昼と夜の狭間にだけ表れる朱。海面から顔が覗き、続けざまに全身が水の冷たさから解放される。物理法則を知らないまま海面に立った僕は、目の前に広がった景色に胸を衝かれた。

僕の正面数キロ先には、ひどく見慣れた形の海岸があった。それに寄り添うような堤防があった。その向こうに広がる、今と昔の継ぎ接ぎ模様みたいな町並みがあった。

ああ、あれは僕らの町だ。僕らがずっと、一緒に過ごしてきた場所だ。

結日が見知らぬ誰かとの出逢いの場に選んだのは——そのためにわざわざ構築してみせたのは——水喪だったのだ。

確かな足どりで、僕は歩き出す。夕景を反射する海面に歩を進めるにつれて、仮想の水喪は詳細を露わにしていく。寂れつつもよく手入れされた漁港、高い場所に隙間を空けて並んだ建物群、海岸線のカーブの先に佇む不自然なほど綺麗な近代建築——水喪〈第六感覚〉関連医療技術研究所。

僕の歩む先、頼もしく聳える堤防の手前には、小さな砂浜があるのがわかった。僕と結日が気に入っていた場所。どうやら僕の足は、自然とそこを目指していたらしい。僕は更に目を凝らす。そうして、気付いた。

堤防の上に、誰かが座っている。

豆粒ほどの人影は、近付くにつれて確かな輪郭を纏っていく。波打ち際へと到り、僕は立ち止まった。堤防の頂上に腰掛けた、その少女を仰ぎ見る。

もとがあまりに白いせいで、鮮やかな夕陽にすっかり染め上げられた細い体軀。腰の辺りまで伸びた黒髪が、湿った海風に揺れていた。本来なら淡泊な印象を与える頰のラインは、ふんだんに注がれた朱のお陰でひどく柔らかい。そしてこちらを見据える瞳の奥には、一時だって僕の記憶から抜け落ちることのない夕景そっくりの深い彩りがあった。

少女の輪郭は、僕らの世界で眠り続ける肉体そのままで、サンダルを引っ掛けたまま振り子さながらに振られる両の足の無邪気さだけが、その印象を大きく裏切っていた。

「結日……」

僕は小さくその名を呼んで――そこからしばらくの間、何も言うことができなかった。

時間がないことは、勿論ちゃんとわかっていた。けれど、いざこうして彼女と再会してみれば、不思議なくらいに言葉が出てこないのだ。言いたいことも、言わなければいけないことも、山ほど用意してきたはずだった。なのに、どうしてだろう。そのうちのどれを口に出せばいいのかがさっぱりわからないのだった。

何度も何かを言いかけては、情けなく視線を落とす。ひたすらに響く波音の中で、僕はそんな無意味な作業を繰り返すことしかできなくて――

だから、次に言葉を発したのは彼女の方だった。

記憶の中の結日と寸分も違わない、形の良い唇が開かれる。するりと流れ出るその旋律も、紛れもなく結日のもので――

「――あなたが、シュウ？」

しかしそこに存在する意思だけが、知らない何かのものだった。

「ハザマユウヒの言葉を信じて、シュウに逢いに来たよ」

どうやらこれは、再会なんていう感傷的なものじゃないらしい。僕は気付く。自分がこうして直面しているのは――

「ユウヒは、あたしたちと一緒にいる。残念だけど、ここには来ないんだよ」

結日は――いや、知性体〈ヴィジョンズ〉は、そう言って無邪気な笑みを浮かべる。

どうやらこれが、僕にとってのファースト・コンタクトであるようだった。

「ユウヒは言ったんだよ。あたしたちはみんな同じなんだって」

ざくり、と音を立てて砂浜に降り立った〈ヴィジョンズ〉は、見上げるほどの高さから跳んだというのに、一瞬だって動きを止めることなく僕へ向けて歩んでみせた。

「同じ?」

僕は尋ねる。波打ち際に立つ僕と堤防から降りたばかりの少女との間には、まだ少しの距離があった。けれど、僕は歩み寄らない。どころか、彼女の顔をまともに見ることすらできなかった。

少女の足元——朱く染まった白地のワンピースから覗く膝小僧の辺りを眺める僕の耳に、見知らぬ誰かの言葉が届く。

「そう、同じ。人類と〈ヴィジョンズ〉。それ以外。あらゆる宇宙の意思ある全て。みんなみんな同じなんだって」

その言葉は僕のよく知る声で象られていて、響きがあまりに自然なものだから、僕はそこに潜む違和に気付くのが遅れた。数秒の沈黙を経て、顔を上げる。こちらを覗き込む少女の瞳と、僕の眼が合った。

「今、〈ヴィジョンズ〉って……?」

「あたしたちの名前。あなたたちに名乗る時には、それを使うことにした。ユウヒがあたしたちをそう呼んだから」

――「私たちが作り出した第三の眼が、その内側に結んだ像。相応しい呼称だと思うのだが」

脳裏に、沙月さんの言葉が蘇る。胸を締め付けられるような感覚が湧き上がった。出逢ったんだ、という実感が今更のように訪れていた。結日は――硲沙月の妹である硲結日は――確かに、自分が望む出逢いを果たしたのだ。

見据えてしまった結日の顔には、穏やかな微笑みが張り付いている。それは確かに結日の顔だったものの、彼女の華やかな笑顔とは似ても似つかない。けれど、その違和こそが彼女の達成の証（あかし）だった。僕はようやく、それを理解することができていた。

カレイドフィールを訪れた人類とコンタクトをとるために、〈ヴィジョンズ〉が利用できる唯一のインターフェース。似姿がそれだけの価値を持つくらいの場所に、今の彼女は一人で立っているのだった。

僕の沈黙に意味を見出すことができなかったのだろう。表情を変えずに、〈ヴィジョンズ〉は言葉を続ける。

「みんな、出逢いたいって思ってる。あたし以外の誰かと。あたしじゃない誰かがどこかにいると知ってたら、我慢なんてできない。そういう風にできてるって。ユウヒはそう言ったよ」

成程、と僕は思わず笑ってしまいそうになる。確かにそれは、彼女がいかにも言いそうなことだ。結日がどんな風に〈ヴィジョンズ〉へ向けて語ったのか、僕にはほとんど目に浮かぶほどだった。

孤独——それが、ようやっと出逢えた相手へ向けて、彼女が説いたものの名だった。彼女が生まれてから、ずっと抱え続けてきた業。それこそが、物理世界に生まれた知性体と感覚世界に生まれた知性体が、寸分違わずに持ち合わせる共通言語(プロトコル)だとあいつは信じたのだろう。

全く、あいつはどこまでいっても変わらないんだな。

結日と〈ヴィジョンズ〉の対話を想像したからか、僕はこう言わずにいられなかった。

「言葉がうまいね、〈ヴィジョンズ〉」

「そう? うまく話せてるかな」微笑みを保ったまま、〈ヴィジョンズ〉は言う。「ユウヒの言葉をもとに、あたしたちの意思を伝えてる。これはとっても難しい。今もたくさんのあたしがみんなで考えてる。ちゃんと伝わってたら嬉しいな」

「ああ、大丈夫。ちゃんと伝わってるよ」

もっとも今の場面なんかは、ネイティブな人類なら少しは表情を変えてみせる場面だけれど。

「ユウヒの話を聞いて、あたしたちは考えた。そして、あたしたちも逢いたいと思った。あたし以外に人類がいるって知ったから、逢いたいと思ったんだ。ユウヒは人類も逢いた

がってるって言ってた。そのためにここに来るヒトがいるはずだって
「だから、君はここで僕を待っていたって訳か」

「そうだよ」

「じゃあ、〈オプティクス〉を水喪に向かわせてるのも同じ理由かい？」

　僕は話を切り出す。自分が何をしにここに来たのか、忘れているはずもなかった。

　今の僕の視界に、現在時刻は表示されていない。それでも、体内時計は機能していた。

〈オプティクス〉が引き返すためのタイムリミットは、もう目前にまで迫っている。

　おぷてぃくす？　と抑揚のない声で言ってから、ああ、と〈ヴィジョンズ〉は頷いた。

「あたしたちがそっちの世界を見るための——ええと——窓、だね。そうだよ。人類と逢うために、色んなことを同時にやってる。あたしたちはユウヒの故郷が見たい。そこは、あたしたちの世界が生まれた場所だとも聞いたから」

　僕は問う。時間がなくとも、これだけは尋ねておきたかった。

「その窓を使ってることを、結日は知ってるのか？」

「ううん」口とは裏腹に、彼女の首は縦に振られていた。「ユウヒはあたしたちのうち、こっちのあたしたちを助けるのに忙しい。ユウヒの助けがないと、あたしたちはこうして話せない」

　ようやく僕は納得する。ずっと、僕の中ではそれだけが引っかかっていたのだ。結日が

〈ヴィジョンズ〉の干渉を知っていたなら、絶対に見過ごしはしないはずなのに、と。

「〈ヴィジョンズ〉」僕は言う。「人類の代表として、君たちに伝えないといけないことがある」

言いながら、思わず笑い出してしまいそうになった。人類の代表として——なんて陳腐な台詞だろう。まるでVFXたっぷりのB級映画みたいな按配じゃないか。

まさかこの僕が、そんなフレーズを口にする時が来るなんて。

「それは」こちらへ歩む足を止めて、〈ヴィジョンズ〉は首を捻ってみせた。「人類からあたしたちへのメッセージ、ってこと?」

「違う」僕は断言する。「人類と〈ヴィジョンズ〉は、まだその段階にはない。結日が言った通り、人類の方も君たちと逢いたいと思ってるはずだ。だけど、両者がその段階に進むには、君たちに一つ、僕の要求を吞んで貰わないといけないんだ」

少々、立て板に水で話しすぎたのかもしれない。〈ヴィジョンズ〉からのリアクションは、すぐには返ってこなかった。規則的な波音が、残り時間をカウントするように響く。

永遠にも感じられる待ち時間の後、〈ヴィジョンズ〉の口から洩らされた言葉は、

「このままじゃ、あたしたちは出逢えない?」

だった。

「そうだ」

「でも、シュウの言うことを聞けば、逢えるようになる?」

「そうだ」

「わかった。話を聞くよ。シュウはあたしたちに何をして欲しい?」

今度は一言一言ゆっくりと、僕は告げる。間違っても、意味を誤解されるようなことがないように。

「君たちの言う窓――〈オプティクス〉への干渉を、今すぐにやめてくれ」

「どうして?」今度の返答は早かった。「あたしたちは、人類と出逢いたい。そのために、沢山のあたしが頑張ってる。あたしたちが窓を通してそっちの世界を見ることは、あたしたちの出逢いにもいい――ええと――役立つ、ことだと思ってる」

やはり、と僕は思う。彼らに悪意はない。彼らはきっと、ある単純な事実を知らないだけなのだ。

「時間がない。事実だけを伝えるよ」

そうして、僕は口にする。恐らくは〈ヴィジョンズ〉が予想すらもしていない言葉――彼らの暴挙を止める可能性を持つ、たった一つの魔法の呪文を。

「僕らの世界の物体は、強くぶつかると壊れてしまう」

短い沈黙があった。〈ヴィジョンズ〉の表情は動かない。僕は言葉を続ける。

「〈オプティクス〉も、その〈オプティクス〉が突入する大気も、その先にある地表も。

今のやりかたでぶつかると壊れてしまうんだ。そうなれば、多くのヒトも死ぬ。僕らの世界にはそういうルールがあるんだよ」

〈ヴィジョンズ〉は僕の数歩前で立ち止まったまま、虚みたいな瞳でこちらを見つめている。それはつまり、結日の似姿の向こうにいる彼らが、似姿の操作に手が回らない状況になっているということで——自分の推測が正しかったことを、僕は確信する。

物理法則——それこそが、〈ヴィジョンズ〉という知性体にとっての盲点だった。彼らをこれほどの軽挙に導いた致命的な不具合（バグ）だった。

僕は思い出す。カレイドフィールを介して〈オプティクス〉に投影されたあのひとときを。あるいは、この区画に出現した時に周囲を包んでいた青色の闇を。窒息しない無酸素空間。自在に身体を操れる無重力環境。触れられこそしても動かすことはできない船外活動用ハッチ。僕の身体を圧し潰すことのない水圧。全てが一つの解答を示唆していた。

足下に敷き詰められた砂を、僕は軽く蹴り上げる。砂は、見かけ上は重力に従ったような綺麗な弧を描いて、再び地面に落ちた。けれどこれはあくまで、そういう視覚情報と触覚情報がそこにあるだけで、実際に重力がかかっている訳じゃない。

感覚情報だけで構築された世界に生まれた知性体には、物理法則という概念が存在しないのだ。

だからこそ〈ヴィジョンズ〉は、こうも気軽に〈オプティクス〉への干渉なんてことをやってのけた。彼らはただ〈オプティクス〉の座標を移動しようとしただけで、それ以上のことなど考えていない。それが「落下」であり最後には大きな「破壊」を生む、という僕らにとっては当たり前のことを、彼らは本当の意味で理解できていないのだ。

「シュウが言うことは」やがて、少女の似姿はぽつりと呟いた。「あたしたちには、とても難しい」

だろうな、と僕は思う。自分たちの世界にそもそも存在しない概念を、すぐに理解しろという方が無茶な相談だった。

頬を打つ潮風を、僕は知覚する。生温くてべたついた不快な感触。そこに存在するのは潮風じゃなく潮風を受けた感覚だけなのだけれど、僕にそれを区別することはできない。きっと僕だって、理屈を操れるだけで、その違いを理解している訳じゃないのだ。

だから——と、〈ヴィジョンズ〉は続けた。

「結論だけを教えて。このまま窓を覗き続けると、あたしたちと人類はどうなるの?」

「人類は大きな打撃を受ける。だからそうなる前に、人類はこの世界を止めることを考えてる。つまり、君たちは滅びることになる」そして僕は、最後に付け加える。「今すぐに干渉をやめれば、その全てを防げるんだ」

「……それは」

「疑うんなら、そっちにいる結日に確認してもいい。ただ、時間がない。あと——」体内時計を確認し、更に誤差を鑑（かんが）みて告げる。「一分以内だ！　それまでに〈オプティクス〉を解放しないと、取り返しがつかなくなる。それだけは忘れないでくれ」

今度の沈黙は短かった。時間がない、という言葉が伝わったのだろうか。無表情の少女は、抑揚のない声色でわかったよ、と言った。そしてそれきり、まるで動画を一時停止したみたいに、少女は動かなくなった。

結日の似姿の向こう側で〈ヴィジョンズ〉がどんな結論を出したのか、僕は知らない。

ただ、人形みたいに立ち尽くす少女の隣に僕が座って、ぼんやりと海を眺めている間、仮想の水喪はほんの少しだって揺らぐことはなかったし――

やがて僕が寝ころんで、砂の感触を楽しみながら空を見つめ始めても、世界は変わらずにそこにあり続けていた。

どれだけの時間が経っただろう。

煌めく糸をなびかせるように光を従えた雲が、夕焼けの空を流れていく様を、幾つも見送った。一つだって同じ形のない雲が幾つ流れていっても、空は一向に暗くなる気配はなかった。波音は静かで、潮の香りはひどく心地よかった。

カレイドフィールから脱出（ログアウト）する操作に関しては、いつか宇田川から聞いていた。物理世界でサードアイを操作する要領でインターフェースを投影するだけでいい。だから、僕は行き場がなくて寝ころんでいた訳じゃなかった。

僕には確かな予感があって――それを、待っていた。それだけのことだった。

本物の肉体を持っている訳じゃない今の僕は、どれだけ単調な景色を眺め続けても眠くなることはない。それでも、時間が過ぎるにつれて、精神は少しずつ鈍化していく。いつしか僕は思考を失って、ただただ景色の変化が自分の中を通り抜ける感覚だけに身を浸すようになっていた。

「こーら」

だから。

自分の鼻先がぴん、と弾かれるまで、僕が彼女に気付かなかったのは、全くもって無理もないことだった。

いつの間にか自分の顔に影が下りていたことに気付きながら、僕はゆっくりと視線を上げる。そこには、僕の鼻を弾いたまま朱い逆光に浮かび上がる小さな右手と、その向こうからこちらを覗き込む逆(さか)さまの笑顔があった。

「風邪、ひいちゃうよ。こんなところで寝たら」

結日の細い眉が、困った風に少しだけ歪む。それでも目と口元は笑ったままで、そいつは何とも暢気な微笑みだった。

「ひかないっての。寝てないし」

言って、僕は身体を起こす。立てた片膝に右肘を乗せて、結日の方を振り返った。いつの間にか僕の頭の傍に立っていた、幼馴染みの少女を見上げてみせる。

「……久しぶりじゃん」

ぶっきらぼうにそう言って、片手を上げた。不思議な感覚だった。ついさっき、堤防の上に座る彼女の似姿を見た時には、あんなに言葉に詰まったっていうのに、今はもうすっかりそんな気分じゃなくなっている自分がいた。

「うん、久しぶり」

えへへ、と結日は笑う。白いワンピースが、潮風に優しくはためいた。全く同じ身体のはずなのに、彼女の立ち姿はさっきまでとは見違えるくらいに活き活きとしていて、僕は結日が確かにそこにいることを疑う気にすらならなかった。

立ち上がって砂を払いながら、僕は言う。

「何してたんだよ、今まで」

「んー、色々？」

「何だよそれ。ちゃんと説明しろよ。お前っていつもそうだよな」

「えへへ。でも、わかってくれてるんでしょ？　シュウは。いっつもそうだもんね」

悪びれもせずにそう言ってみせてから、結日は歩を進めた。ひどく自然な歩みは僕の横をすり抜けて、そのまま波打ち際へと向かっていく。彼女のその背中を見た途端、僕の中に湧き上がってきたものがあった。

それは、問いだった。そうだった、と僕は思い出す。僕は彼女に、問いたいことがあったのだ。ひどくシンプルな、たった一つの質問。それを投げかけるためにこそ、僕はここまで進んできたはずだった。

――結日、お前はもう、寂しくないのか？

どうして、さっきは忘れてしまっていたのだろう。湧き上がる言葉が多すぎて、何も言えなくなるだなんて。思わず、笑い出しそうになる。ああ、そうか。ようやく調子が戻ったよ。どうしてさっきまで、僕はあんなに気負っていたのかな。

落ち着いた心持ちで、僕は口を開こうとする。けれど、その問いが実際に音になることはなかった。

「あのさ、シュウ」

結日が、そんな声を上げたからだ。そうして、波打ち際に洗われる踵を返して、僕へ向けて満面の笑みを浮かべてみせたからだ。

降り注ぐ夕焼けの色を新品のキャンバスみたいに写し取る、白い肌。派手ではないけれど安心感のある顔立ちが、咲き誇ったガーベラみたいな華やかさを纏う。

硲結日の本当の笑顔。前に見たのがいつかなんて思い出せないくらいの、涙が出そうなほど懐かしい彼女の姿。

「見たよね、シュウも。逢ったよね。凄いよ、いたんだよ、ここに。宇宙の彼方なんかじゃない、こんな近くに！」

「……だな」

「ちょっとだけ、失敗しちゃったけどね」細い指先で、彼女は自分の頬を掻いてみせる。

「まさか、知らないところであんなことするなんてさあ」

「ちょっとか？」

「うう。ちょっとじゃない……かもです、はい」でも、と結日は両手を僕へ向け差し出してみせる。「シュウが何とかしてくれたから、万事問題無しってことで！」

堪えきれずに、僕は噴き出してしまう。彼女の言うことがあんまりに滅茶苦茶（めちゃくちゃ）で、あんまりに能天気で、そしてあんまりに彼女らしすぎて。

あんまりに、いつも通りの結日のもので。

「全くお前ってさ」二本の細腕を手でよけて、僕は言う。「本当に自分勝手な奴だよな」

「そうかな？　うん、そうかも。そうだね。あたしは自分勝手なんだ」

だからさ、と結日は言う。そのまま、まるで世間話をするみたいな口調で続けた。

「もう少しだけ、自分勝手なことを言うよ」

正直に言うと、結日が次に口にする言葉が何なのか、僕にはわかっていた。それは数秒前に、彼女の満面の笑みを見た瞬間に抱いてしまえた確信だった。だから、僕は驚かなかった。これは本当のことだ。

水面に反射した朱い光が僕らの頬を撫でては、切なげな熱を残して拡散していく。眩しさに目を細める僕へ向けて、彼女はその言葉を告げた。

「あたしは、もうそっちには戻れない」

「そうか」

「今回のことで、わかっちゃった。〈ヴィジョンズ〉と人類が出逢うためには、まだやらないといけないことがあるって。ただ、存在に気付くだけじゃ駄目だったんだ。もっとちゃんと、〈ヴィジョンズ〉に人類の――人類の生きる世界のことを教えないと、二つの種は出逢いの場すら作れない」

結日の言うことは正しかった。互いの世界を知らないことが、どれだけの悲劇を招くか――今回の一件が示したのは、その一端だった。きっと一端でしかなかった。このまま二つの種が無邪気に歩み寄れば、そこには今回よりもずっと大きな悲劇が、数え切れないくらいに生まれることになるだろう。

出逢いへの想いだけじゃ解決できない問題が、そこには確固として存在していた。

「だから」穏やかな声で、僕は呟く。「お前がそっちに残って、〈ヴィジョンズ〉に人類のことを教えるって?」

「そっ。へへっ、さっすがシュウ」

「一旦こっちに戻ってからじゃ、駄目なのか？　沙月さんの協力もあった方がいいだろ」

「駄目なんだ、それじゃ」残念そうに、結日は足下の水を小さく蹴り上げる。「一旦ここから離れた後で、もう一度〈ヴィジョンズ〉に逢うのは、多分無理。彼らはね、例えば、今あたしが感じてるこの冷たさとか、そういう感覚の一つ一つの向こう側に存在してるの。次元が違う、って言えばいいのかな。あたしが彼らに逢えたのは、奇跡みたいな偶然でしかないんだ。シュウが辿ってくれた道標も、今頃はもう使えない。そのくらい、人間の認識するカレイドフィールと彼らの世界は違うから」

　結日の説明はわかるようでわからなくて、それはきっと彼女自身にとってもそうだった。けれど、僕はそのことを不思議には思わない。〈ヴィジョンズ〉が物理法則を理解していなかったように、僕らは〈ヴィジョンズ〉の世界を理解していない。これはただ、そういう当然の帰結でしかなかった。

　だからね、と結日は僕を真っ直ぐに見据える。

「あたしがこのまま、彼らのもとに残るしかないんだ。そうすれば、今はまだ無理でも、いつかきっと、人類は〈ヴィジョンズ〉と出逢える。シュウだって、彼らとちゃんと出逢えるようになる。あたしの姿を借りたりしない、本当の彼らに」

　僕は口を開かない。結日があえて口にしていないことまで、僕は正確に理解することができていた。〈ヴィジョンズ〉の世界が、それほどまでに人類の知覚から遠ざかっているのなら——そこに長く存在し続けることは、彼女の精神が僕らの世界とは異なる次元の存在になってしまう可能性を孕(はら)んでいる。

ここで止めなければ、きっと彼女はもう、僕らの世界には戻れない。

ねえ、シュウ——なんて、改まって結日は言った。

「あたし、言ってたよね。ずっと。出逢えるよって。あたしたちは、あたしたちじゃない誰かと出逢えるって。サードアイがそれを実現するって。シュウは信じていてくれたのか、それはわからないけど——今この時だけは、信じてくれていいんだよ」

そうして彼女は、僕の両手を自分の両手でいっぺんに握ってみせた。

「出逢えるよ、シュウは。あたしが全てを懸けて繋げれば、ほんとうに出逢えるんだ」

僕の両手を包み込む感触は、ひどく頼りなくて、やけに冷たくて、けれど確かな意志に満ちていた。こっちを真っ直ぐに見据える二つの瞳を、僕は逆に覗き込む。辺りを支配する夕焼けが丸ごと映り込んだその瞳は、僕にこう問うていた。

——シュウは、どうする?

結日は、僕が彼女を止めるなんてことはこれっぽっちだって考えていなかった。ただ、僕がこれから何を選ぶかってことだけを気にしていた。その認識は正しかった。この時点でもう、僕は彼女を止める気なんて持ち合わせていなかったのだから。

仕方がないな、と僕は思う。

子供の頃から、ずっとそうだった。こんな風に話を切り出した結日は、僕が何を言ったところで止まらない。勿論、彼女を引き留めたい気持ちはあった。けれど、それは僕の願望でしかない。ここで彼女を物理世界に無理矢理引っ張り戻しても、僕は彼女と繋がることはできないだろう。

自分が、沙月さんに向かって口にした言葉を思い出す。

――「『同じ』になることじゃない。『違い』こそが重要だったんだ」

僕には到底理解できない、僕には決して止めることのできない意志。それこそが、彼女の核だった。僕が受けとめて、その輪郭を確かめなければいけない「違い」だった。

ここで彼女を止めることが、僕らにとっては止まることだった。二年もの時間をかけて、僕が学んだ数少ないこと。それを無駄にする訳にはいかなかった。

だから、僕に与えられていたのは、たった二つの選択肢だった。すなわち――

ここで結日と別れ、物理世界へ戻るか。それとも、彼女とともにこの先へ向かい、彼女と同じ活動に人生を捧(ささ)げるか。

そして、自分が選ぶべき選択肢についても、僕はもう判断することができていた。

「……お前は、つくづく抜けてるよなあ」溜め息を一つ、僕は吐く。「一人でできるはずないだろ、そんな活動」

そうして、僕は口にしたのだった。

「お前が〈ヴィジョンズ〉に人類のことを教えるとして――」

自分のこれからを、僕と結日の未来を、これ以上なく決定づける言の葉を。

「人類の方には、誰が〈ヴィジョンズ〉を教えればいいんだよ」

ぽかん、という表現がぴったりの表情で、結日が固まる。全く、と僕は思う。こいつはいつもそうだ。自分一人では実現できないことを、自分でそうと気付かないまま、平気な顔で僕に提案してくる奴なのだ。

そして、それに付き合うのは、いつだって僕の役目だった。

「そうだ、そうだね」壊れた玩具みたいに、結日は何度も頷く。「そうだったね」

「相互理解ってのは、そういうもんだ。気付いてなかったんだろ。仕方ない奴だな」

結日の両手を自分の両手から振り解きつつ、僕は笑ってみせる。笑いながら、言った。

「仕方ないから、そっちは僕がやってやるよ。だからさ――」

その先を口にするのは、少しだけ難儀なことだった。

振り解いたはずの結日の右手が、僕の左手に伸ばされる。彼女はゆっくりと僕の手を前へと導いて、その手のひらに自分の手のひらを重ねてみせた。結日が悪戯っぽく微笑む。

僕はすぐに理解する。いつか、ここじゃない世界にあるこの砂浜で、今よりも少しだけ背丈の低かった僕らがやったのと同じ仕草。

あの時、僕らは結局繋がれなかった。繋がるってことがどんなことなのか、理解することもできていなかった。けれど、今は違うはずだった。結日もそう思ってくれているのがわかった。

結日の手のひらの冷たさを感じながら、僕は言葉の続きを紡ぐ。

「ここでお別れだ、結日」

結日が頷く。手のひらを離さないまま、どちらともなく僕らは波打ち際に並んで、海へと揃って身体を向けた。朱い光に煌めく水面が、鮮やかな空とともに視界を満たす。

波音だけが流れる時間の中で、僕は自分に言い聞かせ続けていた。左手に力を籠めて、そこに重なった結日の右手を摑んでしまいたい気持ちを、必死に抑えつけるために。

僕は、結日のやりたいことを実現する。結日が望む世界を、誰もが寂しさを感じることのない世界を作り上げよう。人類と〈ヴィジョンズ〉が豊かな出逢いを築き上げる、そんな世界を――

たとえそれが、結日との今生の別れを意味していたって。そんなことは些細なことだった。この別れこそが、僕らの繋がりになるはずだった。そこを間違えることだけは、してはいけなかった。

あの日、ここじゃない世界のこの場所で犯した間違いを――僕はもう、二度と繰り返しちゃいけないんだ。

ふと、思う。僕が今感じている手のひらの冷たさは、足を洗う水の流れは、足裏の不安定な感触は、頬を撫でる潮風は——全ての感覚は、〈ヴィトリアス〉の中に蓄えられた感覚情報、いつか誰かが実際に感じたものだ。なら、例えば今僕らを包むこの夕焼けが、あの日に僕らが感じた夕焼けそのものだって可能性もあるんじゃないだろうか。

そうだといいな、と思った。そうに違いない、と思えた。結日も同じことに気が付いていればいい。あの日と同じ光の中で、僕らは今度こそ出逢うのだ。

僕は結日と顔を合わせないまま、視界の中にインターフェースを出現させる。カレイドフィールからのログアウトを選択するための単語群。いつまでもここにいる訳にはいかなかった。彼女と手のひらを合わせる時間が長いほど、自分の中に未練が生まれてくるような気がした。だから、別れるなら今だと思った。

僕の行っている操作に、結日も気付いたのだろう。行くの？　と小さな囁きが聞こえた。僕は頷いて、視界の中心に現れた「logout」の文字を視線で選択した。

途端に、僕の周りで世界が歪み始める。架空の水喪が、一面の夕焼けが、いつか記録映像で見た液晶テレビの砂嵐(すなあらし)みたいに掠れていく。この区画そのものが壊れている訳じゃない。僕の方が世界から追い出されているせいで見えるイメージだった。

その証拠に、掠れていく景色の中に立つ結日は、ほんの少しだって動揺することなく、優しげな瞳でこっちを見ている。

色は溶け合い、混ざり合って、あんなに鮮やかだった夕景が味気のない白色へと変わっていく。皮膚感覚は急速に遠ざかっていく。波音は耳鳴りじみた意味を成さない音へと均されていくようだった。

僕は全てをぼんやりと俯瞰する。結日との今生の別れだっていうのに、不思議と哀しみは湧かなかった。ただ、ほんの少しばかり寂しいだけ。結日もそうだろうと思った。だから、崩れていく世界の中で結日に最後にかける言葉は、放課後の別れ道みたいに気軽なものにしようと考えた。結日を真っ直ぐに見据える。こちらを見つめる、小さな二つの瞳。

僕は口を開こうとする。じゃあな、とかそういう言葉を吐こうとして――

「ねえ、シュウ――」

その前に、僕は彼女の声を聞いた。

なぜだか、ひどく寂しそうな声だった。

「――これでもう、シュウは寂しくないよね？」

「え――」

何だ？

今、結日は僕に何て言った？

僕は言葉を探す。もう表情もわからない彼女へ伝える何か、じゃあな、なんて軽々しい台詞じゃない何かを。けれど僕がそれを見つけるより先に、世界はどんどんと崩れていってしまって――

結局何も言えないまま、僕の意識は霞(かす)んで消えた。

9

あれは確か、そうだ、六歳の僕が母さんとともに水喪という町にやってきた、その翌日のことだった。

市立病院の待合室だった。母さんが熱を出したのだ。水喪に来るまでの数ヵ月間は母さんにとってなかなかの怒濤の日々で、その反動がてきめんに表れた形だった。

母さんが診察を受けている間、僕は待合室で遊んでいた。ほとんど何も考えることなく、ぼんやりとボールを蹴っていた。考えたいこともなかったし、やりたいこともありはしなかったからだ。前の日の早朝、僕の頭を一撫でしたきりほとんど何も言うことなく父さんが視界から消えていった時から、僕の頭の中はずっとそんな按配だった。

やけに広いくせに古びていて、所々がひび割れた待合室の壁へ向け、ただただボールを蹴り続けていた。時刻は夕方で、待合室には僕の他に誰もいなかった。曇り硝子に夕焼けの光が散乱して、靄のような朱色に染め上げられた空間に、ボールの跳ねる音だけが静かに響いていた。

この部屋だけじゃなく、まるで世界中に僕一人しか存在していないような気分だった。

そんな時だ。野暮ったい眼鏡をかけた若い看護師が、一人の少女を連れてきたのは。

細くて、小さくて。一秒だって休まずに支えていないとあっという間に壊れてしまいそうな、そんな少女だった。

生まれつき、ちょっと身体が弱くてね。ずっと病院に通っているのよ——看護師は、そんなことを言った。仲良くしてあげてね、と、そうも言った。待合室でボールを蹴っていることは、不思議と怒られなかった。

看護師へ顔を向けることなく、僕は黙ったまま、少女へ向けてボールを蹴り出した。

あらあら、と声を上げる看護師をよそに、多少ふらつきながら、少女は足元に転がったそのボールを蹴り返そうとした。歩いているのか蹴っているのか、判然としないような動作だった。

かろうじて爪先に小突かれて、か弱い回転で転がってくるボールを、僕は受けた。足に感じる衝撃は、壁から跳ね返ってくるボールとは比ぶべくもない弱さだった。

くすくす、と少女は笑う。まるで鈴が鳴るような、綺麗な声だった。

僕は俯き加減でその声を聞いていた。少女の顔を真っ直ぐに見ることはなかったように思う。足に感じた衝撃の名残は、何だか奇妙にむず痒い疼きに変わっていた。

　あたしね、ユウヒっていうの——看護師がいなくなって二人きりになった待合室で、少女はそう言って笑った。

　ヘンな名前だなあ、と僕は目を合わせずに返した。ユウヒって、あれだろ？　言って僕が指差すのは、曇り硝子が散乱させる朱色だ。

　そうそう、字はね、ちょっとちがうんだけど。ころころと笑ってから、少女は言う。ひどく無邪気な、舌っ足らずな声だった。ヘンな名前だよねえ。でもね、あたしはこの名前が大好きなんだ。

　ユウヒっていうのはさ、昼と夜のあいだ、空にうかぶものでしょ。それがうかぶときに空をみるとさ、かたっぽの空には昼が、もうかたっぽの空には夜があるんだよ。わかる？　ユウヒが空にあるあいだだけ、昼と夜は、空のうえで出逢ってるの。

　ユウヒはね、出逢いの象徴なんだよ——囁いて、笑う。心の底から幸せそうに。

　出逢い、ねえ。それになんの意味があるんだよ。

　出逢いっていうのはさ、うれしいものでしょ？　だれだってさ。

　そうかなあ？

　そうだよ。だって、あたしは今、うれしいもん。キミと出逢えて、さ。

　目を合わせないまま、あえてそっけなく僕はもう一度言う。そうかなあ？　本当に？

そうだよ。ほとんど零れ落ちそうでさえある、少女の笑顔。あたしたちはさ、だれだって、どこでだって、だれかと出逢いたいとおもってるんだよ。

そこに至って、ようやっと少女の方へと視線を向けた僕の眼に映ったのは——彼女の瞳だった。その向こうに丸ごと映りこんだ、朱い光の塊だった。

綺麗だ——と思う自分に、必死に気付かない振りをする。

ねえ、名前、なんていうの？　あたししかなのってないよ。

どうしてだろう、その時の僕は、名前を名乗るのにひどく抵抗があった。だから僕は、指先で自分の名前を中空に書いた。ほんの少し前に、父さんに教えて貰ったばかりの漢字一文字を。

……ええと、ああ、しってる。こないだおねえちゃんが教えてくれた。シュウ、だよね。一周二周のシュウ。

そうだけどそうじゃなくて、という言葉は、不思議と音になってはくれなかった。

ねえ、シュウ。あたしと出逢えて、シュウはうれしい？

さあね。

ううん、そっかあ——少女の瞳の夕焼けが、困ったように優しく揺れる。

シュウ、しってる？　空には、夜になると星がたくさんうかぶでしょ？　あの星たちって、ひとつひとつが星なんじゃないんだって。ひとつの光はぎんがだったりぎんがだんだったりして、その中にたっくさんの星がつまってるんだって。星って、あたしたちに見えてるより、ずっとずっとたくさんあるんだよ。おねえちゃんが言ってたんだ。

それがどうしたんだよ。

それって、すごいことだよね。あの光のひとつひとつに、なんぜんなんまんの可能性がつまってる。それってつまり、あたしたちはひとりじゃないってことなんだから。

だからそれが——と言いかけた僕の唇を、少女の小さな指先が塞いでみせた。

だって、それだけたくさん星があるなら、その中にはあたしたちとおんなじような人たち……人たち？　ええと、うん、人たちがいる星も、ぜったいにあるよ。その中には、もしかしたら、あたしたちと出逢ってくれる人たちだって。

だからさ、シュウ——と、彼女は笑ったのだ。

そんなにたくさんのだれかがいるなら、その中にはシュウが出逢ってうれしい人も、きっといるよね。あたしと出逢うのがうれしくなくってもさ、シュウがうれしくなるような出逢いは、きっとあるよね。

何かの遊びに誘うように、無邪気に、けれどどこか必死に囁く少女に対する僕の返答はといえば、辺りの朱が夜の帳（とばり）に消え去って、診察を終えた母さんが姿を現すまで、ずっと同じものだった。

——そうかなあ？　ホントウに、そうなのかなあ？

少女がこの時、これから母親と二人だけで見知らぬ町に暮らしていかなければいけない少年を励まそうとしてくれていたのだということに僕が思い至るのは、少女に小さく手を振って幾らかの時間が経ってからのことで——その出来事自体が僕の記憶から消え去るのは、更にもう少しだけ後のことだ。

10

闇に包まれた個室は痛いくらいに静かで、窓の外には中途半端に欠けた月が、幾らかの星々を従えて寂しげに浮かんでいた。

埃の一つもない床に座り込んで、ベッドにもたれ掛かっていた身体を、僅かに身じろがせる。いつの間にか、太陽は地平線の向こうへと沈んだらしい。ベッドの脇に置かれた機械のディスプレイが放つ青白い光に、個室の白は淡く彩られていた。

聞こえるのは波音と、規則的な電子音だけ。町中に響いていたはずのサイレンの音は、その欠片さえも聞こえてはこなかった。避難した人々はどうなったのだろう。ここに投影されていたはずの沙月さんはどこへ行ったのか。進也は、宇田川は、母さんは？　そしてそう、〈オプティクス〉は果たして無事に本来の軌道へと戻れたのだろうか——ぼんやりとした頭に疑問は次々と浮かぶけれど、それらの全てはもう、今の僕にはどうでもいいことのように思えた。

僕は笑う。自分でもわかるくらいに、力のない笑みだった。

座り込んだままじゃ窓から見えるのは星々くらいのものだったから、僕は頭の中だけで外の景色に思いを馳せた。そこに広がる水喪の町並みに、僕のこれからを投影する。

この町は出逢いの町だ——いつかの演説で結日が告げた言葉を、僕は口の中だけで弄ぶ。全くもってその通りだな、と思った。一組の男女が出逢って変わったこの町は、その娘と少年が出逢うことで進化して——いつか、二つの知性が出逢う場となる。

そういう場に、僕がするのだ。

サードアイが生んだ知性と、サードアイによって進化した知性。異質なはずの二つの知性が、無邪気な少女と少年のように、水喪で出逢う。いずれ訪れるその出来事を思った。出逢いが実現した海辺の町の景色を思った。

ああ、それはどんなにか美しい光景だろう。

いつだって「出逢い」を求めていた彼女が、小さな瞼の裏にずっと描き続けたもの。その時そこに広がっているのは、きっと——「孤独のない世界」だ。

第三の眼が人類に見せるものとして、これ以上なんてあるはずがなかった。その内側に僕らがいるかどうかなんて、問題じゃなかった。目指すことが絆だった。実現することが繋がりだった。ともに真っ直ぐその景色を見据えることこそが、僕らが遠回りをして、ようやく得た「出逢い」のはずだった。

だから、僕は進むのだ。人類が、いつか〈ヴィジョンズ〉と対面するに足る知性――誰かの感覚を、想いを、その違いを把握しつつも受け入れることのできる知性になれるように。

与えられた宿題は膨大で、僕に時間はなくて、だからこそ僕はこんなところにいつまでもいる訳にはいかなかった。今すぐにでも動き出さなければいけなかった。僕はちゃんと、そのことをわかっていた。

僕の十七歳の夏は、もう終わる。じきに海の向こうからは、今度は秋が流れてくるだろう。その次は、冬だ。春だ。一回りして訪れる、十八歳の夏だ。立ち止まっている暇なんて、僕にはこれっぽっちだってありはしない。

そう思ったから、僕は立ち上がった。ちっとも力の入らない膝にわざわざ手のひらを当てて、自分を奮い立たせるように身を起こしてみせた。けれど――

どうしてだろう。僕はどうにも、そこから動くことができないのだった。

――「ねえ、シュウ」

耳の奥では、ずっと結日の声が響いていた。世界が崩れ落ちたあの時――今生の別れの瞬間に、彼女がぽつりと洩らした呟き。

――「これでもう、シュウは寂しくないよね?」

意思に反してふらついた身体を支えるように、ベッドに手を突く。そこには僕の幼馴染みが、相変わらずの暢気さで眠っていた。青白く照らし出された輪郭をぼんやりと眺めつつ、そんなはずはない、と僕は思う。口には笑みを浮かべたままだ。

そんなことは、あるはずがない。

結日はもしかしたら、僕と同じ問いをずっと抱えていたんじゃないか、なんてことは。

結日が求め続けていたのは、彼女と繋がってくれる誰かじゃなくて――僕と繋がってくれる誰かだったんじゃないか、なんてことは。

もしかしたら、もしかしたら――

彼女が本当に望んだことは、「孤独のない世界」なんて大それたものじゃなくて。

僕の隣で結日が笑って、結日の隣で僕が笑って、ただそれだけで二人とも幸せで。

特別なことなんて何もなくて、心配ごとだって月並みで、時折喧嘩もするけれど終わりはいつも予定調和で、そんな時間を過ごすだけで寂しさなんて視界にも入らなくて、なんていう――

僕が本当に夢見たものと、同じだったのかもしれない、なんてことは。

あるはずがない、と僕は思う。全てを手放した今になって、そう思うのだ。

ベッドに体重を預けたまま、僕はゆっくりと片手を伸ばす。指先で触れた結日の頬は、まだ夕焼けの熱を残しているように思えた。その熱を欲するように、手のひらを頬に当てた。青白い光と月明かりに浮かび上がるだけの部屋は、凍えそうなほど寒かった。

先刻から自分が浮かべている笑みの正体に、僕は気付いている。僕が笑っているのは、僕自身だった。薄暗い個室の真ん中で立ち竦む道化を蔑む笑いだった。

こんなに滑稽な存在なんて、聞いたこともなかった。傷付きながら気が遠くなるほどの遠回りをして、その果てに何かをわかったような気になって。自分を押し殺して摑み取った選択に、今になって疑問を抱いて。笑うなという方が無理な相談だった。いっそ思い切り指を差して笑ってやるのが慈悲ってものに違いなかった。

だから、僕はもっと笑おうとした。もっともっと笑って、冗談みたいに虚仮にしてやろうと思った。

笑おうとしたんだ、僕は。

手のひらで撫でる結日の頰に、何かの雫が一滴、落ちる。それはみるみるうちに量を増して、彼女の艶やかな頰をしたたかに濡らしていく。

月明かりに煌めく雫は、何だか不思議なくらいに綺麗だった。

「結日——」

誰にともなく、僕は呟く。意味もなく、彼女の名前を呼ぶ。

なぜだか、この夏が終わるような気がほんの少しだってしなかった。

結日は行ってしまった。彼女自身が創り出した、人間の感覚で織り上げられた世界の向こう側へ。そこは、人類が感じる全てが遍在する世界だ。彼女を見送ってしまった僕には、もう彼女に何かを伝える手段なんて存在しないけれど——

それでももしかしたら、今の僕の頰を伝う、この温かい感触が彼女のもとに届くことくらいはあるんだろうか。世界を構成する粒子のうちの、ささやかな一粒として。

誰のものとも知れない嗚咽の流れる中、ぼんやりとそんなことを思う。

思いながら、暗い部屋の中、独りぼっちの僕は動くことができない。

どうしても、どうしても、動くことができなかった。

※※※

少年が一人、波打ち際に立っている。

華奢な、ごくありふれた立ち姿の少年だ。寄せては返す波に靴底を洗われながら、彼は閉じていた瞼をゆっくりと開く。

見渡す限りの海面が、鏡さながらに夕焼けを映し出していた。

「――理解したか?」

どこからともなく、声が響いた。男の声だ。少年の周囲には誰もいない。彼の中に直接響く声だった。

「自分がやるべきことと、なぜそれをやるのかってことを」

わかったよ、と少年は言う。先程まで自分が見ていたものを、彼は反芻した。

それは、とある感覚履歴だ。〈第六感覚〉ネットワークに残された稼働記録をもとに、一人の人間の思考をその回想に至るまで再現したものだった。

〈第六感覚〉、通称サードアイが人類の新たな器官として受け容れられてから、膨大な年月が過ぎた。その年月は数多の臨床記録を蓄積させ、過去に処理された感覚の記録から、思考までを再現することを可能とした。生み出された当初は感覚情報端末と呼ばれた〈第六感覚〉は、今や精神情報端末とすら呼ばれるべき段階に至っている。

完璧な精度だね、と彼は言う。流石はアトモスフィア・コーポレーションの仕事だよ。

「トワイライト・コーポレーションもだ。共同事業なんだ、忘れられちゃあ困る」

男の声が、不満げにそう言った。声の主が姿を現さないのは、砂浜に立つ少年と、声の主たる男では、存在する世界が異なるからに他ならない。

少年が振り返れば、どこか懐かしさを感じさせる港町がそこにあった。いつか、誰かがここに——仮想空間カレイドフィール内に構築した町並みだ。

「いいか」男の声。「お前はこれから、ここを出発し、カレイドフィールの更なる奥へと進んでいく。ここから彼らの痕跡を辿っていくんだ。ナビゲートなら任せておけ。トワイライト・コーポレーションはお前を完璧にサポートする」

〈ヴィジョンズ〉だね、と少年は呟く。自分が目指す存在の名だった。なぜ、こうも辺鄙な場所が出発点に選ばれたのか、自らに埋め込まれた感覚履歴を見た少年はもう知っている。ここはかつて、かの知性体が唯一人類とコンタクトをとったとされる場所なのだ。

「長い旅になる。辿り着ける保証はないし、言ってしまえば帰ってこられる保証もない」

わかってる、と少年。だからこそ、「僕」みたいなものが作られたんだろ?

この世界のどこにいるかもわからない〈ヴィジョンズ〉へ向け、人類側から初めての特使を送り込む計画。あまりに無謀なその役割を担うために作られた、特別製の人工知性こそが少年だった。

なあ、と少年は呟く。少しだけ、意地悪なことを尋ねたくなったのだ。特別製である彼には、そういった悪戯心が芽生えることすらある。

この僕は、一体何人めなんだい？

男は何も言わない。質問に答えないのではなく、その沈黙こそが回答なのだと知れた。

——数えきれないほど。

少年は確信する。この自分の前にも、何人もの自分がこの波打ち際に立ち、ここから旅立っていったのだ。

「——本当に、厳しい旅だ」

短い沈黙の後、男が口にしたのはそんな言葉だった。

「乗り越えるには、何よりモチベーションが重要になる。問うぜ、シュウ。お前は、何のためにこれから旅立つ？」

もう一度、少年は前を見据える。視界いっぱいの夕景の中、水平線の向こうが僅かに霞んでいた。あの向こうに、自分の目指すどこかがある。

問いに対する答えは明確だった。〈ヴィジョンズ〉と接触し、二つの種族の架け橋になるため——などというものではない。それよりも遥かに強固な動機を与えるためにこそ、大企業二社は一人の男の感覚履歴を編み上げ、人工知性に埋め込んだのだ。

そんなの、決まってる。

少年は言う。それが企業の思惑通りであることを知りつつも、他の回答を口にすることだけはできなかった。

僕は――もう一度、彼女に逢いに行くんだ。

「それでいい」男は満足げに言った。その響きに嫌なところは全くない。「ようし、それじゃあ出発しようか。自己紹介がまだだったたな。俺の名はソウヤ・センザキ。ソウヤでいい。余所余所しいのは好きじゃないんだ」

だろうな、と少年。そうして、彼は一歩を踏み出した。夕焼け空をまるごと映し込んだ水面へ向けて。

少年の足下からゆっくりと波紋が広がって、世界を静かに動かしていく。

いつか、ある海辺の町には、ひとりの少年とひとりの少女がいた。

彼らの感覚は情報になり、その履歴は記憶となり、今こうして再び少年の形を得て水面を踏みしめる。少年の似姿は不思議に思う。自らが幾つも生み出された残滓の一つでしかないことを知りながら、どうして自分はそのことを嘆く気になれないのだろうと。

どうして何度でも、同じ旅立ちを繰り返すことができるのだろうと。

――「それって証明なんだよ」

彼の内側に響くのは、そんな言葉だった。自分に埋め込まれた記憶の中で、少女が口にしたとされる言葉だ。

——「出逢いのためだけに、長く長く、地道で単調なバトンが受け渡され続けてる。ねえ、シュウ。きっとこれ以上はないよね——」

ああ、そうか。

彼は理解して、だから今回も、口元に微笑みさえ浮かべながら夕景を進んでいく。

何度だって、彼女のもとへ逢いに行く。

この自分も、きっと目指す場所には辿り着けないだろう。

けれど、それでも良いのだ。何世代もの人々が星を見つめ続けたように、繰り返すというそのことで、たった一つを証明することができたなら。

いつか、ある海辺の町に——

こんなにもひとりと出逢いたいひとりがいたのだと、ただ示すことができたなら。

この作品は書き下ろしです。

〈著者紹介〉

本田壱成（ほんだ・いっせい）

2012年『ネバー×エンド×ロール ～巡る未来の記憶～』（メディアワークス文庫）でデビュー。大胆なSF設定と透き通るような青春描写で注目の書き手。近著は『シンドローム×エモーション』（電撃文庫）。

終わらない夏のハローグッバイ

2018年11月19日　第1刷発行　　定価はカバーに表示してあります

著者…………………………本田壱成（ほんだいっせい）

発行者………………………渡瀬昌彦
発行所………………………株式会社 講談社
〒112-8001 東京都文京区音羽2-12-21
編集03-5395-3506
販売03-5395-5817
業務03-5395-3615

本文データ制作…………講談社デジタル製作
印刷…………………………豊国印刷株式会社
製本…………………………株式会社国宝社
カバー印刷………………慶昌堂印刷株式会社
装丁フォーマット…………ムシカゴグラフィクス
本文フォーマット…………next door design

ISBN978-4-06-513216-6　N.D.C.913　332p　15cm

大沼紀子

路地裏のほたる食堂

イラスト
山中ヒコ

お腹を空かせた高校生が甘酸っぱい匂いに誘われて暖簾をくぐったのは、屋台の料理店「ほたる食堂」。風の吹くまま気の向くまま、居場所を持たずに営業するこの店では、子供は原則無料。ただし条件がひとつ。それは誰も知らないあなたの秘密を教えること……。彼が語り始めた〝秘密〟とは？　真っ暗闇にあたたかな明かりをともす路地裏の食堂を舞台に、足りない何かを満たしてくれる優しい物語。

《最新刊》

少年Nのいない世界 05　石川宏千花

和久田悦史が連れ去った糸川音色と菅沼文乃。いまだ救出できない状況の中、行方がわからないままだった五島野依は救世主として現れるのか⁉

今夜、君を壊したとしても　瀬川コウ

「生き残れるのは一人だけ、残りは全員殺します」。目的は、友達を作るため。銃を片手に教室を制圧した少女・津々寺の動機を解き明かせ！

終わらない夏のハローグッバイ　本田壱成

一度諦めてしまった僕に、もう一度君に手を伸ばす資格があるだろうか。五感を再現する端末が普及したすこし未来、夏の日に恋物語が始まる。

僕はいつも巻きこまれる　水生大海

僕の平和な日常は、コンビニで起きた暴走車輌の激突事故から地獄へと一変！　なぜか強盗事件の共犯者だと疑われた僕は無実を証明できるのか⁉